I'W DDIWEDD OER

*I Elena ac Onwy,
gyda fy holl gariad*

I'W DDIWEDD OER

JON GOWER

Mawr fy niolch i fy ngolygyddion,
Cedron Sion ac Alun Jones
am eu gwaith arbennig a deallus
wrth ddiwygio a chywiro'r testun.

Argraffiad cyntaf: 2025
© Hawlfraint Jon Gower a'r Lolfa Cyf., 2025

*Mae hawlfraint ar gynnwys y llyfr hwn ac mae'n
anghyfreithlon llungopïo neu atgynhyrchu unrhyw ran ohono
trwy unrhyw ddull ac at unrhyw bwrpas (ar wahân i adolygu) heb
gytundeb ysgrifenedig y cyhoeddwyr ymlaen llaw*

Cynllun y clawr: Sion Ilar
Llun y clawr: Edgar Evans (Granger / Bridgeman Images)

Rhif Llyfr Rhyngwladol: 978 1 80099 703 5

Dymuna'r cyhoeddwyr gydnabod cymorth ariannol
Cyngor Llyfrau Cymru

Cyhoeddwyd ac argraffwyd yng Nghymru
ar bapur o goedwigoedd cynaliadwy gan
Y Lolfa Cyf., Talybont, Ceredigion SY24 5HE
e-bost ylolfa@ylolfa.com
gwefan www.ylolfa.com
ffôn 01970 832 304

Drwy gydol y fordaith hir,
Hwyliasom drwy stormydd, dros deirmil
O dymhestloedd a ystumiai ystlys
Y llong, a'r cig yn llawn llyngyr...

(*Cyrraedd a Cherddi Eraill* gan Alan Llwyd)

Sêr y nos a haul y dydd,
O gwmpas oll yn gwmpawd sydd;
Codai corwynt yn y De,
A chodai'r tonnau hyd y ne;
Aeth y llongau ar eu hynt,
I grwydro'r môr ym mraich y gwynt;
Dodwyd hwy ar dramor draeth,
I fyw a bod er gwell er gwaeth.

(Detholiad o 'Llongau Madog' gan Ceiriog)

Rhagair

Cyn mynd ati i adrodd y stori, dyma ychydig am gefndir testun y nofel, sef arwr anghofiedig – Edgar Evans o Benrhyn Gŵyr – ynghyd ag esboniad o sut y daeth *I'w Ddiwedd Oer* i'r dudalen.

Dyn yr ymylon
Nofel yw hon am ddyn o ymylon gwynion y llyfrau hanes, ond peidiwch â disgwyl yr holl ffeithiau yma, na hyd yn oed y ffeithiau cywir. Nofel ddychmygus sydd yn eich dwylo, nid ymgais i gyfleu'r gwir na'r hyn ddigwyddodd mewn gwirionedd – chwarae 'da hanes, nid ei gyfleu. Ond mae ysbryd Evans yma, gobeithio. Cymro. Dyn solet. Dyn i'w edmygu.

Ond gwell esbonio'n gyntaf sut y daeth y nofel i fod, a hefyd rhannu'r ffeithiau moel am fywyd Edgar Evans, fel eich bod yn gwybod y dyddiadau sylfaenol ac felly y cyd-destun hanesyddol. Bydd hynny'n rhyw fath o angor wrth gychwyn ar y daith.

Anrheg neis
Ar ddechrau'r 1980au, roedd yr awdur yn gweithio fel ymchwilydd ar *Rhaglen Hywel Gwynfryn* i S4C; ac ar ddiwedd y gyfres olaf, rhoddodd Hywel (Y Meistr ym

myd darlledu, ym marn yr awdur) gopi o'r llyfr *The Last Place on Earth* gan Roland Huntsford fel anrheg i'r awdur. Plannwyd hedyn gyda hyn – ei blannu'n ddwfn iawn; er, ni thyfodd ac ni flagurodd am ddegawdau. Mae creu yn fusnes od.

Llyfr oedd hwn am y dynion arwrol hynny aeth ar ras i Begwn y De ar ddechrau'r ugeinfed ganrif. Ras i ennill clod ac urddas i wledydd cyfan, mewn oes pan roedd darganfod rhannau o'r byd – neu fod y cyntaf i gyrraedd rhywle am y tro cyntaf – yn wobr gyda'r gorau, os nad yr orau. Darllenodd yr awdur y llyfr arbennig hwn ac anghofio amdano. Nes, un bore, dihunodd gyda'r ysfa i sgrifennu am Edgar – i godi rhyw fath o gofgolofn mewn geiriau i ddyn sydd wedi ei anghofio braidd.

Ras rhwng dau ddyn a dwy wlad

I drwch y boblogaeth, dau ddyn yn unig oedd yn y ras, sef y Prydeiniwr Robert Falcon Scott a Roald Amundsen o Norwy. Bu farw Scott, ynghyd â phedwar dyn arall, pan roedd e un ar ddeg milltir yn unig o'r stordy bwyd nesaf – a stori ei fethiant yn treiddio'n ddwfn i galonnau ei bobl; tra bod stori Amundsen, a enillodd y ras, a dychwelyd i Norwy'n fyw, yn dueddol o fynd yn angof.

Rhewi i farwolaeth

Mae hyn yn wir am Edgar Evans, hefyd, un o'r pedwar anffodusyn a fu farw yn yr iâ, neu ar yr iâ – wedi colli'r ras cyn colli eu bywydau. Ac fe yw arwr *I'w Ddiwedd Oer*. Dychmygwch beth wnaeth y Cymro hwn. A chofiwch hefyd fod pobl wedi pardduo ei enw – "meddwyn", "twpsyn" – tra bod Scott yn rhyw fath o dduw, neu seléb ei oes, oherwydd amgylchiadau trasig ei farwolaeth.

Bywgraffiad sydyn

Ganwyd Edgar yn 1876 ym mhentref Middleton ger Rhosili ar Benrhyn Gŵyr, yn un o ddwsin o blant. Morwr oedd ei dad, ac roedd bron yn anorfod y byddai'n ei ddilyn yntau i'r môr, gan ymuno â'r Llynges Frenhinol yn 1891 pan oedd yn 13 mlwydd oed – gan hwylio ar yr un llong â Scott. Ymunodd â theithiau Scott ar y *Discovery* rhwng 1901 a 1904. Ar ddychwelyd i'w gartref, cyfarfyddodd â Lois Beynon. Fe briodon nhw yn 1904, a chael tri o blant.

Tir newydd: Terra Nova

Roedd Edgar yn ddyn cryf, nerthol, yn gallu tynnu slej gyda'r gorau, felly nid sioc oedd gwahoddiad Scott i ymuno â chriw'r Terra Nova rhwng 1910 a 1913. Bu bron iddo fethu â chael ymuno â'r daith, oherwydd iddo gwympo i'r môr un tro, yn feddw gorn, wrth ddringo 'nôl ar y dec yn Seland Newydd. Cafodd faddeuant am fod ganddo gryfder meddyliol yn ogystal â chorfforol, ac am fod ganddo bersonoliaeth mor bositif; roedd yn llawn hiwmor, ac wastad yn gwenu. Fe gafodd y cyfrifoldeb o edrych ar ôl y slediau a'r pebyll a'r offer i gyd, sef cyfrifoldeb go iawn am bethau hollol, hollol angenrheidiol yng ngwynder yr iâ a dannedd y gwynt. Gwnaeth y tasgau yma'n dda, fel dyn hollol ddibynadwy.

Bu Evans yn aelod o dîm o bedwar aeth i fapio Tir

Victoria a gwneud astudiaethau daearegol dros gyfnod o 11 wythnos, rhwng Ionawr ac Ebrill 1911.

Diwedd oer
Cychwynnodd ar y daith i Begwn y De gyda Scott ar y 1af o Dachwedd, gan arwain poni o'r enw Snatcher. Dewiswyd Evans fel un o bump a fyddai'n mynd yn eu blaenau i chwilio am y Sowth-Pôl. Ond ar y ffordd yn ôl, bu farw bob un ohonyn nhw.

Ni chafodd wireddu ei freuddwyd i agor tafarn wedi iddo gyrraedd adref, yn y gobaith y byddai ei enwogrwydd – fel un o'r dynion cyntaf i gyrraedd Pegwn y De – yn help mawr i ddenu cwsmeriaid ac i werthu galwyni di-ri o gwrw da. Ond mi wnaeth ei ffrind Tom Crean agor y 'South Pole Inn' yn mhentref Annascaul yn Swydd Kerry yn Iwerddon. Os byth y bydd yr awdur yn digwydd cwrdd â chi yno, cawn godi llwnc destun i arwr sydd wedi mynd ar goll yn niwl hanes. I Edgar! Iechyd da! Sláinte!

Prolog, gydag wyau

Sut mae rhywun yn magu cymeriad, yn darganfod y cryfder hwnnw sydd fel roden ddur yn llechwra yn yr asgwrn cefn? Ydy e'n dod gyda phrofiad neu fel fflach lachar, sy'n ddigon i ddallu dyn; yn debyg i'r boi 'na ar yr hewl i Ddamascus – un funud fach dyngedfennol pan mae'r ffordd yn goleuo'n glir o'ch blaen? Fflach o weledigaeth. Nid wrth chwilio am wyau efallai, ond dyna pryd y gwnaeth y crwt droi'n ddyn, a gweld fod ganddo gryfder mawr – a stamina. Ie, digon o stamina ar gyfer deg dyn. Ugain.

Cofiai Edgar y diwrnod mwll ar ddechrau mis Mai pan awgrymodd ei fam-gu y dylai chwilio am yr ysgol y tu ôl i'r sied a chasglu mesur hir o raff. Dweud ei bod yn mynd allan i "wya". Heb esbonio gair am ba fath o wyau. Fe'i dilynodd yn addfwyn, heb yngan gair o gwestiwn ynglŷn â sut neu pam na ble. Bachgen bach yn dilyn ei fam-gu i erchwyn y tir. Mae Rhosili, fel unrhyw ddarn o dir sy'n creigio mas i ganol môr yn rhyw fath o Finisterre; diwedd y tir, bys caled sydd am wrthsefyll rhu y gwynt, pŵer y tonnau a threigl amser.

Lwcus bod y llanw mas ar y ffordd i'r Worm, a'r ddau ohonyn nhw'n gallu cario'r ysgol fach, y rhaff a'r fasged casglu wyau ar draws y graean gwlyb a'r gwymon slic. Doedd balansio ddim yn hawdd, ond roedd y boi bach yn dilyn camau ei fam-gu fel ma cyw hwyaden yn dilyn y fam, gan ystumio'i symudiadau. Rhedai geiriau'r gân am gerrig yr afon yn slic a dyna chi dric drwy feddwl Edgar wrth iddo geisio cadw ei falans ar lwybr oedd yn ffit i ddefaid mynydd yn unig, a'r ysgol yn trymhau ar ei ysgwyddau wrth i'w fam-gu gamu'n bwrpasol o'i flaen, fel cadfridog. Wrth iddyn nhw gyrraedd darn o dir isel, sych – dechrau'r ynys-dros-dro – sef y Worm ei hunan, roedd rhieni'r gwylanod ifanc nad oedd yn gallu hedfan eto yn deif-bomio'r ddau, a Mam-gu'n chwerthin yn uchel – er bod rhai o'r adar yn tynnu gwaed o'i phen. Tynnodd ei ffedog a'i rhoi i'r crwt i'w lapio o gwmpas ei ben, gan weiddi...

"Minda dy lyged. Ma'r bastads 'ma'n wyllt."

Doedd y crwt erioed wedi clywed Mam-gu yn rhegi o'r blaen, a doedd e ddim yn hollol siŵr taw rhegi oedd hi, na'i fod e newydd glywed rheg, oherwydd a dweud y gwir doedd e ddim yn gwybod y gwahaniaeth rhwng rheg a gair cyffredin fel rhaca, clawdd neu ddafad. Ond, roedd na ryw dinc o euogrwydd, neu efallai, tinc chwareus wrth i'w fam-gu ynganu'r gair. "Bastads." Ond doedd gan Edgar ddim rhyw lawer o amser i ystyried y gair wrth i wylan gefnddu gythru drwy'r aer tuag ato – ei phig yn arf, yn bicell finiog – ac yntau'r crwt yn gorfod codi'r ysgol o'i flaen i'w amddiffyn ei hunan. Byddai'n olygfa ddoniol pe na bai'n olygfa mor ddanjerus.

Bellach roedd y tir yn codi, a Mam-gu yn sefyll yn browd ar fryncyn wedi iddyn nhw lwyddo i fynd drwy'r meinffild o adar ifainc – a'r gwylanod yn dechrau setlo yno, fel bydd conffeti y tu fas i ddrws eglwys wedi priodas.

"Weli di hwn, Edgar?" gofynnodd yr hen fenyw; ei hysgyfaint yn pwmpio fel megin, wedi'r straen o ddringo'n uchel. Wrth iddyn nhw nesáu at ffordd garegog a arweiniai at yr ynys-dros-dro – ac a fyddai'n mynd o'r golwg pan fyddai'r llanw ar ei uchaf – pwyntiodd ei bys at hollt yn y graig.

"Dyna lle'r aeth dy dad-cu i guddio unwaith wrth chware gêm gyda'i frawd. Doedd e ddim wedi dod mas o gwbl, a hithau'n nosi bellach, felly aeth ei frawd i 'nôl help – yn y tywyllwch, cofia – heb na lamp na llusern na dim byd. Ond mi lwyddodd i fynd draw a galw am help, a'i galon fach yn mynd fel y jiawch – achos doedd ganddo fe ddim clem beth oedd wedi digwydd. Oedd ei frawd wedi mynd yn sownd mewn rhyw gilfach, neu wedi mynd i drwbwl yn un o'r ogofeydd 'na sy'n llenwi 'da dŵr wrth i'r llanw godi? Roedd e'n becso 'i enaid bach. O'dd e bownd o fod yn dipyn o seit; deg dyn â llusernau'n rhwyfo draw, oherwydd erbyn hyn roedd y dŵr lan at ble mae'r tair gwylan 'na'n sefyll ar y foment – ti'n eu gweld nhw draw fan'na? Gwnaeth pump o'r dynion rwyfo'r cwch, tra bod y lleill yn dala'r gole; a dyna beth welodd y crwt – drwy hollt fach dene, dim mwy llydan na chorff llygoden – y goleuade 'ma'n dod tuag ato, signal y byddai'n cael byw, y byddai'n gweld un wawr arall, er iddo bron â cholli'r awydd i fyw, funudau'n gynharach, pan oedd y dŵr yn llyfu ei draed, ac yn dechrau codi – fodfedd wrth fodfedd. Dyna falch oedd e i'w gweld nhw, er bod ei broblemau ddim drosodd 'to – gan nad oedd hyd yn oed y bois oedd wedi bod yn byw a bod ar y Worm, yn gwybod y ffordd miwn na mas o'r ogof 'ma – pan o'dd y dŵr yn uchel – a neb yn gwbod a o'dd 'na boced o aer ddigon mawr i gadw'r crwt yn fyw. Gallen nhw weld 'i lyged e, a'r rheini'n lyged digon gwyllt yr olwg – yn edrych fan hyn a fan'co. Rhaid bod 'na ffordd i mewn, gan fod y crwt yno'n gweiddi ei fod e'n iawn. Do'dd e ddim yn iawn mewn gwirionedd, achos roedd y dŵr lan hyd at 'i ganol erbyn hyn, ac yn dal i godi – a fydde'r penllanw ddim am ryw ugain munud arall. Ro'dd y dynion a ddaeth yno i'w achub nawr yn dechrau mynd i banic, wrth geisio dychmygu faint o le oedd 'na rhwng lefel y dŵr hallt a tho yr ogof.

'Ti'n iawn?' gweiddodd un o'r dynion.

'Ydw,' atebodd Tad-cu mewn llais bach pitw, diymadferth.

'Ti'n dal yn iawn?' byddai rhywun yn gofyn iddo, nawr ac yn y man, drwy'r twll cul – wrth i'r crwt deimlo'r dŵr oer yn codi ac yn cau am ei frest fel magl."

Erbyn hyn roedd Mam-gu yn ei hwyliau yn adrodd y stori; yn dangos dawn y cyfarwydd, ac yn defnyddio'r syniad o'r dŵr yn codi fesul modfedd yn hynod effeithiol, gan fwynhau'r olwg syn ar wyneb ei hŵyr ifanc. Safai yntau yno yn yr heulwen; ei ben bach yn gaeth, wrth iddo rythu ar y twll – fel ei dad-cu. Ni allai ddychmygu sut roedd ei dad-cu yn teimlo, nac yn wir sut y llwyddodd i ddygymod â phrofiad mor hynod ac mor ofnadwy. Diolch byth, roedd Mam-gu ar fin cyrraedd yr uchafbwynt, ac wrth gwrs, gwyddai fod Tad-cu wedi goroesi gan ei fod e'n dal yn fyw. Eto, ni allai fod yn hollol siŵr, gan taw stori oedd hon, a gallai unrhyw beth ddigwydd mewn stori.

"Cododd y teid i'w anterth, ac roedd dy dad-cu yn dal yn fyw, ond bu'n rhaid iddyn nhw aros tan y bore a gwawriad yr haul i gael gweld y crwt yn gwasgu ei hunan 'nôl drwy'r twll. Roedd pawb yn gweiddi ac yn dathlu; yn melltithio'r môr ac yn 'i fendithio yn yr un ana'l."

Safodd y ddau ar fryncyn o wair am funud gron i fwynhau diweddglo'r stori ac i orfoleddu'n dawel. Yna, cododd Mam-gu ei basged, gan awgrymu ei bod hi'n hen bryd iddyn nhw gael eu hantur fach beryglus eu hunain…

Dyma Mam-gu yn llunio clymau morol – *hitches*, *bowlines* a *clove knots* – fel tase hi'n gwneud hynny bob dydd, yn gwbl hyderus ac yn gyfforddus; fel tase fe ddim tamed yn fwy cymhleth na thynnu pys yn yr ardd o'u plisgyn. Yna, wrth iddi osod darn trwchus o raff megis yn wregys iddi hi ei hun, dyma hi'n esbonio ei bod hi wedi dysgu sut i wneud hyn gan ei hen dad-cu; felly roedd y wybodaeth am y clymau, y rhaffau a'r casglu wyau yn mynd yn ôl yn bell iawn. Roedd yn bwysig bod Edgar yn talu sylw ac yn dysgu gwneud popeth yn union yn y ffordd roedd ei fam-gu yn dangos iddo, er mwyn iddo yntau allu dangos yr un dechneg i'w blant yntau yn eu tro.

"Tra bydd adar yn nythu ar y creigie 'ma, bydd angen i rywun eu cynhaeafu. Y record ydy naw dwsin mewn prynhawn, ac yn fwy na hynny, llwyddo i gario pob un 'nôl yn ddiogel mewn dwy fasged – heb sôn am gario'r rhaffau a'r ysgol a phopeth arall. A chofia di, Edgar bach, un dyn yn unig sydd wedi llwyddo i wneud hyn. Ro'dd dy dad-cu yn gawr, yn ei ddydd, ac yn ddringwr da – yn gallu llithro i lawr y clogwyni fel llysywen. A byddai'n chwerthin wrth fynd, am ei fod e'n mwynhau'r perygl, ac yn fwy na hynny yn dwli ar flas wyau gwylan wedi eu berwi ar ddarn o dost gyda llond dwrn o halen môr wedi ei friwsioni drosto. 'Bwyd paradwys,' fyddai'r hen foi yn 'i ddweud, gan lyfu'r plât â'i dafod mawr pinc."

Un cam, cyn swing i'r dde. Cam llai sicr, arall; 'nol i'r canol. "Reit, dal fi'n dynn nawr, Edgar, neu fe fydd rhaid i ti whilo am fam-gu newydd!"

Gwnaeth hi hongian yno yn y gwynt, ei sgert yn cael ei chodi ganddo a hithau troelli'n dawel wrth iddi fwydo'r rhaff mas, fodfedd wrth fodfedd tra bod Edgar yn gweddïo dan ei anadl. Mam-gu arall? Doedd e ddim am fam-gu arall. Roedd yr un o'dd 'da fe yn hen ddigon. Yn fwy na digon.

Mae'r gwylanod yn ffluwch gwallgo bellach, yn crawcian ac yn ymosod ac yn tasgu drwy'r awyr; ac mae Mam-gu yn codi ei ffedog dros ei phen i amddiffyn ei hun rhagddyn nhw. Mae'r ffedog yn ei dallu, ond cyfaddawd yw'r peth, wrth iddi ddefnyddio cyllell i chwynnu'r mwswg sy'n tyfu mewn ambell fan – er mwyn rhoi lle i'w bysedd grafangu'r ffordd ymlaen.

"Minda, Mam-gu!" gwaeddodd y crwtyn bach, wrth iddo weld gwylan gefnddu yn mynd yn syth amdani. Llwyddodd Mam-gu i fwrw'r aderyn gyda phastwn bach, a dyna'r peth rhyfeddaf i Edgar ei weld yn ei fyw. Doedd e erioed wedi gweld y fath beth, ac yn sicr erioed wedi gweld y pastwn o'r blaen. Wyddai e ddim bod hwn wedi ei ddefnyddio gan recriwtwyr y llynges pan oedden nhw am ychwanegu dynion at y criw, ac yn bwrw bois – oedd yn arllwys mas o lefydd fel y Schooner a'r Cape Horner – yn ddiymadferth wrth ochr y cei, er bod rhai bron yn ddiymadferth yn barod wedi yfed hanner casgen neu fwy.

Erbyn hyn roedd gan Mam-gu ddau wy yn ei basged. Roedd y gwylanod yn wallgo uwch-eu-stŵr bellach, gyda rhai ohonyn nhw'n ca'l ofon wrth glywed sgrechfeydd y naill a'r llall – gan mor fyddarol oedd eu sŵn. Carnifal gwyllt o grawcian a thasgu; yr un sŵn ag y byddai bois bach yn ei greu wrth daflu cerrig er mwyn creu comosiwn.

Meddyliodd Edgar bod cadw ffowls yn lot haws. Mynd rownd y sied yn y bore, wedi dysgu ble roedd pob iâr yn dodwy. Ond doedd dim amser i ddatblygu'r gymhariaeth... Roedd Mam-gu yn edrych yn fodlon iawn ei byd wrth iddi osod darn o hen siôl dros y fasged – a oedd yn lled-awgrymu ei bod hi wedi casglu digon – ond nid dyna'r gwir. Dyma hi'n gweiddi arno:

"Nawr am y gwilyms!"

Gwyddai'r bachgen taw enw oedd hwn am adar môr – *guillemots* yn Saesneg – oedd yn nythu islaw ar lethrau'r clogwyni, ymhell o stŵr a llygaid y gwylanod barus. Gwyddai, hefyd, fod rhai o'r bois ifainc ffit o Rosili wedi ceisio cyrraedd y llethrau hynny ac wedi ffili – a hynny ar dywydd tes, ar brynhawn heb awel. A nawr roedd y gwynt yn codi, y môr yn dechrau siglo ei hunan allan o'i gwsg; ac, wrth gwrs, roedd y llanw ar fin troi, felly doedd 'mo'r gwynt na'r amser o'i phlaid. Hedfanodd sgwadron o filidowcars yn rheng ar draws y dŵr; eu cyrff yn smotiau gwyrdd-ddu, megis i danlinellu pa mor uchel oedd y clogwyni, a pha mor beryglus oedd hela wyau adar y môr. Gwyddai Edgar fod bron pob mam-gu arall yn aros yn y tŷ bron drwy'r dydd, yn nyddu a gwau a gwneud pice-ar-y-ma'n. Ond nid ei fam-gu e... roedd hi'n dra gwahanol. Rhedai yn y teulu; roedd hynny'n gwbl glir.

"Chi'n siŵr, Mam-gu? Drychwch, mae'r môr yn troi, ac mae mynd lawr man'na yn ddanjerys; a ta p'un, dwi'n clywed nad yw wyau'r gwilyms ddim mor neis â hynny. Hen bethe drewllyd, 'wedodd Wncwl Stan."

"Wncwl Stan. Wncwl Stan? Pryd glywest ti'r pwrsyn 'na yn dweud unrhyw beth da am unrhyw beth o gwbl? Mae'n rhy o'r ar ddiwrnod twym, ac yn rhy dwym ar ddiwrnod o'r. A phawb â rhywbeth yn bod arnyn nhw. Tro yn llygad y gweinidog Methodist yn 'i wneud e edrych yn ddrwgdybus. Yn meddwl pwy? Dim ond Stan. Y dyn mwya ceintachlyd yr ochr 'ma i Oldwalls. Dwi'n mynd lawr, a fydda i ddim chwincad. Ond bydd rhaid i ti ddod gyda fi i ddal y fasged."

Teimlodd Edgar yr ofon yn llenwi ei lwnc hyd at dagu. Y syniad o fynd lawr fan'na; danglo gyda Mam-gu uwchben y môr oedd yn dechrau eu llygadu nhw ill dau, fel 'taen nhw'n wyau blasus i'w llyncu gan y dyfroedd dyfnion. Ond roedd Mam-gu wedi dechrau disgyn, gan edrych yn ôl i wneud yn siŵr bod ei hŵyr yn dilyn. Dechreuodd weiddi cyfarwyddiadau ynglŷn â ble i gysylltu'r rhaff a sut roedd angen iddo sefyll i ddal ei phwysau hi.

Un wy yn unig sydd gan bâr o wilyms; ei waelod yn fwy llydan na'r top, yn debyg i ellygen o ran siâp – fel bod aderyn sy'n digwydd cyffwrdd â'r wy ar ddamwain yn gwybod y bydd yn rholio un ffordd, yna'n rholio'r ffordd arall, cyn diweddu yn sefyll yn ei unfan. Ac mae'r gwils, y gwilyms, yn swil ac yn ei baglu hi os digwydd i unrhyw fam-gu eu bygwth wrth hongian ar ddarn o raff. Mae hynny'n waith gymaint haws na cheisio erlid gwylanod mawr ffyrnig.

Yna, slipiodd Mam-gu...

Am rai eiliadau roedd hi'n hongian yno, wrth gynffon y rhaff, uwchben y dibyn. Yn gwneud dim byd ond hongian yno'n dawel, fel cloch eglwys yn aros am yr awr cyn taro. Prin bod Edgar yn gallu anadlu, ond gwyddai bod angen canolbwyntio nawr, a meddwl yn glir. Yna, gydag un symudiad bach, bach dyma Mam-gu yn symud i'r chwith; yna siglodd ei hysgwydd er mwyn gogwyddo i'r dde, ac mewn cyfres fechan o symudiadau tebyg dyma hi'n dechrau swingio mwy a mwy – ac Edgar yn sylweddoli ei bod hi'n ceisio troi ei hun yn bechingalw... yn bendiwlwm, ie dyna'r gair, ac roedd hi'n symud 'nôl a 'mlaen droedfeddi ar y tro bellach. Daliai hithau'r rhaff yn dynn, ond roedd breichiau Edgar yn dechrau gwegian dan y straen; doedd dim modd iddo glymu'r rhaff wrth unrhyw beth, ac yn wir, allai e ddim symud. Yr unig beth y gallai ei wneud i sicrhau na ddiflannai Mam-gu i'r heli oedd cymryd y straen, ond gan ei bod hi'n swingio 'nôl a blaen, gwnâi hynny bron yn amhosib.

Ni chofiai'r fath boen na'r fath straen yn ei fyw, ond roedd e'n ystyfnig ac yn benderfynol ac roedd ei freichiau yn gyhyrog ac yn ddi-ildio – a throdd ei goesau yn wreiddiau derw, a'i asgwrn cefn yn fwa o ddur. Digwyddodd y trawsnewidiadau hyn o gariad tuag at y fenyw yma, a oedd o fewn ychydig fodfeddi i gael ei throed ar ris yn y graig. Un swing arall oedd isie. A dyma hi'n mynd amdani, y tro hwn bron bedair troedfedd bant o'r graig cyn dod yn ôl, a'i throed yn llwyddo i gael troedle, a'i braich yn ymestyn i ddal gafael mewn tusw gwydn o wair sych – a hwnnw'n ddigon i ddod â hi i stop... Cyrff y ddau yn crynu; y crwt a'r hen fenyw. Yna llwyddodd hithau i dynnu ei chorff tuag at wyneb y graig a gosod ei throed arall ar ddarn solet o graig, a chydag un ymdrech arall dyma hi'n gallu sefyll yn syth, a chael ei gwynt ati, ac edrych i ddod o hyd i ffordd yn ôl i'r copa.

A dyma Mam-gu yn dechrau dringo. Roedd urddas nawr yn ei symudiadau, pendantrwydd yn y ffordd roedd hi'n edrych am le i osod sawdl, wedyn lle i gymryd y pwysau; a thrwy hyn oll, doedd dim angen i Edgar ddal y slac yn dynn, dim ond gweddïo a rhyfeddu at sgil yr hen fenyw – oedd ddim mwy na chwe throedfedd o ben y clogwyn nawr, ac yn symud ei chorff fel rhywun chwe deg mlynedd yn iau – ac roedd e eisiau gwenu a chwerthin ar yr un pryd wrth iddo ddechrau gweld patrwm y symudiadau nesaf wrth i'w fam-gu sefyll ar y darn siâp triongl o graig, yna codi ei hunan i'r lejen nesaf. Erbyn iddi gyrraedd erchwyn y graig, roedd hi'n chwysu gymaint nes bod ei gwallt yn wlyb sopen – fel rhywun oedd newydd fod drwy storom law – a dyma hi'n mystyn llaw tuag ato, ac Edgar yn dal gafael mewn ffordd awgrymai na fyddai'n gollwng byth eto, dim tan Ddydd y Farn ac efallai'r diwrnod ar ôl hynny; a dyma hi'n llusgo ei chorff blinedig dros y top a gorwedd yno gyda'i hasennau'n crynu. Edrychai'r ddau ar y môr, oedd nawr yn troi o fod yn greadur newynog i edrych fel caeau mawr gwyrdd, y tonnau fel rhychau hir mewn cae newydd ei aredig, yr holl beth yn golchi'r lan yn fendithiol, gyda thynerwch bron. Nid dyma'r bwystfil oedd am erydu'r graig a llusgo'r tir i'r gwaelodion. Na, dyma'r môr oedd yn hala pysgod mewn i'r rhwyd, yn bendithio. Un cynhaeaf llawn o benwaig, fel arian byw yn berwi yn y rhwyd, neu fecryll fel cymylau o lwyd a du wedi disgyn i lawr o'r nen.

Edrychodd Mam-gu ar Edgar, ac Edgar ar Mam-gu, wrth i'r hen fenyw estyn ei llaw i mewn i'r fasged. Dangosodd yr wy i Edgar gyda gwên amhrisiadwy. Wy perffaith y gwilym.

"Gawn ni hwn i de. Rannwn ni fe rhyngton ni," wedodd Mam-gu. "Dwi'n credu ein bod ni'n haeddu tamed bach o trît, on'd dwyt ti'n cytuno?"

Rhan Un
Stormydd cyson

Cychwyn
51.5690° N, 4.2868° W. ★(Rhosili)

Morluniau
a chardiau post

Dyma rai o'r pethau y bydd Edgar yn cofio amdanyn nhw yn y dyfodol – digwyddiadau lliwgar i'w gynnal ynghanol yr iâ. O bydd, bydd na lot fawr o iâ. Cyfandir gwyn ohono. Yn ymestyn o'i flaen, hyd at dragwyddoldeb…

Fflachiadau mellt yn tasgu'n wyllt draw tua Burry Holms. Taranfolltau Job yn taro o bob cyfeiriad, gan geisio dodi'r tonnau ar dân. Y môr yn corddi.

Tonnau gwyllt y lli yn bawennau gwyn yn rhacsio ei gilydd, fel ewinedd cath yn rheibio corff llygoden. Hyn oll dan awyr sy'n gymysgedd berw o dywyllwch huddygl a lliw llechen wlyb. Y math o liwiau sy'n dod gyda glaw, neu sydd efallai'n cario'r glaw. Mae'n bwrw'r caeau a'r creigiau a'r llwyni o eithin heddiw fel artileri o grombil yr Iwerydd.

Diferion, arllwysiadau, dafnau o law. Y du yn lledaenu, yr haul yn boddi, y golau'n diflannu. Y cymylau bellach yn gatalog o liwiau metel: ffeutur, plwm ac arian byw – a'r rhain oll yn gymylau peryglus o drymlwythog. Pan ddaw'r arllwysfa, fydd e'n ddigon sylweddol a bygythiol i foddi'r penrhyn o'r naill ben i'r llall? Efallai, boddi'r byd yn ei grynswth. Dydd y Farn ar Benrhyn Gŵyr. Adeiladed yr arch jest rhag ofn. Paratoed y bobloedd i'w boddi'n un dorf ofnus.

Dro arall, yr un olygfa. Hithau'n nos, y nen yn felfed. Y lleuad yn berl mawr, crwn ac yn arllwys golau hufen dros rychau'r tonnau lliw tun. Gwyddau gwyllt, efallai o Ganada, neu efallai'r rhai prin o'r Wlad Werdd, sy'n gwneud silwetau Tsieineaidd wrth bistona'u hadenydd heibio'r lloer… Sioe bypedau fyw yn theatr y nos.

Mae'r lloer yn llawn, a'r hufen mor drwchus fel y gallai dyn dybio ei fod wedi dod o fferm Mrs Daniels, sy'n gwneud yr hufen gorau – ac yn sicr yr hufen mwyaf trwchus – yn y parthau 'ma, os nad yn ne Cymru gyfan. Mae ganddyn nhw enw am y math yma o loer yn y parthau hyn. "Haul y Meddwyn", gan ei fod yn goleuo llwybr rhywun sy'n camu'n sigledig allan o'r dafarn ganol nos – y Ship yn Middleton, efallai – a'r pŵr dab ddim yn gwybod p'un a yw hi'n ddydd neu'n nos. Enw arall arni yw "Lleuad Tarw", ond does neb yn gwybod pam; dim hyd yn oed Tommy Morgan, y dyn hysbys, sydd yn gwybod ychydig bach am bopeth dan haul, ond y mae'r enw yma'n benbleth iddo. Felly mae'n awgrymu ei fod yn enw mympwyol, wrth gyfaddef ei fod yn hoff iawn o'i sŵn. Lleuad Tarw. Sy'n gwneud iddo feddwl am enwau eraill rownd ffordd hyn. Enwau Saesneg, gan taw dim ond un person sy'n siarad y Gymraeg yn y fro hon, ar erchwyn y tir, sef Tommy ei hun. Whimble Tump Field. The Great Cabbage Patch. The Vile. Gogoneddus enwau Penrhyn Gwŷr. Stuxton. Cathan. East Cathan. Thurba. Blackhole Gut. Dyma gwmwd Is-coed gynt.

Dro arall, eto, mae'r môr yn wyrdd ac yn sgleiniog, fel

wyneb gwydr potel win. Yn troi'n sydyn yn wyrdd dyfnach na lliw nodwyddau pîn; y rhai maen nhw'n eu casglu draw yn Whitffwrdd adeg y Nadolig i addurno'r aelwyd, a'r lle tân yn arbennig. Yna'r nen yn llenwi 'da düwch dwfn, di-gymesur wrth i gymylau bygythiol symud i mewn, eto. Inc eu lliw; hirlaw eu byrdwn. Digon o law i olchi'ch pechodau i gyd, chi drigolion ystyfnig pen draw'r byd. Oherwydd dyna yw'r trwyn hwn o dir mewn un ystyr. Land's end. Finisterre. Ble mae Penrhyn Gŵyr yn cael ei lyncu gan ddyfnder y môr. Ble mae'r tir yn cael ei erydu gan donnau dirifedi a gwynt sy'n chwip ac yn gymydog cyson ac yn amlach na heb yn fwystfil ffyrnig sydd am ddryllio a darnio a chwalu'r tir mawr yn ddwst gwlyb. Gan adael dim ond esgyrn y tir ar ei ôl. Y clogwyni gwynion fel mynwent.

Ac ar hafddydd godidog fel heddiw, mae'r olygfa'n un gwastadedd llyfn, pownd dŵr llonydd sydd megis heb unrhyw gysylltiad â'r Iwerydd a'i dymer cas. Eto, mas fan'na, yn y gwir ddyfnderoedd mae 'na fwystfil sy'n llechwra ac am ymosod ar y tir a'i rwygo. Cracen. Lefiathan. Ond mae'n aros am ei gyfle, yr un iawn, i hyrddio ei hunan at y lan a'i drigolion pitw bach pathetig a'u llyncu'n fyw fel ansiofis. Mae'n nofio drwy hunllefau plant y fro, yn troi ei ddannedd siarp wrth iddo dorri drwy'r dŵr fel torpido.

I'r môr, cynrhon bach yw'r ddynolryw – tameidiau bychain i aros pryd. Dyna yw hanfod y berthynas. Mae'n bendithio, drwy gynnig bwyd i'r pysgotwyr, cyn eu melltithio a llyncu'r morwyr yn fyw. Fel corgimychiaid. Neu gorbenwaig. Bwydlen o bysgotwyr. Gwledd o bobl sydd wedi boddi. Fel y mae ffarmwr yn cadw stoc, neu bobl yn cadw dofednod i'w coginio, felly mae'r môr yn gofalu am ei braidd – gan fod hynny'n ffordd o ofalu am ei swper. Diwrnodau da ble mae pawb yn pesgu'n braf. Ac yna, storom er mwyn llyncu dyn fel prae.

Plentyndod

Byddai Jacob, tad-cu Edgar yn llyo blaen ei fys, cyn ei godi'n syth o'i flaen i ddarogan y tywydd, boed e'n sefyll y tu mewn i'w fwthyn bach, neu'r tu fas, yn ei hoff le i sefyll, bant o'r gwynt ond â'r byd i gyd yn ymestyn o'i flaen. Mae Edgar yn grwtyn bach llawn bywyd a chwestiynau, tra bod ei dad-cu yn hen fel pechod. Maen nhw'n ffrindiau bore oes.

"Gwynt o'r de-orllewin, boi."

A byddai'r ddau ohonon nhw wastad yn chwerthin ar y jôc, er ei bod yn jôc feunyddiol oherwydd bod y gwynt yn y rhan yma o'r byd – ar y penrhyn rhyfedd hwn – wastad yn chwythu o'r un cyfeiriad. Gallech weld hynny yn y ffordd roedd y ddraenen ddu yn wargrwm dan effaith y chwythu, yn plygu dros y waliau cerrig isel fel tase hi'n llefen. A'r dafnau glaw megis dagrau cyson ar gyfer y ffermwyr oedd wrthi'n torri eu cefnau yn codi swêds, bresych a moron o'r tir caregog. Yr esgyrn yn troi'n ddwst dan y glaw mân a'r gwynt didostur. Yr un a chwythai o'r de-orllewin, ac a ddeuai cyn sicred â dyfodiad y gaeaf llwm.

Erbyn iddo gyrraedd ei wythfed blwyddyn roedd Edgar yn effro iawn i'r byd ac yn mwynhau'r tywydd a'r tymhorau, hyd yn oed y gaeaf oedd newydd fynd heibio, er i hwnnw fod yn hir ac yn galed ar y naw. Bu cyfnod mor oer fel bod adar – bronfreithod, socanau yr eira, coch dan adain, mwyeilch – yn disgyn o'r awyr wrth iddyn nhw hedfan dros y tŷ; eu cyrff yn bwrw'r ddaear yn galed fel cerrig, neu gesair annaturiol o fawr. Cariodd y crwtyn ifanc fwndeli ohonyn nhw at ei fam-gu er mwyn eu blingo a'u coginio, ond gwnaeth un aderyn megis dadmer wrth wres y tân a dechrau hedfan rownd y gegin cyn i Mam-gu agor y drws, gan adael y pŵr dab yn rhydd.

"Gwyrth," mentrodd Edgar.

"Mwyalchen," atebodd Mam-gu, braidd yn surbwch – oedd yn groes i'w natur hi – cyn iddi ddechrau chwerthin yn braf, ac Edgar yn ymuno â hi, nes bod y ddau yn gorfod dal eu pengliniau, a'r rheini'n crynu wrth 'wherthin cymaint. Os nad oedd yr aderyn yn wyrth roedd Mam-gu yn un, yn bendant, meddyliodd Edgar wrth weld ei bysedd yn tynnu plu'n gonffeti ysgafn wrth iddi setlo lawr i'w gwaith dygn o blufio, wedi'r diddanwch. Trodd y pentwr o adar yn bentwr o adar-'di-blingo mewn whip-stitsh.

Wrth i'r adar bach goginio yn y ffwrn dyma Mam-gu'n gwneud te iddyn nhw ill dau, gan ddefnyddio'r "stwff da", y Liptons a gâi ei gwato yn y cwpwrdd gan amlaf – yno'n barod ar gyfer ymwelydd pwysig, neu angladd. Ond roedd y gwynt o'r ffwrn yn dod â dŵr i'r dannedd, ac roedd Mam-gu o'r farn ei bod hi'n hen bryd i'r bachgen drial te da ac nid y blawd llif 'na oedd yn dod o'r siop tebyg i ogof yn Oldwalls. Paratôdd dato rhost hefyd, a llond basned dda o wymon – gan mai'r slwj du oedd hoff fwyd y crwtyn bach, yn fwy na chacennau na melysion na dim byd felly. Wedi yfed, dyma gwestiwn.

"Beth ti'n gweld yn y grownds, Mam-gu?"

Ennyd o saib...

"Fe fyddi di yn mynd i ble mae'r gaeaf yn cael ei eni."

Ni ddilynodd gair o esboniad; dim ond y deg gair 'na, a seriwyd ar gof y crwt i'r fath raddau y byddai'n tybio y gallai anghofio ei enw ei hun yn gynt na'r geiriau hynny. "Fe fyddi di'n mynd i ble mae'r gaeaf yn cael ei eni." Ble yn y byd oedd hwnnw? Beth yn y byd oedd hynny? Nid oedd Mam-gu yn un i chwarae triciau, gan amlaf, ond ni allai ei pherswadio i ddweud un gair mwy ynglŷn â hyn. Bu'n rhaid i'r peth aros yn ddirgelwch.

Ceisiodd ddarllen rhywbeth yn llygaid yr hen fenyw, ond roedd hi'n rhy gyfrwys i hynny. Ac yn rhy warchodol gyda'i phwerau. Y geiriau moel; dyna oedd ei hanrheg iddo, gan wybod, un diwrnod, y byddai'n deall yn union – wrth i Edgar ymweld â'r lle y gallai hi ei weld yn ei dychymyg. Y man geni rhyfedd hwnnw.

Gallai fod wedi gofyn cwestiwn arall iddi: roedd hi wastad yn fodlon derbyn hyd at dri chwestiwn. Roedd tri yn ofyn perffaith, yn rhif gydag ystyr y byddai'r gwŷr hysbys oedd yn byw dri phentref i ffwrdd yn ei ddeall yn iawn. Petasai wedi gofyn iddi pam y byddai e'n mynd i fangeni'r gaeaf, efallai y byddai wedi cynnig ateb... er, mwy na thebyg, yn fwy o bos nag o ateb. I ddilyn y gŵr dewr o Norwy. Dilyn Amundsen... nid ei fod yn adnabod yr enw hwnnw eto.

Ond doedd y bachgen ddim yn ddigon effro i ofyn mwy nag un cwestiwn, y diwrnod hwnnw; a ta p'un, doedd gofyn cwestiynau ddim yn cael derbyniad rhy wresog yn ysgol fach y pentref ble byddai'r meistr yn adrodd ffeithiau moel a'r plant yn eu 'sgrifennu nhw i lawr mewn llawysgrifen oedd yn awgrymu bod pry cop wedi cerdded drwy'r pot inc. Llawysgrifen annerbyniol, yn haeddu dim byd mwy na blas y gansen. Nid y geiriau oedd yn bwysig, na'r sillafu, ond y llawysgrifen ei hun. Cofiai'r rheolau yn glir. Dal y llifbin yn y llaw dde, gyda'r bys bawd bron o dan y pin, a'r bysedd eraill yn ymestyn yn fflat. Os digwydd i unrhyw ddisgybl blygu bys, yna byddai'n cael y gansen – a honno'n hongian wrth ddau fachyn reit y tu ôl i'r athro, yn fygythiad parhaol, un o arfau addysgiadol Mr Hughes oedd yn cael ei ddefnyddio ambell ddiwrnod yn amlach na llyfr. *Y gansen yw'r prifathro* fyddai Mr Hughes yn ei ddweud fel jôc. Ond doedd 'na ddim byd yn ddoniol am y wialen denau a'i brath fel picwn ar gledr y llaw.

Yfodd y ddau – Edgar a'i fam-gu Lizzie Anne – mewn llawenydd a llonyddwch purion; ac yna dyma Mam-gu yn darllen y grownds, un o'r sgiliau hynny oedd yn dod â dieithriaid i'r drws bob hyn a hyn i ofyn iddi ddarogan y dyfodol – ambell waith am swllt, ambell waith am dipyn mwy.

Ambell waith byddai'n gorfod smalio nad oedd hi wedi gweld dim byd, am ei bod wedi gweld rhywbeth rhy ddychrynllyd – marwolaeth plentyn, damwain yn y cwar, cysgod dros yr aelwyd.

Roedd ei dad-cu, Jacob yn sbesial hefyd.

Byddai Edgar yn cofio bys ei dad-cu yn pwyntio tuag at y nefoedd, neu'r cymylau o leiaf, a gwynt y tybaco fyddai'n mudlosgi'n loyw-goch ym mhowlen ei bib o fore gwyn tan nos, a'r ffordd byddai'n sefyll fel brenin wrth edrych ar yr haul yn machlud yn fêl mawr tanjerîn, gan suddo i'r tonnau fel tase'n mynd lawr, lawr, lawr i'r dyfroedd mawrion, dwfn i oleuo llwybrau'r mecryll a chynnig llusern o olau i unrhyw siarc oedd yn digwydd pasio.

Jacob ddysgodd iddo bysgota, mynd ar ôl y morleisiaid oedd yn dod wrth y fil i oefad yn lleng o gwmpas Worms Head. Gallai dyn ddal llond basged gyda gweddi'n unig, esboniodd yr hen ŵr i Edgar, "ond mae'n haws defnyddio mecryll a bachau i ddenu pysgod mwy." Rhyfeddai'r crwt wrth weld bysedd yr hen ŵr yn torri darnau mecryll i'w defnyddio'n abwyd, yn nyddu'r sgwariau bach yn batrwm ar y rhes o fachau, fel tase fe'n addurno mwclis pert i daflu'n aberth i dduwiesau'r môr.

"Ti'n gweld, Edgar, y morlas neu'r *pollack* yw'r 'sgodyn hawsaf i'w ddal yn y byd i gyd. Miliynau mas 'na, wir ddyn iti. Hen bethau barus ydyn nhw, neu dwp, neu yn sicr hawdd i'w drysu; ac maen nhw'n hoff o ddod yn agos i'r tir, felly gall dau bysgotwr gwerth chweil, fel ti a fi, fod yn siŵr o ddal llond trol. Dau lond trol. A ti'n gwybod fel ma Mam-gu yn hoffi pysgod. Efallai'n wir ei bod hi'n fôr-forwyn fel mae rhai yn 'i awgrymu, neu'n rhodd gan Neifion i ni feidrolion. Ta p'un, ma unrhyw fenyw sy'n nofio bob dydd o'r flwyddyn – fel ma fy Lizzie Ann innau yn 'i wneud – yn gr'adures ryfedd. 'Sdim rhyfedd bod gan bobl ei hofn hi, gan gynnwys y ficer yn San Cennydd sy'n meddwl ei bod hi'n wrach. Ond lico nofio, lico oefad ma hi, a'r tonnau'n ei chadw'n dwym, neu dyna beth mae hi'n 'i ddweud, o leiaf. Yng nghanol y gaeaf, Edgar bach. Reit yng nghanol y gaeaf. Ma dy fam-gu yn mynd i 'whilmentan yn y tonnau, ym mhob tywydd. Na ti fenyw... a hanner."

Cytunai Edgar yn hollol. Ei fam-gu oedd y fenyw ryfeddaf dan wyneb haul. Roedd sawl stori amdani hi'n hedfan o gwmpas y pentref – amdani hi'n ymddangos fel angel neu fel gwrach – ond doedd neb yn ddigon dewr i adrodd y stori yn ei chlyw. Ambell waith, byddai ei llygaid yn troi'n gyllyll. Fyddai neb am ei chroesi, ac yn sicr doedd neb am iddi eu melltithio; nid bod hynny'n digwydd yn aml... dwywaith, falle, yn ystod ei bywyd. Ond roedd pawb yn tybio bod ganddi bwerau, dealltwriaeth o bethau cyfrin yn y byd hwn – ac efallai'r arallfyd – oedd yn ei gwneud hi'n wahanol, yn rhywun i'w pharchu a'i hofni yn yr un anadl.

Clywodd Edgar, fwy nag unwaith, y stori am y ffeit rhyngddi hi a Thomas Hamwell – ble llwyddodd i dorri trwyn y boi, ac yntau'n ddyn cryf ac yn ei brifiant, a hithau ond yn hen fenyw oedd yn hoff o oefad. Mae'n debyg na thywyllodd Hamwell ddrws y dafarn fyth oddi ar hynny, oherwydd yr embaras o golli ffeit 'da gwreigen yn ei saithdegau. Beth achosodd y fath beth yn y lle cyntaf? Doedd neb yn siŵr yn union, ond roedd un peth yn sicr... Tymer Lizzie. Roedd hi'n gallu bod fel cath wyllt heb ddim rheolaeth dros ei dyrnau. Dyna pam roedd tad-cu Edgar yn ddyn mor dawedog. A gofalus. Dyn oedd yn cerdded yn hynod ysgafndroed er mwyn osgoi dihuno'r gath. Yn enwedig os nad oedd Lizzie Anne mewn hwyliau da.

Yn y parthau hynny, roedd 'na draddodiad sbesial iawn ble byddai morwyr oedd yn teithio'r moroedd mawrion – ac yn mynd yn bell, bell, bell oddi wrth eu hanwyliaid a'u plant – yn paentio llun o borthladd-diwedd-eu-taith ar bluen aderyn, ac yn ei anfon 'nôl fel rhyw fath o gerdyn post. Felly, byddai delwedd o borthladd Valparaíso yn cyrraedd ar adain gwylan, fel petai; neu stocer ar long glo yn anfon llun o Ddyfnaint ar bluen môr-wennol cyn eu bod yn symud ymlaen sha Galicia. Byddai cariadon a gwragedd a phlant yn agor yr amlenni o wledydd pell ac yn dyfrio'r delweddau gyda'u dagrau, neu'n gwenu'n braf o wybod bod yr hen foi ar ei ffordd 'nôl adref.

Doedd tad Edgar ddim yn bresennol iawn pan oedd yn tyfu i fyny. Nid bod bai arno fe am hynny. Doedd bod yn forwr ddim yn cyd-fynd gyda bywyd domestig, eistedd wrth y tân, tynnu tato bach a'u pilio'n lân ar gyfer cinio ddydd Sul. Roedd ei fyd yntau ar fwrdd llong, a dan y dec, ble roedd gwyntoedd a thonnau yn ceisio 'i ddwyn o dir y byw. Nid bod tir yn agos yn ystod mordaith sylweddol, a doedd dim byd o gwbl yn ddibynadwy os oedd storom gref am hawlio'ch llong, troi'r hwyliau yn rhubanau a'ch taflu chi i'r trobwll gwyllt – i ganol y chwyrnddwr mawr gwyrdd.

Byddai Edgar yn mwynhau'r nosweithiau yn arw pan fyddai ei dad 'nôl o'r môr, yn rhaffu storïe yn un gadwyn hir, byth yn stopio eu rhaffu nhw – un yn dilyn y llall fel nos yn dilyn dydd. Byddai ei dad yn pregethu drosodd a throsodd sut roedd y tir yn lle peryg i forwr; y creigiau solet yno i'ch lladd. Persbectif arall oedd gan ei dad. Un o'r môr yn gweld bob traeth, penrhyn ac ynys fel allor. Y tir oedd yn lladd, yn dryllio. Gochel rhag mynd yn rhy agos at hwnnw.

Hoff stori Edgar oedd yr un am daith ei dad pan aeth yr holl ffordd i Siberia, i benrhyn o'r enw Kamchatka.

Disgrifiai'r diffeithwch llwyd a'r oerni mewn ffordd oedd yn swnio i'r crwtyn bach fel lle atyniadol, oherwydd ei fod mor, mor wahanol i'w gartref ym Mhenrhyn Gŵyr.

Un diwrnod, dyma tad Edgar yn cael caniatâd i adael y llong am dridiau; ac wrth i nifer o aelodau'r criw ei heglu hi am fariau trist a thywyll y porthladd i yfed fodca, i ymladd ac i chwilio am buteiniaid – ni esboniodd tad Edgar beth oedd ystyr hyn, oherwydd y cywilydd – dyma fe'n penderfynu dilyn ochrau rhewedig yr afon i ddod i nabod Rwsia yn well. Prynodd got ffwr drwchus a chafodd afael ar ffon dda i ddelio gyda'r cŵn gwyllt browliai'n bowld ym mhobman gan sgyrnygu eu dannedd. Byddai'n gofyn i bobl am gyfarwyddiadau, a nhwythau'n edrych arno'n syn – nid yn unig oherwydd bod yr iaith a ddefnyddiai yn gwbl estron, ond hefyd am ei fod e'n edrych mor wahanol iddyn nhw. Ond rhoddwyd parseli bach o fara a chaws iddo, ynghyd â sawl dymuniad da mewn iaith nad oedd e yn ei deall.

Cerddodd am oriau, gan ddod i ddeall yn sydyn iawn fod y dydd yn fyr iawn, oherwydd o fewn awr neu ddwy o ddechrau ei daith roedd hi'n wyll arno fe, ac o fewn ugain munud arall roedd yn cerdded yn y tywyllwch, mewn gwlad estron, ar goll, heb lygedyn o olau i ddangos ble roedd y porthladd, nac yn wir unrhyw arwydd o dŷ na thyddyn na chartref i 'run bod byw. Trodd nerfusrwydd yn banig yn gyflym iawn; a doedd tad Edgar ddim yn ofni cyfaddef, wrth ail-fyw y profiad, ei fod yn boddi mewn ofn, a phob sŵn yn codi dychryn wrth iddo ddychmygu eirth a phob math o fwci bos – a'r rheini'n fwci bos Siberia gyda dannedd hir melyn fel scimitars a chrafangau siarp fel nodwyddau mawrion. Yna, dyma fe'n gweld golau gwantan yn dod o dyddyn diarffordd, wrth ochr ffos ble roedd y dŵr wedi rhewi ac yn edrych fel llwybr wedi ei wneud o arian. Cerddodd mor gyflym ag y gallai, gan geisio aros ar ei draed, ac osgoi llithro; ac wrth iddo nesu, dyma fe'n ogleuo gwynt hyfryd cig yn cael ei rostio, gan wneud iddo lafoeri a chofio nad oedd wedi bwyta dim yw dim drwy'r dydd oherwydd ei fod wedi cadw'r caws a'r bara ar gyfer argyfwng. Cerddodd yn bowld lan at ddrws y tyddyn, a'r aroglau, a'r mwg a arllwysai o simnai isel y tyddyn yn tewhau fel niwl croesawus.

Curodd ar y drws, ac o fewn ychydig dyma hen ddyn yn ateb – ei lygaid yn goch oherwydd y mwg, a gwên slei yn dawnsio gyda diléit ar draws ei wyneb. Ynganodd eiriau oedd yn gorfod bod yn gyfystyr â "dewch i mewn", a cherddodd tad Edgar i ystafell yn llawn darnau o gig yn hongian – gan wneud iddo feddwl bod hwn yn rhyw fath o dŷ mwg, fel y lle yn Oldwalls ble roedd yr hen fois yn mynd i brosesu mecryll. Prin ei fod yn gallu gweld fawr pellach na'i drwyn; y mwg yn drwch, yr aroglau hefyd yn drwchus – bron i'r pwynt ei fod yn cael ei ddyrnu gan y peth.

Wrth i'w lygaid ddechrau cyfarwyddo â'r lle, dyma fe'n gweld pentyrrau o berfeddion anifail, a phenglogau'n bentwr – er na allai adnabod rhywogaethau'r rhain. Yna, sylweddolodd... nid penglogau anifeiliaid oedd yno'n bentyrrau, ond rhai dynol; y llygaid yn ogofâu, yr esgyrn yn sgleiniog wyn ar y llawr, fel tase'r croen wedi ei flingo drwy gael ei ferwi. Edrychodd ar lygaid coch gwyllt y dyn a phenderfynu mynd am y drws, ond roedd y dyn bach wedi darllen y sefyllfa yn berffaith ac roedd yn sefyll rhwng tad Edgar a'r allanfa gyda chyllell siarp ar ffurf bwa yn ei ddwylo cryfion.

Oes oedd 'na unrhyw adeg ym mywyd y dyn i wneud y penderfyniad iawn, dyma oedd yr adeg honno, felly dyma tad Edgar yn gwthio gwaelod y crochan mawr tuag at y dyn, a'r cawl berw yn tollti dros ei goes – gan roi jest digon o amser iddo wthio heibio iddo a diflannu i'r nos. Doedd tad Edgar ddim yn cofio beth ddigwyddodd wedi hynny, ond dihunodd mewn caban ddim yn bell o'r llong, a hen fenyw ffeind yn golchi ei wyneb gyda dŵr twym ac yn cynnig te cryf iddo. "Dyna'r noson wnes i lwyddo i ffoi o afael canibal yn Siberia, Edgar." Sef hoff frawddeg Edgar yn y byd. Yr un oedd yn crisialu stori arswydus ei dad, mor bell o adref, mor agos at farwolaeth.

Ie, fyddai Edgar yn mwynhau dim byd mwy na gwrando ar storïau ei dad; a byddai'r hen foi yn parhau i'w rhaffu nhw, un wrth un, nes creu cwlwm tynn rhwng y tad a'r mab wedi ei lunio o edmygedd a gonestrwydd a diléit mewn clywed stori dda yn cael ei hailadrodd. A'i hailadrodd eto, bob tro byddai ei dad yn dychwelyd o'r môr. Gydag ambell fanylyn bach wedi ei ychwanegu bob tro, gan addurno a lliwio'r chwedl fwyfwy – a'i gwella wrth wneud. Felly y dechreuodd y stori am ei hen ewythr Clocsi yn bwrw hoelion i mewn i wadnau ei glocs pren cyn cerdded ar draws yr aber ar bwys Penclawdd er mwyn dal pysgod megis fflwcs – y rheini'n cael eu dal ar fachau'r hoelion. Ffefryn o stori, yr wncwl fel Iesu Grist yn cerdded ar y dŵr, yr hoelion yn y clocs yn dal pysgod dan draed.

A'r stori am y meddwyn Samuel Saith Peint yn cerdded adref ar ôl meddwad go iawn ac yn stopio hanner ffordd i smocio'i getyn, gan droi ei gefn i'r gwynt er mwyn cynnau matsyn. Ymlaen ag e am bum milltir arall heb sylweddoli ei fod wedi troi rownd yn hollol, ac ar ôl dwy awr yn diweddu 'nôl o flaen y dafarn ble dechreuodd ei daith. Cerddodd i mewn, cael dau beint arall, a dechrau 'to. Hon oedd un o hoff straeon Edgar oherwydd ei bod hi mor syml, a'r dyn meddw mor stiwpid gan gwrw, fel bod rhaid iddo chwerthin bob tro. Un dydd, gwelodd Edgar Samuel yn y cnawd gan deimlo'n euog ei fod e wedi chwerthin ar ei ben, ond roedd y dyn wedi cael un neu bedwar yn barod, ac yn becso dim am ddim.

Cape Horner oedd ei dad. Na, yn fwy na hynny, roedd e wedi bod o gwmpas yr Horn ddwsin o weithiau, a chanddo adroddiadau byw i'w cynnig am wylltineb y môr yn y darn enwog o dymhestlog hwn.

"Copr oedd y rheswm. Fel ti'n gwybod, Abertawe oedd prifddinas gopr y byd i gyd. 'Copperopolis' o'n nhw'n galw'r dre, ac roedd badau yn dod o bobman i doddi'r stwff yn y smelters – yr awyr yn wyrdd ac yn ddu wrth i'r holl simneiau arllwys mwg dros dair shifft y dydd. O'n nhw'n dweud eich bod chi'n gallu gwynto Abert'we o Fryste ambell waith. O Fryste! Y drewdod digyfaddawd. O'n nhw'n dweud na fyddai'r perchnogion yn cau lawr y ffwrneisi oni bai ei bod hi'n ddydd arbennig iawn, a Dydd y Farn oedd hwnnw. Byddai'n llongau ni yn mynd â glo mas i Dde America, llongau pren oedd mewn perygl o losgi, yn enwedig os oedd y glo yn damp. Bryd hynny alle fe fynd ar dân jest wrth ei hunan. Tân yn berygl a gwynt yn berygl. Allai'r Hollalluog Iôr ddim chwythu'n galetach na'r stormydd rownd yr Horn; dŵr yn uwch na'r hwyliau, bryniau, mynyddau o ddŵr – tunelli o ddŵr yn barod i arllwys i lawr a gwasgu trawstiau'r llong yn rhacs jibidêrs.

Gawson ni eira yno hefyd, a chesair fel tase 'na blant drwg yn taflu cerrig atom ni, ac yna byddai 'na niwl fel tasen ni yng nghanol y cymylau, ac wedyn byddai 'na newid sydyn a'r môr wedyn fel ceffylau gwyllt yn carlamu, yn golchi tri morwr oddi ar y dec – fel tase Neifion ei hun am eu troi'n froc môr gyflym â phosib, a'u hanfon draw i ryw draethau diarffordd fel bwyd ar gyfer anifeiliaid, heb enwau, fyddai'n mwynhau bwyta eu llygaid a'u tafodau. Cooper oedd enw un ohonyn nhw, boi o Gernyw, gwallt coch, hiwmor ffraeth. Beth oedd enw'r lleill? O'Connor? O'Connell? Gwyddel yn sicr. Gwyddel mawr oedd yn chwarae ffidil, er na fydd e'n chwarae'r ffidil fyth eto. O'dd e 'na, a'r peth nesaf, doedd e ddim. 'Na ti mor sydyn mae dyn yn gallu cael ei lyncu gan y môr, y bwystfil mawr hwnnw. Ton fel tafod madfall werdd yn dal cleren."

Syllai Edgar ar ei dad gydag edmygedd mor ddwfn â'r Mariana Trench, y darn dyfnaf o fôr yn yr holl foroedd mawr.

"Un o'r pethau o'dd yn torri calon rhywun o'dd cyrraedd porthladd mas fan'na a sylweddoli'n bod ni ond wedi teithio hanner ffordd, a bod rhaid wynebu'r un treialon, y corwyntoedd a'r tymhestloedd di-ri cyn dod adref 'to. A bod un siwrne ond yn arwain at y siwrne nesaf. Oherwydd dyna beth oedd bywyd morwr, ti'n gweld. Dyna beth *yw* bywyd morwr. Un siwrne ar ôl y llall. Nes yr un olaf, a neb yn gwybod yn hollol pryd fydd honno. Mynd fel Cooper. Yn fyw un funud. Yn bwydo'r siarcs y funud nesaf. Pwy a ŵyr? Nid ni sy'n penderfynu, yfe? Pryd y'n ni'n gadael y dwthwn hwn."

"Beth oedd y pethau da, dad?"

Petrusodd y tad am eiliad neu ddwy, yn methu'n deg â meddwl am unrhyw beth. Yna...

"Ma 'na bysgod sy'n hedfan! *'Flying fish'* ma nhw'n eu galw nhw, ac mae 'da nhw adenydd fel adar. Maen nhw'n brigo yn y tonnau ac yna'n tasgu allan o'r dŵr ac yn codi, o, beth, ugain troedfedd i'r awyr ac yn aros yno 'fyd; yn hedfan yn syth, yn dilyn y llong fel un o'r pethau rhyfeddaf welet ti yn dy fyw. Ac wedyn morfilod, rhai mor fawr â Chefn Bryn, yn taflu eu hunain mas o'r dwfn ac yn edrych fel tasen nhw'n mwynhau eu hunain. Sy'n iawn, ond iddyn nhw gadw draw, oherwydd byddai cael un o'r bwystfilod hynny'n glanio ar y dec yn troi'r llong yn fatsus, cred di fi. Ond, tra bod yr haul yn dal i wenu tu fas, wyt ti'n meddwl y byddai'n syniad da inni fynd am wâc? Gall morwr golli iws o'i goesau oherwydd diffyg cerdded. Un tro roedden ni'n gaeth i'r byncrwm am wythnos gyfan pan o'n ni'n mynd..."

"...Rownd yr Horn," cyd-adroddodd Edgar, gan wybod, os oedd 'na dreialon neu stormydd dychrynllyd, eu bod nhw wastad yn digwydd wrth fynd rownd yr Horn. Gwyddai hefyd nad oedd ei dad yn blino ar adrodd yr hanesion, oherwydd roedden nhw'n gyfystyr ag ennill medalau mewn rhyfel; tystiolaeth o ddewrder a mentergarwch y dyn a safai o'i flaen.

Da oedd clywed chwerthin ei dad wrth iddo glywed y geiriau, oherwydd roedd blinder wedi gwneud dyn mud ohono fe; a phob tro y byddai'n dod 'nôl wedi mordaith, byddai'n fwy mynachaidd ei dawelwch, ac ambell waith yn treulio oriau bwy gilydd yn syllu ar y tân glo, fel tase'n gallu gweld y gorwel rhywle tu ôl i'r fflamau.

Cerddodd y ddau yn araf tuag at yr hen odyn, ble byddai tad-cu Edgar yn paratoi calch cyn llenwi ei gwch bach a'i morio hi draw i ogledd Dyfnaint, boed law neu hindda. Doedd neb yn siŵr a oedd y teithiau bychain yma, mewn difrif, yn fwy peryglus na'r mordeithiau hir i ben draw'r byd; ac roedd Edgar o'r farn fod yr hen foi yn gadael ambell waith mewn tywydd oedd yn bygwth troi er mwyn cael stori dda i'w hadrodd rownd y tân ar ôl dod 'nôl. Ambell waith byddai'r hen ŵr yn mynd ar ei ben ei hun, oherwydd ei fod e naill ai'n ddewr neu yn dwp, neu efallai am ei fod yn hoffi'r tawelwch anhygoel pan mae dyn allan yng nghanol y tonnau, ac mae'r gwynt yn gostegu, a llonyddwch yn lledaenu i bob cyfeiriad a hyd yn oed y gwylanod mawrion yn mynd yn dawel reit. Roedd y ddau yn gweld eisiau'r hen foi, y pysgotwr diwyd, y dyn oedd yn gweithio'n galetach na neb i roi bwyd ar y ford – gyda neb yn well am drapio cwningod, na chodi gwymon i ben y clogwyn, na whilo'r drol yn llawn gwymon ar hyd y llwybr serth fyddai'n hollti calon unrhyw ddyn arall oherwydd y straen.

"Dyn teidi yw Tad-cu, a fydd neb yn cymharu 'da fe rownd ffordd hyn. Cryf, ystyfnig, ac o'dd e'n mynd nôl a blaen i Ddyfnaint gyda llond cwch o galch fel byddai rhai pobl yn cerdded i Langennith. Ond dyw e'n ddim byd o'i gymharu â Mam-gu. Diawcs, dyna i chi fenyw sbesial."

Mae Edgar ar dân eisiau adrodd ei hanes yn yr ysgol, ond mae arno fe ormod o ofn hyd yn oed dechrau'r sgwrs gyda'r athro, Mr Pugh, oherwydd mae'n ddyn ffyrnig sydd yn mynnu tawelwch – ac yn ffrind mawr i'r gansen. Ond mae hi'n gymaint o stori, ac yn dipyn gwell na'r llyfr maen nhw wedi bod yn ei ddarllen yn y dosbarth am ddyn o Ffrainc sy'n ceisio dianc o garchar ac yn gorfod gwisgo masg haearn ar ei ben drwy'r amser. Er taw nid y stori sydd ar fai, ond yr athro, efallai, sy'n darllen yn fflat a heb arwydd o wir diddordeb. Ac, ar ben hynny, mae'r disgyblion i gyd ar bigau'r drain eisiau diengyd o 'na i fwynhau yr haul cyn gwneud shifft yn y caeau tato, neu ymuno gyda'u rhieni sy'n gwneud gwaith caled tebyg – ac yn torri eu cefnau mewn glaw neu hindda bron bob dydd o'r flwyddyn, ar wahân i ddydd Sul pan maen nhw'n sefyll gerbron Duw.

Ond yn yr ystafell fach yn yr ysgol fach, fe, Pugh, sy'n teyrnasu.

Mae'r dysgu'n sych, a dyw byw mewn ofn Mr Pugh ddim yn help i'w ddenu e, Edgar, yma bob dydd, ac yntau'r athro yn amlwg yn casáu ei waith, yn casáu'r ystafell fach glawstroffobig, ac yn casáu plant – gan nad oes ganddo fe blant ei hun, na gwraig, na darn o dir, na hyd yn oed cartref go iawn oherwydd mae'n rhentu darn o sied wair ac yn byw yno. Gwelodd dau o'r bois fe'n cario carthion mewn bwced draw tua'r caeau top, ac roedd yr urddas a'r awdurdod oedd ganddo yn yr ystafell fach yn ffoi gyda phob cam sigledig, a chyda phob slop o hylif allan o'r bwced yn ei law.

"Oes unrhyw un yn gallu gwneud tabl tri?"

Dim llaw i fyny. Dim siw na miw.

"Tabl dau?"

Tawelwch llethol unwaith yn rhagor.

"Peidiwch â dweud bod rhaid i ni ddechrau gyda thabl un. Mae pawb yn gwybod tabl un on'tydyn? Dim ond twpsod sydd ddim yn gwybod tabl un, oherwydd dyna gyd yw e yw rhestr. Rhestr o'r rhifau yn eu trefn. Nawr te, pwy sydd yn gallu adrodd, un ar ôl un, neu yn hytrach dau ar ôl un tabl un? Neb. Oes gen i ystafell yn llawn penbyliaid sydd ddim yn gallu rhifo? Sut y'ch chi'n gwybod sawl taten sydd mewn rhych, sawl taten sydd yn y bwced?"

Syllodd y bechgyn yn syn ar Mr Pugh a syllodd Mr Pugh yn syn yn ôl.

"Sawl bachgen sydd yn y dosbarth?"

Dim ateb.

"Oes 'na unrhyw un yn gallu dweud sawl bachgen sydd yn eistedd fel delwod pren o 'mlaen i? Hollalluog Iôr, rho imi Dy nerth. Dim un disgybl yn gallu cyfrif lan i ddeg? Beth am saith? Pedwar? Un, dau, tri? Dyna beth ddysgon ni ddeufis yn ôl. Y tablau i gyd. Tabl un i ddeg. Ac roeddech chi i gyd yn eu gwybod nhw ddau fis yn ôl. Beth sydd wedi digwydd? Onid oes un ohonoch chi'n gallu cofio un tabl, dim ond un tabl – er mwyn i mi allu dechrau credu bod 'na werth dysgu, gwerth imi baratoi gwersi?"

Roedd Edgar yn gwybod ei dablau, ond roedd yn rhy swil i'w hadrodd; a hefyd, doedd e ddim am wneud pethau'n waeth i'w gyd-ddisgyblion yr oedd rhai ohonyn nhw'n wirioneddol stryglo i ddysgu pethau – a rhai ddim hyd yn oed y deall y cwestiynau heb sôn am yr atebion. Roedden nhw'n bell bant o'r byd a'i bethau ar y trwyn hwn o dir. Ni fyddai rhai o'r cryts yma'n teithio'n bellach nag Abertawe yn eu bywydau. Ond nid Edgar. Gwyddai e'n barod ei fod am deithio'n bell, i ble roedd y gaeaf yn cael ei eni, chwedl ei fam-gu. Ond, pan fyddai'n llofnodi darn o bapur er mwyn ymuno â'r llynges, byddai'n cychwyn siwrne oedd megis wedi ei chynllunio i'w gymryd mor bell bant o'r penrhyn â phosib. Yn bellach bant nag Abertawe, yn sicr. Tipyn pellach na hynny. Yn bellach na Phort Talbot, hyd yn oed.

Dydy Edgar ddim yn deall ei ysfa i fynd i'r môr, ond mae'n gwybod taw dyna yw ei unig ffawd, yr unig ddewis. Dydy e ddim am weithio ar ffarm, ble mae cloddiau'r caeau yn dynn o'ch cwmpas. Mae e am fentro i fyd mawr heb waliau, heb ffiniau; byd y môr, ble mae'r gorwel yn lledaenu'n hir fel arwydd clir o ryddid a phosibiliad. Ac er ei fod yn nabod crwt wnaeth ymuno â'r llynges pan roedd yn 14 oed, mae Edgar wedi penderfynu aros nes ei fod yn 16 cyn ymuno. Aros tan 1891, blwyddyn ei dynged; y flwyddyn y byddai'n troi'n forwr ac yn teimlo'r gwynt hallt fel fflangell ar ei groen – yn dilyn y dolffiniaid drwy'r dyfroedd dyfnion.

Un diwrnod mae Lizzie Anne yn codi'n blygeiniol ac yn gwneud awr o waith yn yr ardd cyn brecwast, yn chwynnu'r rhychau o foron ac yn plannu tomatos mewn potiau mwy a hefyd yn rhoi digonedd o ddŵr i'r maros sydd wedi dechrau tewhau a chwyddo'n dda wedi ychydig ddyddiau o haul a chynhesrwydd. Dyw'r hen ddyn ddim wedi codi eto, a 'ware teg iddo, mae wedi bod yn gweithio'n galed ac fyddai'r ardd fach ddim yn ei gogoniant oni bai am ei lafur – a'r cariad yn y rhychau ac yn yr ardd flodau dwt a lliwgar.

Berwa'r tegell yn y gegin, ac wrth i'r dŵr gynhesu mae Lizzie Ann yn gofalu bod 'na ddigon o de yn y pot ar gyfer deg llwyaid o'r dail, gan ei bod yn awyddus i ddarllen y pictiwr llawn pan fyddai ei ffrind Margaret yn troi lan i gymryd rhan yn y ddefod. Curodd hithau felodi bach sydyn ar y drws, fel cnocell y coed yn mynnu sylw.

"Bore braf, Maggie."

"Un i'r duwiau," atebodd Mam-gu.

"Wyt ti am sgonsen? Ma gen i rai yn y ffwrn yn barod, ond dwi ddim yn credu eu bod nhw wedi codi'n dda. Es i allan i'r ardd ac anghofio amdanyn nhw ma gen i ofn."

"Paid â phoeni. Mae'n ddiwrnod rhy braf i goginio ta p'un. Ond, Lizzie, ma gen ti'r gallu i wneud i unrhyw beth flasu'n wych. Wyt ti fel dy fam, yn gallu creu'r bwyd gorau yn Ne Cymru. Ti'n cofio ei Victoria Sponge? O'dd hi'n toddi ar y dafod."

"Dwi erioed wedi gallu creu un 'run fath. Roedd ei hun hi yn nefolaidd. I 'weud y gwir, roedd pob peth roedd hi'n coginio yn nefolaidd. Hyd yn oed ei chini-bêns..."

"Yn nofio mewn menyn cartre."

"Gyda phupur a halen a finegr."

"Fel o't ti'n dweud, nefolaidd."

Eisteddodd y ddwy bob ochr i'r lle tân, gan gymryd rhan o sgiw'r un.

"Barod?"

"I yfed te, a deall y byd sydd i ddod? Ydw."

Mae Lizzie yn arllwys te i'r ddwy ei yfed, gan synfyfyrio wrth fwynhau blas y ddysgled; ac wedyn, ar ôl pum munud o yfed yn dawel a mwynhau cwmni tawel ei gilydd, maen nhw'n edrych ar y dail, gan chwilio am y patrymau ac am y storïe. Mae Maggie'n synnu braidd o weld y cliw cyntaf yn ymddangos mor eglur a chlir, sef llythyren "L" – sy'n gorfod sefyll am Lizzie. Yna mae'n gweld rhywbeth 'dyw hi ddim eisiau ei weld, sy'n gwneud iddi fod eisiau dodi'r gwpan i lawr, a hyd yn oed taflu'r dail allan o'r ffenest cyn i Lizzie weld beth sydd yno. Marwolaeth… a chan fod ychydig o ddŵr yn dal i chwyrlïo o gwmpas gwaelod y ddysgil, mae'n tybio ei bod yn darllen am farwolaeth drwy foddi; a'i ffrind yn hoff iawn o nofio, a hynny'n aml iawn mewn llefydd peryglus, diarffordd.

"Beth sy'n bod?" gofynna ei ffrind, sy'n methu â gweld unrhyw beth o werth yn ei chwpan hi.

"Dim byd."

"Ga i weld?"

Dyma yw'r foment i wrthod, ond allwch chi ddim gwrthod ffawd. Mae'n trosglwyddo'r ddysgil yn ofalus i ddwylo Lizzie Ann, sy'n edrych i mewn ac yn deall yn sydyn reit beth oedd arwyddocâd y patrymau.

"O, diar," ochneidiodd. "O, diar mi."

Cwyd ei ffrind o'r sgiw a symud draw i'w chysuro, gan ddweud nad oes rhaid i bob peth yn y te ddod yn wir; ond mae Lizzie yn rhy hen, ac wedi gweld gormod o bethau i hynny fod yn wir.

Mae'r ddwy yn deall yn iawn bod y dail yn dangos map o'r dyfodol, a hwnnw'n cynnwys marwolaeth, a hynny drwy foddi. Mae ymddangosiad yr un llythyren unig yng ngwaelod y ddysgil yn awgrymu taw ffawd Lizzie Anne sydd yn gorwedd o'u blaenau, yn y pentwr bach o ddail o fryniau pell yr India, yn wlyb ac yn frown ac yn addo angau.

Dweud ffarwél

Gwyddai Edgar y byddai'n gorfod dweud ffarwél o'r eiliad y penderfynodd yn bendant y byddai'n ymuno â'r llynges, gan adael i'r môr a'r tonnau ei dywys i'r dyfodol. Ond doedd hynny ddim yn golygu y byddai'n barod am y foment, am y gadael, am y diwrnod – neu'r diwrnodau, yn wir – pan fyddai'n dwyn i gof yr holl bethau y byddai'n gorfod ffarwelio â nhw.

Cofiai am holl wead ei blentyndod, y dyddiau a'r digwyddiadau oedd yn sefyll mas o blith y diwrnodau a'r pethau beunyddiol.

Cyrhaeddodd ei ddiwrnod olaf yn ei gartref yn ddisymwth, fel tarth y bore. Roedd Mam-gu yn ffys i gyd, yn methu'n deg â setlo, ond yn hytrach yn gwenyna o gwmpas y gegin wrth iddi baratoi llwyth o bice-ar-y-ma'n – digon i fwydo llynges gyfan.

"Gwranda nawr, Edgar," mynnodd Mam-gu, wrth iddi greu niwlen sydyn o fflŵr wrth lenwi powlen gymysgu, "bydd rhai pobl yn dweud dy fod di'n dod o Gymru, a dy fod yn Gymro, felly, ac mi fydd hynny'n wir. Ond, nid un o Gymru wyt ti, cofia, na rhywun o Dde Cymru chwaith. A dim hyd yn oed rhywun o Benrhyn Gŵyr, er bod hynny'n hollol wir, hefyd, nac o ardal Rhosili."

Yr olygfa... Dyn mawr; menyw fach, ond doedd dim

amheuaeth pwy oedd yr un doeth na'r un gydag awdurdod. Mae'r blynyddoedd yn gwneud hynny.

"Na, gwranda di'n astud... Wyt ti o fan hyn, o'r tŷ hwn, ac o'r aelwyd hon; a bydd y lle yn angor i ti wrth i ti hwylio'r moroedd mawr. Os byth y byddi di'n teimlo'n ofnus, cofia am y lle hwn. Os bydd 'na dymestl – a'r tonnau'n ffyrnig ac yn fawr – meddylia am y gegin yma, a dy fam-gu yn gwneud pice-ar-y-ma'n; ac nid unrhyw bice-ar-y-ma'n, cofia di, ond rhai arbennig o rownd ffordd 'ma. 'Gower cakes' maen nhw'n eu galw nhw, a does 'na ddim pice ma'n yn unrhyw le sy'n cymharu â'r rhain. Felly, dere ma, closia'n agos ac mi wna i sibrwd y gyfrinach wrthot ti..."

Sibryda'r hen fenyw yng nghlust Edgar, ac mae'n plannu'r geiriau mor ddwfn nes ei fod yn cofio'r riséit ar un o'i siwrneiau, a gwynt y gegin megis yn llenwi ei ffroenau – yr afalau-wedi-eu-cynnwys yn y cacennau yn troi caban ar fwrdd llong yn berllan ble mae'r coed yn drymlwythog 'da ffrwythau. Byddai Edgar yn aml yn gwynto ei atgofion yn y fath fodd...

Lladd gwair a'r dynion yn llond chwys ac yn yfed seidr. Rhosod gwyn a phinc yn dringo dros ddrws rhyw fwthyn...

Ffresni'r heli wrth dasgu yn erbyn y creigiau...

Blodau'r eithin yn llawnder melyn Mehefin...

Holl dapestri byw ei blentyndod yn dod i'r meddwl yn edau bychain.

Diwrnodau pan na fyddai neb yn mynd i'r ysgol, oherwydd bod y plant yn plannu tatws neu'n codi tatws...

Blasu orennau am y tro cyntaf, wedi i sawl bocs olchi i'r

lan; y sudd fel ambrosia ar wefusau'r pentrefwyr...

Y prynhawn hwnnw pan olchwyd morfil i'r traeth, a'r anifail yn ddigon ffres i'w fwtsiera am y cig, heb sôn am olew ar gyfer gaeaf cyfan o ganhwyllau...

Y Fari Lwyd yn dod i ddychryn y plant bach yn y pentref, ac Edgar yn cogio nad oedd e wedi cael unrhyw fraw...

Cael llond cwpan o gwrw ar y slei, gan deimlo fel dyn o'r herwydd; a chael blas a fyddai'n para...

Thomas Williams yn derbyn wats wedi ei gwneud o arian, oherwydd ei fod wedi mynychu'r ysgol heb golli dydd ers y diwrnod cyntaf. Edgar yn sylweddoli na fyddai'n cael cymaint â matsien, oherwydd ei fod yn mitsio cymaint. Wedi'r cwbl, beth oedd gwerth dysgu'r holl bethau di-bwys yma ac yntau'n gwybod ei fod yn mynd i'r môr?

Mynd i Lanelli i weld y rygbi mewn siarabáng. Trip i ben draw'r byd, gyda ffatrïoedd yn arllwys mwg i'r awyr a thorf yn bloeddio ac Edgar yn rhannu cynnwrf a thafleth gyda'r cryts eraill. Tîm o Dde Affrica, a Llanelli'n ennill – a'r tafleth yn para tan y siwrne yn ôl...

Cusan gyntaf gyda Mary Howells, a hithau'n gofyn a oedd e am ei phriodi. Roedd hi'n bert, a theimlai Edgar yn lwcus i gael y fath gusan...

Y Cinematograph yn dod i neuadd y pentref. O, am olygfeydd! Y lliwiau. Y lluniau'n symud. Dau ddyn dwl yn rhedeg dros bont gyda llwyth o ddynion eraill yn rasio ar eu holau. Doniol iawn. Y fath ystumiau!

Atgofion lu yn llifo'n ffrwd. Rhesymau i aros. Ac yntau yn gorfod, gorfod mynd. Ffawd oedd yn ei yrru. Dim byd llai. A mynd i ben pella'r byd.

Teithio ar y *Ganges*

Beth oedd y peth mawr am ddannedd? Beth oedd yr holl ffws yma i gyd? Dyma oedd y cwestiynau ym mhen Edgar wrth i ddyn swrth ei agwedd 'whilmentan o gwmpas yn ei geg. Wyddai Edgar ddim bod y rheolau llym ynglŷn ag ymuno â'r llynges yn caniatáu i forwr newydd ifanc, dan un deg saith mlwydd oed, gael hyd at saith dant pwdr; a'r rhai dros yr oedran hwnnw yn cael hyd at ddeg, ond bod yn rhaid i bob morwr – ta beth oedd cyflwr ei ddannedd – gael pedwar cilddant a'r un nifer o flaenddannedd. Doedd dannedd Edgar ddim mewn cyflwr gwych, ond wedyn, doedd prin neb yn glanhau eu dannedd.

Cofiai Edgar am wers yn y dosbarth 'da Mr Pugh ble roedd sôn am Gerallt Gymro yn disgrifio dannedd da'r Cymry, am eu bod yn eu glanhau nhw gyda gwiail bach o goed helyg, ond doedd Edgar – nac unrhyw aelod arall o'r teulu – ddim yn defnyddio na helyg na brws. Oedd yn esbonio pam roedd y dyn gyda'i drwyn wrth geg Edgar yn rhoi adroddiad negyddol ynglŷn â'r wyth dant drwg oedd ganddo yn ei ben. Byddai'n rhaid iddo dderbyn triniaeth ar gyfer y dannedd pydredig, ond ar wahân i hynny roedd ei iechyd yn ddigon da – calon gref, ysgyfaint fel megin, dim arwydd o hernia – ac felly gallai ymuno. Mynd i'r môr. Gweld y byd. Bod dan y lach.

Roedd y *Ganges* yn wahanol iawn i gwch ei dad-cu. Ac roedd y drefn yn wahanol. Rheolau llym. Amserlen galed. Bywyd wedi troi ar ei echel i grwtyn 16 mlwydd oed. Bu'n rhaid iddo werthu ei ddillad arferol, ac roedd criw bywiog o fenywod yn paffio – yn llythrennol – dros y dillad hynny ar y cei, gan daflu arian ato oherwydd bod ei stwff e wedi ei wneud o frethyn cartref da. Yn lle'r rhain, cafodd git newydd – a rhyfeddai Edgar wrth weld ei fod yn derbyn pentwr cyfan, gan gynnwys trwseri, siaced, het a chap, bŵts trwchus, dillad gwely, cyllyll a laniards i hongian pethau o gwmpas ei wddf. Cawsai nodwyddau hefyd, er mwyn iddo allu trwsio ei ddillad ei hun, ynghyd â botymau, edau a chotwm; er bod maint dwylo Edgar, a'i fysedd fel selsig, yn ei gwneud hi'n anodd gwneud gwaith cain – heb sôn am y diffyg golau ac aer ym mola du'r *Ganges*. Yno, hongiai ei hamog, ei ran ef o'i gartref clawstroffobig. Ar y noson gyntaf allan o'r harbwr, wrth i'r hamog swingio'n dawel gan ei atgoffa o sut hongiai ei fam-gu'r diwrnod hwnnw'n hela wyau'r gwilyms, teimlai Edgar yn dost – ac nid fe oedd yr unig un. Prin fod rhai o'r bois newydd wedi gweld y môr, heb sôn am fynd ar fordaith – a doedd yr un ohonyn nhw'n gwybod i ble yr oedden nhw'n mynd.

Ganol nos. Mae Edgar yn pwyso dros y rêl drwchus o fahogani am ychydig, gan amau a yw'n ddigon cryf i gymryd ei bwysau'n llawn, sy'n arwain at gwestiynu'n ffôl... tybed sut yn union y byddai'n teimlo i gwympo i mewn i'r dŵr? Tybia y byddai'r ergyd o drawo'r dŵr yn ei fwrw mas a dyna fyddai ei ddiwedd e. Ond, efallai y byddai'n bobio o gwmpas yn y tonnau oer tra bod aer yn dal yn bresennol ym mhlygion ei ddillad, cyn suddo'n urddasol o araf hyd nes taw ei wyneb fyddai'r peth olaf i fynd o'r golwg. Hynny yw, tase 'na rywun yno i'w weld yn diflannu i'r düwch – oedd yn bur annhebyg. Marw'n unig. Boddi'n ddi-sŵn. Efallai y bydden nhw'n gollwng cwch achub i lawr i chwilio amdano fe, pe byddai wedi sgrechian yn ddigon uchel wrth gwympo i godi alarm. Byddai ei gymdogion yn chwilio amdano yng ngolewyrchiadau a gwreichion golau ymysg y dŵr tywyll, gan fod yn ofalus iawn i osgoi ei daro gyda'r rhwyfau. Ar y llaw arall, os digwydd iddo gwympo heb siw na miw, gan ddewis moment wag ar y dec cyn llithro, neu bod angau yn dewis y foment drosto fe, fyddai neb yn gwybod nac yn malio dim, ac felly neb i alw ar y capten na'r dynion i achub ei enaid. Dychmyga'r panig o fod yn gyfan gwbl ar ben ei hun yn y dŵr... Ond, eto, mae wedi clywed bod tangnefedd mawr yn dod i ran dyn sy'n boddi, fel tase 'na angel yn lapio ei adenydd amdanoch chi, rhai mor llydan ag adenydd albatros, ond eu bod nhw'n llachar-wyn – fel y byddech chi'n ei ddisgwyl o gofio lluniau angylion yn llyfrau'r ysgol Sul ers talwm. Mae morwyr yn credu hynny; bod angel gwarchodol yn ymddangos ac yn gwneud hyn gydag arddeliad. Am eiliad fach mae Edgar yn ysu am hyn, yn dymuno profi'r union deimlad tangnefeddus braf hwnnw; yr angel yn disgyn, y plu – os taw plu sydd gan angel – yn amgáu fel carthen gynnes o'ch cwmpas.

Er bod Edgar wedi arfer gyda chodi'n gynnar, roedd criw'r llong yn dihuno'n gynharach. Byddai bosn yn chwythu ei bib am hanner awr wedi pump, a'r nodau uchel, siarp yn nodwydda eu ffordd i mewn i freuddwydion y bechgyn am eu ffermydd, a'u mamau a'u tadau, a bröydd eu plentyndod ble doedd y tir ddim yn pendilio i lan ac i lawr fel y trawstiau pren dan eu traed. Hiraethai rhai a hiraethai eraill yn ddyfnach am eu gwelyau eu hunain, a'u cartrefi eu hunain, er nad oedd 'na fawr ddim amser i wneud hyn mewn gwirionedd. Dechreuai dyletswyddau'r dydd o'r eiliad y byddai sŵn y corn bach yn dod i ben, pan fyddai'n rhaid datgymalu'r hamog a'i storio allan o'r ffordd cyn ymladd am le yn y *latrine*, oedd yn un o'r llefydd mwyaf dieflig hyd yn oed ar ddechrau'r daith – y drewdod yn codi cyfog ar fois oedd yn treulio'r nos yn gwacáu eu stumogau, chwydu'n ddi-stop nes bod y pŵr dabs yn rhyfeddu bod unrhyw beth ar ôl y tu fewn iddyn nhw i'w daflu i fyny.

Wedi deng munud o ofalu am y cit, dyma Edgar, ynghyd â'r holl anffodusion eraill, yn dechrau gwneud ei frecwast, sef mŵg o gocoa gydag ychydig bach o siwgr ynghyd â bisged llong, oedd yn fyw 'da llyngyr bach gwyfynod yr ŷd – fyddai'n boddi wrth y dwsin o ddodi'r fisgeden yn y cocoa. Rhaid oedd dewis rhwng wynebu'r creaduriaid byw yn y fisgeden sych neu haen o rai wedi'u boddi; gyda rhai bechgyn yn penderfynu gwrthod y dewis o gwbl, gan werthu eu pryd bach i ryw fois barus, neu newynog. Yna golchi'r deciau, gan rolio lan eu trywseri a mynd ar eu pengliniau o flaen duw glendid-y-dec; a byddai'n rheol nad oedd yr un copa walltog yn cael gwisgo na hosanau nac esgidiau wrth wneud, er gwaethaf yr oerni. Pwy feddyliodd am y fath rwtîn? Pwy ddyfeisiodd y fath boenydio hurt a difeddwl? O, mae bywyd yn y Llynges yn llawn rheolau hurt.

Yna byddai angen casglu'r cocrotsys, hyd at ddau gant

o'r pryfed milain yr awr, pryfed oedd yn gallu gwrthsefyll pwysau rhywun trwm yn sefyll arnyn nhw, ac yn anodd ar y naw i'w dal yn y llefydd llaith, tywyll, gan hawlio brecwast i'r heliwr llwyddiannus. Nid bod gweddill y brecwast hwnnw'n fawr o beth; cwlffyn o fara gydag ychydig bach, bach o fenyn neu foddion.

Cafodd bum munud i sefyll ar ei draed cyn mynd 'nôl ar ei bengliniau, ac edrychodd o'i gwmpas ar fôr oedd yn edrych dipyn yn wahanol i'r môr o gwmpas ei gartref. Y prif reswm am hyn oedd absenoldeb y tir; roedd creigiau'r lan a siâp yr arfordir wedi hen doddi wrth i'r llong hwylio ymlaen yn ystod y nos, a nawr estynnai gwastadedd o ddŵr i bob cyfeiriad gan wneud i Edgar deimlo'n fach iawn. Yr ehangder. Y tonnau diddiwedd, dirifedi. Yr awyr fawr uwchben a'r gorwel fel llinell fach wedi ei chreu gyda darn o olosg yn gwahanu'r ddau beth enfawr. Môr ac awyr. Dimensiynau anhygoel ei fywyd newydd. Y gorwel fel llinyn mesur ar gyfer graddfa popeth, awyr oedd yn edrych yn ddiddiwedd, môr oedd yn edrych fel petai'n ddiwaelod hollol. Ond teimlai'n gartrefol rywsut, hefyd, fel tase fe wedi ei eni ar gyfer hyn, ar gyfer teithio'n bell a deall ei hun, neu ddeall y byd rywfaint yn well drwy wneud.

Gwyddai Edgar bod rhai o'r bois eraill yno ar fwrdd y llong oherwydd eu bod yn ffoi o adref, i osgoi tymer ddrwg eu tadau neu wingiadau bod heb fwyd oherwydd newyn, ond roedd Edgar yno o ddewis. Roedd e eisiau bod yn forwr, ac yn gwybod na fyddai'n hawdd. Byddai bechgyn yn yr hamocs o'i gwmpas yn adrodd straeon am greulondeb a salwch, a mwy o straeon am greulondeb – nes bod nifer o'r bois yn disgwyl dihuno i sŵn y chwip yn blingo'r croen oddi ar gefn rhyw anffodusyn. Ond roedd y chwip wedi ei gwahardd yn ddiweddar, diolch byth; er, doedd hynny ddim yn rhoi stop ar bethau. Wedi'r cwbl, roedd gan y capten a'i griw bob math o bethau eraill, megis y gansen – honno'n adnabyddus i bawb o ddosbarthiadau ysgolion y wlad. Yna roedd y wialen fedw greulon, ac ar ben hynny, y *"stonnicky"*, a'r olaf o'r dyfeisiadau hyll, sef cynffon rhaff, oedd yn gallu rhoi clowt a sting yn yr un symudiad caled o greulon. Dywedodd boi yn yr hamoc nesaf ato eu bod nhw'n cadw'r wialen fedw mewn dŵr hallt i'w gwneud yn galetach ac i wneud yn siŵr ei bod yn torri'r croen yn rhubanau. Anodd fyddai cysgu wedi hynny, yn enwedig; rhywrai'n gwichian mewn poen, eraill yn rhochian, ac ambell un hyd yn oed yn beiddio ymladd yn y tywyllwch, er gwaetha'r holl siarad a fu am gosbau llym a sut byddai'r cosbwyr yn chwerthin wrth wneud.

Edrychodd Edgar ar y basned o de a thriog o'i flaen, oedd i fod i bara tan ddiwedd y bore, gan wybod na fyddai angel yn ymddangos gyda phlât mawr o ffagots a phys, neu ddigon o gawl i beri i'r cryniadau yn ei ymysgaroedd dawelu, felly bwytodd y sop yn araf bach, er mwyn mwynhau'r melyster. Edrychodd ar ei ddwylo, a oedd yn ryff iawn ar ôl bod yn trin rhaffau cyhyd. Mae ei ewinedd wedi cracio ac mae effaith dŵr hallt a gwynt wedi eu staenio'n dywyll; y bysedd megis wedi eu gwneud o fahogani neu dîc, ac mae ganddo ychydig bach o gryd cymalau yn barod, er ei fod yn ddyn ifanc.

Yn achos rhai o'r dynion eraill, mae eu gwynegon a'r llid a'r stiffrwydd yn y cymalau yn eu cadw ar ddi-hun – un o'r afiechydon hynny sy'n sgil effaith y gwaith a'r lleithder a'r ffordd o fyw a'r tywydd. Maen nhw'n gweithio yn yr elfennau, a'r elfennau yn ceisio eu torri nhw a'u dofi nhw, ac yn sicr, mae effaith y gwynt i'w gweld yn glir ar eu hwynebau, sydd wedi crychu a sychu nes bod digon o linellau ar wyneb hyd yn oed y morwr ieuaf i edrych fel siart y môr. Mae wyneb un dyn yn edrych fel un o'r afalau 'na sydd wedi cwympo oddi ar y gangen ers hydoedd, wedi crino'n frown fel madarchen.

Mae'r boi yn yr hamoc nesaf i Edgar yn amlwg yn sâl iawn, ac nid y math o salwch sy'n dod o fod mewn llong, na, rhywbeth mwy na hynny... ond does 'run o'r criw yn gwybod beth i'w wneud, oherwydd does 'na neb o gwmpas i helpu, nawr bod y morwr ddaeth â'r brecwast i lawr wedi mynd. Maen nhw i gyd yn mynd i 'chydig o banig pan mae'r boi yn dechrau griddfan yn uchel cyn taflu i fyny dros ei hunan, ac mae Edgar yn penderfynu ei bod hi'n amser mynd lan ar y dec. Caiff ei ddallu gan yr haul wrth iddo godi drwy'r hatsh i'r dec, ac mae tri morwr yn edrych arno fe'n syn, gan nad yw'r bois-dan-dec i fod i dramwyo nac ymddangos cyn iddyn nhw gael caniatâd i wneud hynny.

Dydy Edgar ddim yn gwybod beth i'w wneud nawr, ond tybia taw'r peth gorau i'w wneud yw mynd lan at y bosn, neu hyd yn oed i weld y capten, gan obeithio taw'r capten y bydd e'n ei weld yn gyntaf ac nid y diafol yna o fosn, oherwydd mae ei greulondeb yn ystrydeb yn barod, dridiau'n unig allan o'r porthladd. Dringa'r grisiau serth, ac mae'r morwyr yn syllu'n rhyfygus arno fe eto, er bod neb yn siarad gair nac yn gofyn 'run cwestiwn, dim ond gwneud y stumiau rhyfedd 'ma, nes eu bod yn edrych fel un o'r masgiau hynny o'r ynysoedd pell – y duwiau hynny sydd ond yn peri braw a dim byd arall. Yna mae dyn â barf enfawr ac awdurdod yn ei lais yn gofyn iddo pam ei fod wedi gadael y dortur, ac mae Edgar yn esbonio bod un o'r criw yn edrych yn ddifrifol wael, ac mae'n cofio dweud "syr" ac osgoi edrych i fyw llygaid y capten, oherwydd byddai hynny ynddo ei hun yn arwydd o amharch.

Mae'r capten yn rhoi gorchymyn i rywun sy'n sefyll y tu ôl iddo ar bont y llong, ac mae hwnnw'n camu allan ac yn gofyn i Edgar ei arwain at y claf. Hwn yw McFee, y "doctor"; hen gwac heb fawr o gymwysterau ar wahân i'r ffaith ei fod wedi bod yn feddyg llong am ugain mlynedd – a hynny ers y diwrnod y cafodd ei lusgo'n ddiymadferth allan o dafarn y Blue Winkle ym Mryste a dihuno i ddarganfod ei fod bellach yn aelod o'r Llynges, ac yn fwy na hynny, yn ddoctor ar ei chriw.

Nid McFee yw'r unig ddoctor ffals. Roedd un o'r *press gang* wnaeth ei lusgo yma wedi cam-glywed rhywun yn dweud y byddai'n cael ffafriaeth, gan gynnwys ystafell iddo'i hun ynghyd ag allwedd i'r cwpwrdd lawdanwm. Penderfynodd y dyn hwnnw, Elver Naylor, y byddai'n well iddo yntau dderbyn y teitl ffals a gwag "doctor" na chyfaddef ei fod yn gwybod y peth nesaf i ddim am ddoctora. Roedd yntau bellach, hefyd, yn ddoctor ar long, er na wyddai sut roedd y galon yn curo, na beth oedd afu.

O fewn wythnos, roedd Doctor McFee wedi ampiwteiddio ei goes gyntaf ac roedd hynny wedi mynd yn dda iawn, o ystyried – gan fod y claf wedi llwyddo i fyw am dridiau wedi'r llifio, a'r tynnu bandej yn dynn o gwmpas ei ên er mwyn mogi'r gweiddi, a'r reiat o waed yn tasgu i bob man. Ac roedd hyn oll yn cael ei ystyried yn ofal da o gymharu gyda'r rhai oedd yn marw ar y bwrdd mawr mahogani wrth i'r "llawdriniaeth" fynd yn ei blaen. Llawdriniaeth? Roedd yn debycach i waith coed, rhwng yr holl offer llifio a thorri... ac er nad oedd perswadio'r anffodusyn i yfed rỳm byth yn anodd, roedd cael y claf i yfed digon o rỳm, hynny yw, digon i'w lorio fe – a'i adael yn gorff llipa ar y bwrdd – yn anoddach. Felly roedd Doctor McFee wedi perffeithio ffordd o arllwys y ddiod feddwol i lawr llwnc y claf gan ddefnyddio twndis. A dyma'r "doctor" sydd nawr yn troedio'n lletchwith iawn, o flaen Edgar, i lawr yr ysgol i berfeddion y llong, ble mae sgrechian y boi bach yn fyddarol bellach ac yn ddigon i godi ofn ar rywun.

Erbyn i'r doctor gyrraedd yr hamoc, mae'r bachgen yn welw iawn, ei wyneb fel sialc a straen yn amlwg yn ei ymdrechion i siarad.

"Nid yw'n edrych yn rhy dda," oedd prognosis y doctor a wyddai ddim beth i'w wneud nesaf, ar wahân i chwilio am ei gyfaill, y saer coed – oedd hefyd yn gwneud gwaith yr ymgymerwr er mwyn mesur y crwt am arch. Cedwid stoc o bren tsiêp ar gyfer cynhyrchu'r rhain; cwch bach dros dro, er mwyn i'r corff beidio â suddo'n syth bin, a chael yr urddas o gael bobio ar wyneb yr heli am ychydig funudau cyn cael ei lusgo i lawr i fyd y cwrel a'r pysgod llachar bach. Dyma'r bachgen yn rhoi un ochenaid hir, fel tase'r ysbryd yn gadael ei gorff drwy ei ffroenau, ac yna'n marw. Welodd neb mo'r wên gyfrwys a fflachiodd ar draws wyneb y doctor ffug. Haws oedd delio 'da'r gelain na'r byw yn ei achos e.

"Bydd yr angladd am dri," mentrodd y doctor, gan wybod mai annoeth iawn fyddai gadael y corff yno yn rhy hir, yn enwedig gyda'r tymheredd yn codi, a phob math o afiechyd yn dueddol o ledaenu fel tân gwyllt yn sgil cymaint o bobl yn byw mor agos at ei gilydd, mewn niferoedd mor hurt, a than amgylchiadau mor gyntefig dan y dec.

Doedd 'na ddim arch yn y pen draw, dim ond lapio'r corff mewn baner, a honno ddim hyd yn oed yn faner Jac yr Undeb, ond yn hytrach baner y cwmni wnaeth adeiladu'r cwch. Doedd y seremoni ychwaith yn fawr o seremoni, gan fod y caplan ei hunan yn sâl, ac felly'r bosn ynganodd y geiriau – yn mwmblan drwy'r geiriau mawr ac anghyfarwydd fel rhywun yn cnoi ei ffordd drwy belen o driog neu daffi. Yna bu'n rhaid i hanner dwsin o fechgyn gymryd y straen o luchio'r corff dros yr ochr, gyda'r faner yn dod yn rhydd wrth wneud. Ac roedd gweld corff bach y morwr ifanc yn dechrau suddo yn olygfa i'w phitïo; yr adar môr yn gleidio i mewn i chwilio am eu tamed, fel byddai'r brain yn ei wneud ar y tir mawr o gwmpas corff oen neu hen ddafad oedd wedi cwympo ar y clogwyni.

O fewn dim amser, roedd yn amhosib gweld y corff ddim mwy, a'r faner wedi hen fynd o'r golwg. Chwythwyd y chwiban unwaith, ddwywaith, deirgwaith... a hynny oedd y signal, nid bod y ddefod drosodd, ond yn hytrach ei bod yn amser i'r morwyr cyffredin – y "Boys Number One" a'r "Boys Number Two" – fynd 'nôl at eu gwaith o lanhau'r dec. Diddiwedd oedd y dasg honno.

Dyma waith llafur oedd fel tasg Sisyffos, y brenin creulon gafodd ei gosbi drwy orfod gwthio carreg fawr. Byddai'n ei gwthio lan i ben y bryn, ond wrth iddo gyrraedd y top, byddai'r garreg yn rholio 'nôl i lawr i'r gwaelod – a'r dyn anffodus yn gorfod dechrau o'r dechrau drachefn. Tasg fel honno oedd glanhau'r dec; mopio drosodd a throsodd nes bod pob bwced ddŵr yn wag, a phengliniau'n grwgnach, a chefnau'n gwegian. Wedi iddyn nhw orffen y dasg, byddai ton fawr yn siŵr o olchi dros y dec, neu adar yn cachu wrth hedfan heibio. Ond, hyd yn oed petai dim byd yn digwydd i'r dec, byddai'n rhaid ddechrau eto, oherwydd job wneud oedd hon, yn rhan o gynllun creu disgyblaeth; ond yn fwy na hynny, ffordd o ladd amser, oherwydd roedd y fordaith yn hir, ac ni allai hyd yn oed admirals y llynges gadw eu criwiau dan ddec cyhyd – neu byddai pob un wan jac yn gelain cyn iddyn nhw gyrraedd y porthladd nesaf.

Synfyfyriodd Edgar am dipyn wedi'r angladd bach. Doedd e erioed wedi gweld dyn marw o'r blaen, ac roedd wedi craffu'n ofalus ar y corff yn drifftio ymaith wrth i'r llong fynd yn ei blaen. Ai dyna fyddai ei ffawd yntau? Ai dyna fyddai ffawd pob un ohonyn nhw? Pob un wan jac yn troi'n fflotila o gyrff yn bobian fel cyrcs ar y tonnau, cyn cael eu sugno i lawr i waelodion y môr? I wlad y Lefiathan a mynwentydd esgyrn y morfilod mawr. Wyddai Edgar ddim beth oedd enw'r bachgen a fu farw, ac roedd hi wedi bod yn amhosibl clywed y bosn yn ynganu'r enw oherwydd y ffordd roedd yn mwmblan.

Dyma sut aeth bachgen dienw, nad oedd Edgar wedi siarad gair ag e, yn ddisymwth i waelod yr Iwerydd.

Doedd Edgar ddim yn gwybod ble roedden nhw yn union, oherwydd doedd yr un ohonyn nhw wedi dechrau cael gwersi ynglŷn â'r sêr na siartiau, eto; a doedd dim sicrwydd y byddai hynny'n digwydd o gwbl, yn enwedig oherwydd nad oedd rhai bechgyn ddim yn gallu darllen o gwbl – ac wedi torri eu henwau ar y dogfennau ymaelodi â'r llynges gydag 'X' sigledig. Ni fyddai'r rhain byth yn darllen siart, a phrin y byddai rhai yn mynd yn uwch yn y drefn na "Boy Number One" neu "Boy Number Two", a bywyd yn sgwrio dec y llong yn ymestyn o'u blaenau yn lle'r gorwel. I fod yn hapus yn y llynges, roedd yn rhaid anghofio hunaniaeth, anghofio'ch enw hyd yn oed, cyn moesymgrymu gerbron y drefn a llymdra'r swyddogion – ac ofni swish y chwip, yn enwedig y gath naw cynffon, oedd yn gallu troi eich cefn yn rhubanau coch, yn wlyb 'da gwaed. Gochel rhag honno, heb os.

Bore trannoeth roedd 'na dipyn o gyffro, oherwydd clywyd y geiriau hudol "Land ahoy!", ac aroglau'r awyr yn newid tamed bach, nid bod Edgar yn gallu dweud beth yn union yr oedd yn ei arogli. Ond dyma'r chwiban yn mynd bedair gwaith, oedd yn golygu bod pawb yn cael saib – a chyfle i edrych i weld pwy fyddai'r cyntaf ar y dec i weld siâp y tir; a neb yn gwybod i ba gyfeiriad i edrych, er bod y morwyr profiadol yn gallu gweithio mas y lle mwyaf tebygol oherwydd y ffordd roedd y gwynt yn chwythu, gyda sawr y tir mawr yn cario draw i'r dec. Roedd y tir yn gwneud i'r aer flasu'n wahanol… gwynt gwair sych yn cario o bell.

A dyna fe, y tir mawr…

Stribed llwyd allai fod yn dwyni tywod, neu dir isel, a

rhai o'r criw yn gweiddi enwau llefydd, yn ceisio dyfalu enwau porthladdoedd – "Dieppe", "Bilbao" a "Cherbourg" – ac un boi twp yn awgrymu "Portsmouth", a nhwythau newydd adael yr harbwr hwnnw; er y gallai hynny fod yn bosib, oherwydd roedd eu teithiau yn weddol ddibwrpas – mynd fan hyn a fan'co i gynnig profiad o fod ar y môr. Yn wir, dyna oedd wedi digwydd, ac roedd y *Ganges* yn tynnu 'nôl i'r lan yn Hampshire, a rhai o'r bechgyn yn dechrau credu y bydden nhw'n cael cyfle i fynd adref. Ond nid dyna fu hi, oherwydd doedd y llong ond yn aros wrth y cei am ddiwrnod, cyn gadael eto, a'r tro hwn mynd allan ar y môr mawr am fis cyfan. Nid bod y criw yn cael gwybod hyn, yn enwedig "Boys Number One" a "Boys Number Two" oedd yn byw yn y tywyllwch, ac a fyddai'n aros yn y tywyllwch weddill eu dyddiau yn y Llynges. Ie. Yn y tywyllwch, yng nghrombil drewllyd y *Ganges* am flynyddoedd. Bywyd crand y morwr bach yn ei lety cyntefig.

Cyntefig yw pethau ar fwrdd y *Ganges*, a gwahanol iawn i fywyd gartref, yn bennaf oherwydd diffyg unrhyw beth i gadw'r bechgyn yn gynnes. Ond fydd Edgar ddim yn mynd ar siwrne arall ar y *Ganges*, gan ei fod yn symud i long arall. Mae'n sgrifennu llythyr gartref ynglŷn â'r llong newydd. Un sylweddol iawn. Y *Trafalgar*, llong ryfel go iawn, yn pwyso yn agos at 12,000 tunnell. Gyda chasgliad o dri deg o ynnau o wahanol faint, ynghyd â hanner dwsin o diwbiau ar gyfer torpidos. Mae Edgar yn nodi'r manylion technegol hyn heb feddwl, heb ystyried a fydden nhw o unrhyw ddiddordeb i'w deulu. Efallai ei fod wedi bod ar y môr yn rhy hir yn barod. Y peth gorau oedd bod y llong yn byw mewn porthladd ym

Malta, felly dyma ddechrau gweld y byd a'i bethau, heb sôn am gael swydd newydd.

Ym Malta, mae Edgar yn dysgu sut i ymladd, ac yn fwy na hynny, yn dysgu sut i ymladd am arian, gan ddechrau mwy nag un ffeit gyda physgotwyr ar y cei er mwyn eu trechu nhw a'u hamro nhw gyda morthwylion ei ddwylo. Bydd rhai o'i gyd-deithwyr yn betio'n hael, hyd yn oed gyda rhai o'r pysgotwyr lleol, yn enwedig ar ôl i griw y *Trafalgar* weld Edgar yn sefyll yn orchfygus uwch swp o gorff a ddysgodd wers galed.

Ond mae un peth sy'n peri pryder iddo, sef yr haen goch sy'n disgyn wrth iddo golli ei dymer, colli rheolaeth. Oherwydd dydy Edgar ddim yn deall beth yw'r rheswm am y dicter sy'n corddi oddi mewn iddo, am y gallu yma i fynd yn gyfan gwbl wyllt a cholbio dynion yn ddiymadferth heb feddwl dim. Rhywbeth i'w wneud â theimlo'n hunanamheus, efallai, am ei addysg – neu ei ddiffyg addysg – gan fod y swyddogion ysgolheigaidd ar fwrdd y llong yn gwybod cymaint, wedi darllen yn helaeth, ac yntau – ynghyd â'r morwyr cyffredin eraill – yn gorfod moesymgrymu i'r addysg honno, a'r acenion posh, a'r sglein ar eu dannedd fel 'taen nhw ond yn bwyta'r cig gorau. Mae cynrhon yn y bwyd y maen nhw, y criw cyffredin, yn gorfod ei fwyta; a'r bara, ambell waith, yn symud ar ei ben ei hun – fel tase'n ceisio dianc yn araf rhag y plât. Ai hynny'n sy'n corddi gwaed Edgar? Yr annhegwch? Yr annhegwch dyddiol.

Ond mae'r boi yn gweithio'n dda ac yn ddygn er gwaetha'r cwbl. Mae'n denu sylw am ei ymroddiad, ei gryfder a'i ysbryd – wastad mewn hwyliau da. Dyma Edgar yn cael ei ddyrchafu'n Forwr Cyffredin – y gris cyntaf ar ysgol yrfaol y Llynges Brydeinig – fel mae'n esbonio mewn llythyr arall at y teulu, y tro hwn yn cyflwyno newyddion a fydd yn golygu rhywbeth. Y peth cyntaf wnaeth e er mwyn dathlu oedd cael tatŵ ar ei freichiau; cyllell yn torri drwy galon ar ei fraich dde, a dyfais ryfedd – ffrwyth ei ddychymyg – ar y chwith, a dim ond fe fyddai'n gwybod bod modd darllen y siâp mewn ffordd arbennig. Y llinell ddu, yn rhedeg yn syth i lawr, yn cynrychioli rhaff; a'r siâp fel cloch ar y gwaelod yn ffordd o gynrychioli ei fam-gu, yn hongian yn yr awyr ar y diwrnod hwnnw pan aethon nhw i gasglu wyau'r gwilyms.

Doedd Edgar ddim yn llythyrwr mawr, ond bob yn hyn a hyn, byddai'n llunio pwt o beth i'w hala 'nôl adref, gan amlaf yn nodi unrhyw lwyddiant – megis ei ddyrchafu i fod yn 'Leading Seaman', ac yna'r newyddion mawr ei fod yn symud i'r *Majestic*, llong a hanner – llong a thri chwarter – yn wir, y llong ryfel fwyaf yn y byd. Dros 16,000 tunnell ohoni. Ar y dec, cariai bedwar deg pedwar gwn, a rhai o'r rheini yn ddim byd llai na bwystfilod, gyda ffrwydron enfawr fel y math o beth allai ddod â'r byd i ben. Roedd yna diwbiau torpido rif y gwlith, a chriw o 700. Yn ei lythyron adref ysgrifennodd Edgar am y capten, y Tywysog Louis o Battenburg; er, ni chyfeiriodd unwaith at y dyn oedd yn dysgu sgiliau torpido iddo, Lieutenant Robert Falcon Scott, ond roedd Scott yn gallu gweld cryfderau Edgar. Scott. Boi clyfar, gyda chyhyrau cryf a sgiliau digamsyniol wrth wneud pethau pob dydd – clymu rhaffau, defnyddio offer, a'i gadw'n dwt ac yn daclus. Ond roedd Scott hefyd yn hoff o ysbryd hawddgar y Cymro yma, ac yn mwynhau gweld y wên ar ei wyneb pan oedd cynifer o'i gyfoedion ar fwrdd y llong yn surbwch ac yn grwgnach am bopeth.

'Sdim rhyfedd bod Scott wedi dewis Evans i ymuno ag e ar ei long ef ei hun, y *Discovery*, pan gafodd y gwaith o arwain y 'British Antarctic Expedition'. Cafodd Evans swydd newydd hefyd, 'Petty Officer' (is-swyddog), oedd yn golygu ei fod yn gyfrifol am y criw, megis sarjant mewn byddin, oedd yn mynnu bod gan ddyn awdurdod a gallu a dealltwriaeth ynglŷn â'r rheolau – a sut i lynu atyn nhw.

'Nôl yn y bwthyn ger Rhosili, byddai mam-gu a thad-cu Edgar yn darllen y llythyron byrion twt wrth olau'r lamp olew – ac yn ceisio dychmygu siŵd beth oedd haul diddiwedd, a beth oedd Malta, ac yn gofyn i'r ficer esbonio beth oedd yr Antartica yma.

"Iâ," atebodd y ficer, "erwau ac erwau o iâ. Fel 'tae hi'n aeaf bob tymor. Bydd eich Edgar chi yn mynd i'r lle oera'n y byd, efallai. Gobeithio bod y sanau wnaethoch chi weu iddo fe wedi cyrraedd yn ddiogel."

Yn ei meddwl, gallai mam-gu Edgar weld y llun hwnnw yn y ddysgil de – flynyddoedd maith yn ôl. Ambell waith, byddai proffwydo pethau yn fwrn arni, yn enwedig pan fyddai gweledigaeth yn cael ei gwireddu. Yn yr achos yma, gweld ei hŵyr annwyl yn teithio'n rhy bell oddi wrthi, o Gymru, o'i gartref, ac o anwes ei deulu oll. I ganol yr iâ. I fan geni'r gaeaf.

Pryd y trodd Edgar yn ddyn? Dyna gwestiwn y gofynnai iddo'i hunan ymhlith y cwestiynau mawr arall a ddiddanai ei oriau hir yn gorwedd ar y bync. Y diwrnod hwnnw ar y clogwyni gyda'i fam-gu? Yn ymladd pysgotwyr yn Valletta?

Byddai ei gyd-deithwyr yn rhochian ac yn chwarae gyda'u hunain ac yn torri gwynt yn un symffoni amhersain, tra bod Edgar yn meddwl am bethau gwell ac yn meddwl yn ddwys, hefyd. Teimlai taw ffawd oedd wedi cymell iddo gwrdd â Scott, ac roedd yn hoff iawn ohono gyda'i gymysgedd annisgwyl o agosrwydd ac awdurdod, o ysgafnder a difrifwch. Honno oedd y foment, pan ofynnodd Scott i'r gŵr o Benrhyn Gŵyr a fynnai gyd-deithio gydag e; dyna pryd y gwnaeth Edgar Evans dyfu lan, gan ddangos nad oedd arno ofn unrhyw beth, gan gynnwys *terra incognita*. Gwlad anhysbys. Gwlad nad yw ar fap.

Ni ddeallai'r cymhelliad, y chwant ysol, i fynd y tu hwnt i'r ffin er mwyn dod o hyd i'r ffin nesaf ac yna camu ymlaen. Roedd mynd ar goll yn rhan o'r peth, dod o hyd i lefydd, oherwydd doedd gennych chi affliw o ddim syniad ble roeddech chi yn y lle cyntaf. Arwrol? Twp? Tybiai Edgar ei fod yn gymysgedd rhyfedd o'r ddau. Ond gwyddai hefyd bod rhywbeth atyniadol iawn ynglŷn â'r capten, rhyw rinwedd arbennig oedd yn peri i bobl o'i gwmpas fod eisiau gwneud eu gorau drosto; ac Edgar yn sicr yn eu plith, am weithio'n ddiflino er ei fwyn, a chreu lot o bethau da ar hyd y ffordd. Darganfod. Deall darnau newydd o'r byd, a'u mapio'n drylwyr. A deall magneteg hefyd; deall pam fod nodwydd y cwmpawd yn troi fel y gwnâi. Estyn ffiniau'r byd: dyna i chwi ddiwrnod da o waith.

Roedd yn fore o niwl trwchus, pan na allech chi weld y gwylanod oedd yn sgrechian ac yn mewian fel barcutiaid gwallgo uwchben, fel ysbrydion yn symud drwy'r awyr ar adenydd o sidan. Daeth newyddion cyffrous o du'r capten.

Y brenin! Roedd y brenin am ddod i siarad â nhw. Am ddigwyddiad a hanner. Efallai'r digwyddiad mwyaf yn hanes y morwyr yma. I baratoi ar ei gyfer, penderfynwyd glanhau'r dec deirgwaith a defnyddio'r hwyliau newydd oedd mor wyn â choler ffeirad.

Cyrhaeddodd gyda gosgordd, ynghyd â cherbydau diri. Tanlinellodd y Brenin Edward bwrpas heddychlon y fordaith, pan anerchodd y criw ym mhorthladd Cowes ar Ynys Wyth; a'i frenhines, Alexandra, yn edrych fel y fenyw brydferthaf i Edgar ei gweld yn ei fyw. Ei gwallt yn disgleirio yn llewyrch yr haul, oedd yn gwneud i'r gemwaith roedd yn ei wisgo ddisgleirio fel un o raeadrau Bannau Brycheiniog mewn cawod o heulwen; y Bannau rhyfeddol o bert ble aeth Edgar unwaith ar ei feic yng nghwmni dau gymydog iddo fe. O'dd e'n dwli ar yr enwau. Sgwd yr Eira. Sgwd Ddwli Uchaf. Sgwd Einion Gam. Ie, disgleiriai mwclis y frenhines fel y dŵr yn cwympo i lawr y sgwd; delwedd o risial a lliw a disgleirdeb. Doedd Edgar ddim yn rhamantydd, ond roedd rhamant geiriau yn gallu bod yn ddiléit iddo.

"Rydych yn teithio i ychwanegu at yr hyn rydym yn ei ddeall am y byd," dywedodd y brenin, ac am eiliad teimlodd Edgar ei fod yn ei annerch ef yn uniongyrchol. Beth fyddai ei deulu yn ei feddwl nawr, wrth i Edgar sefyll droedfeddi'n unig oddi wrth y brenin a'r frenhines wrth i Edward VII – ie'r Brenin blydi Edward VII – ddymuno siwrne ddiogel iddyn nhw, bendith Duw arnyn nhw a thaith bleserus. Byddai Edgar yn nodi mewn llythyr 'nôl at ei fam-gu bod y brenin wedi dweud eu bod i gyd yn ddynion arbennig; felly, gan ei fod e yn sefyll ymhlith y dynion hynny, roedd yn dilyn fod y brenin wedi dweud ei fod e, Edgar Evans, yn ddyn arbennig. Gwaeddodd pawb dri "Hip-hip, hwrê!" wrth iddo adael; y criw yn eu llefydd arferol ar y mastiau.

Fyddai tad-cu Edgar ddim yn gweiddi 'run hip na hwrê o ddarllen am yr ymweliad. Credai nad oedd gan yr un person hawliau dros berson arall ond oherwydd ei fod wedi ei eni i frenhiniaeth, dim mwy na bod unrhyw feistr â'r hawl i berchen caethwas. Cofiai am fachgen du a ddaeth i fyw i'r castell gerllaw Rhosili, a sut y byddai'r trigolion lleol – pan fyddai'n mynd am dro yng nghwmni teulu'r ystâd – yn ei chael hi'n anodd osgoi syllu arno fe. Mae'n debyg ei fod yn rhugl mewn sawl iaith, a'i fod yn dod o rywle mor bell i ffwrdd fel nad oedd y rhan fwyaf o bobl yn gallu sillafu'r enw – heb sôn am wybod ble roedd y wlad. Francois oedd enw'r dyn, a chofiai tad-cu Edgar gwrdd ag e un diwrnod ar y llwybr a nadreddai heibio'r Vile, y system o gaeau canoloesol oedd yn nodweddu'r trwyn o dir a oedd yn arwain i lawr tuag at y Worm.

Eisteddai'r dyn ifanc, y dyn estron, y boi o bant, ar garreg – a chododd ei het wrth i dad-cu Edgar nesáu.

"Bonjour," dywedodd, "...a very good day to you, sir."

Cododd yr hen ŵr ei gap fflat oddi ar ei ben, gan wahodd ei hunan i eistedd lawr. Daeth yn amlwg yn bur sydyn nad oedd y Ffrancwr, Francois yn gallu fawr ddim Saesneg y tu hwnt i'r cyfarchiad roedd wedi'i ddefnyddio'n barod, ond deallodd ystumiau'r hen foi, gan dderbyn afal a chaws a bara, a rhannu ei ginio yn llawen. Dechreuodd chwibanu, ac o weld y pleser noeth ar wyneb tad-cu Edgar, dyma fe'n tynnu pib arian allan o'i boced gan ddechrau chwarae casgliad sydyn o jigs a rîls. Saethodd haid o nico heibio, gan daflu darnau coch a melyn i lygaid y ddau, oedd wrth eu boddau nawr; pengliniau cryd-cymalog yr hen ddyn yn gwneud eu gorau i ddawnsio yn yr unfan, gan wneud sŵn tebyg i gastanetau – oedd yn cyd-fynd yn rhyfedd ddigon gyda rhythmau heintus y bib.

Wedi i'r cyngerdd bach awyr agored ddod i ben, dyma Francois yn gofyn i'r hen ŵr beth oedd ei oedran – gan gofio sgwrs gyffelyb a gafodd gydag Arab unwaith. Deallodd tad-cu Edgar hanfod y cwestiwn, ac ateb gan guro ei ddwylaw saith gwaith; a'r dyn ifanc yn deall i'r dim ei fod yn esbonio ei fod yn saith deg, cyn iddo yntau ateb drwy glapio ddwywaith ac yna dangos tri bys i ddweud ei fod yn 23 mlwydd oed.

Yna bwytaodd y ddau eu hafalau, nes bod dim sudd na chig ar ôl ar y bonynnau, cyn syllu'n fyfyriol ar y môr oedd yn gaeau o ddiemwntau'n disgleirio'n dawel wrth ymestyn o'u blaenau. Cododd yr hen ŵr a chynnig ei law i ffarwelio. Cododd Francois gan hanner moesymgrymu'n hynod o osgeiddig. Cerddodd y ddau i gyfeiriadau gwahanol, yn blêst iawn gyda symlrwydd a dyfnder eu hymgom annisgwyl. Sgwrs heb eiriau; boddhad yng nghwmni dieithryn. Pontydd annisgwyl.

Y Capten

Scott, Scott, Scott. Dyn enwog ar y naw. Nid yw'r papurau'n gallu cynhaeafu digon o wybodaeth na newyddion o bob math amdano. Mae yna rywbeth ynglŷn â mentro mor bell ac i rywle mor oer sy'n apelio at bawb, heb sôn am y ffaith ei fod yn gyfle i ddyn fod yn arwr heb orfod mentro i faes y gad – ond, yn hytrach, i faes di-waed; dim ond menter a dygnwch a mynnu mynd 'mlaen.

Trigai Scott ar ei ben ei hun mewn byd unig iawn; y byd hwnnw, ble mae rhywun sy'n gyfrifol am fywydau cynifer o bobl eraill ac am gadw cannwyll gobaith miloedd – os nad miliynau – o bobl ynghyn, yn byw. Does ganddo 'run cyfaill agos, 'run ffrind bore oes i drafod pethau, i gyfnewid pryderon, nac i rannu ei ansicrwydd. Dyna pam roedd yn aros yn ei gaban, yn osgoi trafodaethau chwit-chwat, dibwys. Canolbwyntiai ar y sgyrsiau angenrheidiol, y penderfyniadau i'w gwneud. Dim ond un dyn oedd yn cael dod y tu ôl i'r llen, sef Evans, oherwydd roedd gan Scott edmygedd ohono – y ffordd ddiflino roedd yn cario ei faich ei hunan ac yn cynnig cario baich rhywun arall yr un pryd. Dyna pam y gofynnodd Scott am gael gweld y Cymro un dydd.

"Diolch am ddod mor brydlon, Evans."

"Dydy'r llong ddim mor fawr â hynny, syr."

Chwerthiniad bach swta.

"Ddes i mor gyflym ag y medrwn i."

Cynigiodd Scott sieri i'r dyn, ond gwrthododd yn gwrtais cyn dweud:

"Fel ry'ch chi'n gwybod, syr, mae gen i broblem; mae un sieri yn dueddol o arwain at un arall, ac yn y pen draw, at afon o'r stwff... Haws dweud 'na' ar y dechrau."

"Digon teg, digon teg. Wnes i ofyn i chi ddod yma – steddwch lawr, steddwch lawr – am un rheswm. Siŵr y byddwch chi'n meddwl ei fod braidd yn rhyfedd ar ôl i mi esbonio..."

Rhewodd y ddau am eiliad cyn i Scott ail-gychwyn.

"Rhaid imi rannu 'ngofidion. Alla i ddim gwneud hynny gyda 'nghyd-swyddogion. Byddai pob un o'r rheini am imi wneud rhywbeth, yn disgwyl imi awgrymu beth i'w wneud, a dwi ddim eisiau hynny. Y gwir yw... Y gwir yw 'mod i'n ofni ein bod ni'n cychwyn ar antur fawr allai fethu."

Wrth ynganu'r gair, prin bod Scott yn gallu edrych ar Edgar; y gair yn pwyso gormod, y syniad bron yn drech nag e.

"Ond dwi'n gorfod cuddio'r ofn hwnnw, er mwyn bod yn arweinydd, er mwyn rhoi hyder i bobl yn eu gallu eu hunain. Ond mae'n anodd, a dwi am ddweud hynny – cyffesu wrth rywun 'mod i'n teimlo'n wan, yn annigonol."

"Syr?"

"Does dim rhaid i chi ddweud na gwneud dim byd, dim ond gwrando, os wnewch chi."

"Wrth gwrs, syr."

"Byddwn ni'n teithio'n bell gyda'n gilydd. Ma bob un

ohonon ni'n gwybod hynny'n iawn, ac yn gwybod hefyd y bydd angen bob sgrap o egni a dygnwch a chryfder i fynd ar y daith hir hon sydd o'n blaenau. Mewn undod mae nerth, a bydd angen i ni asu fel un. A rhywun fel chi, Evans, sy'n gallu creu'r undod hwnnw. Ma'ch cryfder chi yn asgwrn cefn i mi. Ry'ch chi'n boblogaidd ymhlith y dynion. Maen nhw'n hoffi'ch jôcs, eich cwmni diddan, ac maen nhw hefyd yn gwybod eich bod chi'n gryf fel cawr; na, yn hytrach, chi yw'r cawr – yr un sy'n sefyll yn uwch ac yn codi mwy ac yn mynd ymhellach na phob un wan jac o'r lleill. Felly, dwi am i chi fod hyd yn oed yn fwy na hyn. Dwi am i chi roi benthyg eich cymeriad a'ch cryfder a'ch ffordd bositif o symud drwy'r byd a'r dwthwn hwn. I mi..."

Edrychodd Edgar braidd yn syn ar Scott wrth iddo ofyn am bethau y byddai Edgar yn eu rhoi heb feddwl unwaith heb sôn am ddwywaith. Ond roedd hyn yn anarferol – arweinydd yn cyffesu gwendid. Gwendid y byddai'n ei rannu gydag Evans yn unig. Oedd yn od ynddo ei hunan.

"Alla i ddibynnu arnoch chi yn fwy na neb...?"

"Wrth gwrs, syr."

"Felly, os digwydd i bethau fynd yn drech na mi... ga i ofyn amdanoch chi?"

"Wrth gwrs, syr."

Roedd rhywbeth wedi newid yn awyrgylch yr ystafell, trosglwyddiad o bŵer ac awdurdod ac ymddiriedaeth. Gallai Edgar dyngu bod Scott yn fyrrach dyn bellach, wedi colli rhai modfeddi. Y golau'n chwarae triciau yn y caban, efallai.

Wrth i Edgar gerdded i ffwrdd, sylweddolodd fod Scott

wedi dangos gwendid ac ansicrwydd, ac wedi gwneud hynny oherwydd ei fod yn teimlo'n ddigon saff i wneud. Ac wrth iddo ymlwybro 'nôl at ei hamog, dyma fe'n meddwl taw dyna'r ffordd fwyaf pwerus o ymddiried yn rhywun. A byddai'n gwneud yn siŵr na fyddai'n gadael Scott i lawr. Byth bythoedd. Ddim mewn unrhyw ffordd. Cwlwm. Pont, o ryw fath, rhwng y ddau.

Scott, Scott, Scott! Roedd cyffro drwy'r wlad i gyd yn ei gylch, a theulu Edgar – fel cymaint o deuluoedd eraill – wedi anfon rhodd ariannol tuag at gost y fordaith, oedd yn chwyddo'r coffrau ar ôl i'r llywodraeth gyfrannu eu canran hwythau – yn ogystal â'r cyfraniadau o wahanol awdurdodau. Anfonodd mam-gu Edgar yr arian roedd hi wedi'i gael am werthu menyn draw yn Reynoldston, ac aeth ei dad-cu i chwilio ymhlith yr arian roedd wedi ei gynilo a'i guddio mewn hosan yn y sied tu fas. Hudolwyd darllenwyr y papurau wythnosol gan y syniad o fynd mor bell, i Begwn y De, i ble roedd y byd yn dod i ben. Neu ble roedd byd arall yn dechrau…

Nôl ym Middleton

Bellach, roedd Edgar yn bell iawn, iawn o adref – ac yn mynd ymhellach bant fesul awr. Os digwydd i storm godi allan yn y môr y tu hwnt i'r penrhyn, byddai Mam-gu yn gweddïo'n uchel, gan godi llais ei hymbiliad i'r Hollalluog er mwyn cadw ei hŵyr yn ddiogel. Nid ei bod hi'n gredwr yn yr Iôr fel y cyfryw, ac yn derbyn taw duw arall, neu dduwiau eraill oedd ei rhai hi. Efallai taw natur oedd e, y fam-dduwies – yn rheoli popeth; a Pan – duw'r goedwig, duw'r geifr, duw'r bugeilio a duw yr holl fannau gwyllt yr oedd yn eu hadnabod ar Benrhyn Gŵyr – wrth ei hochr. Efallai mai Pan yw natur, yn llawn ymryson. Ymryson y môr yn erbyn y tir. Ysglyfaethwr yn erbyn ei brae. Glaw yn erbyn carreg. Gwynt yn erbyn coeden. Ymryson fel y byddai llais Mam-gu yn ei wneud gyda rhuo'r gwynt wrth iddo geisio codi llechi'r to, a'r glaw yn chwarae drymiau yno wrth i artileri'r Iwerydd dargedu'r lan. Allan ar y môr, gyda'r llong yn cael ei gwasgu yn nghledr llaw un o dduwiau creulon Y Dwfn, gobeithiai Edgar y byddai ei fam-gu yn gwybod am y storom yma, ac yn gweddïo'n fwy taer nag erioed o'r blaen. Gwelai eisiau ei deulu, gan orfod ymladd dagrau wrth iddo feddwl amdanyn nhw.

Yn y dyddiau da, yn ei blentyndod – y dyddiau arbennig hynny – byddai Tad-cu, Mam-gu ac Edgar yn sefyll, ambell

dro, ar drwyn o dir i edrych ar storm yn casglu yn y pellter
– y cymylau inc yn chwyrlïo'n drwchus mewn nen oedd
yn tywyllu'n hynod gyflym. Sbectacl oedd hwnnw – nid
bygythiad byw – i'r rheini oedd yn sefyll ar erchwyn y tir,
yn cael eu plygu gan y gwynt fel coed bonsai. Ond roedd
bod yn rhyferthwy'r storm yn wahanol, i'r rheini allan 'na
ar drugaredd y tonnau, megis y criw o ddynion ifanc yn yr
howld ar y llong gydag Edgar, nhwythau'n gaeth fel llygod
mawr mewn trapiau, ac yn wir, yn rhannu'r ofn a'r cyffro
a symudiadau dramatig y llong wrth iddi gael ei thasgu a'i
gwasgu i lawr – y tonnau y tu fas yn ei hyrddio hi un ffordd,
yna'r ffordd arall, nes bod dim ffordd i sefyll lan, a phawb yn
eu cwrcwd neu ar eu pengliniau, a'r mwyafrif yn chwydu,
a'r rhai crefyddol yn paratoi ar gyfer diwedd y byd, ac eraill
yn udo eu dychryn. Byddai ambell un, gyda stumog morwr
solet, yn sefyll yn dynn yn erbyn pilar neu bostyn – fel tase
hynny'n mynd i'w cadw'n ddiogel petai'r llong yn mynd i
lawr.

Hwn oedd y profiad gwaethaf ym mywyd Edgar hyd yn
hyn, oherwydd roedd y dŵr o'r dec yn arllwys nawr i lawr
i'r howld ac Edgar yn oer hyd at fêr ei esgyrn ac yn teimlo ei
fod yn nwylo ffawd neu Dduw neu rymoedd y tu hwnt i'w
ddeall e, wrth i goed y llong rwgnach a chwyno, ac ambell
waith wrth i sŵn pren yn hollti daflu ei hun fel gwaywffon
o sŵn ar draws y lle nes ei fod yn credu na fyddai'n byw i
weld diwedd y fordaith. Dyma ei arch, dyma ei fedd gwlyb;
galwyni o ddŵr hallt yn arllwys i lawr, a'r pympiau'n
gweithio'n ddi-stop i'w glirio.

Ac yn lle distewi, cynyddodd y gwynt, hyrddwynt a

hanner oedd yn ddigon cryf i siglo'r llong fel tasai wedi ei gwneud o bren balsa; a chydag un anadl gref arall taflwyd y llestr hyd yn oed ymhellach oddi ar ei echel, a fframwaith derw'r llong yn crynu'n wyllt, ac ambell waedd fel llefau banshi yn dod o gyfeiriad un o'r morwyr ar y dec oedd yn hongian ar raff megis pyped ac yn ceisio ei orau glas i wneud yn siŵr nad oedd yr hwyliau'n cael eu chwythu i'r Caribî; ond byddai'r llais hwnnw'n cael ei ddarnio gan y gwynt nes taw dim ond cymalau drylliedig fyddai'n cyrraedd y glust. Popeth yn cael ei racsio. Popeth yn cael ei friwio. Llong enfawr mewn perygl o gael ei throi'n fatsis.

Doedd Edgar ddim yn gwybod beth i'w wneud bellach, gan nad oedd yn un i weddïo. Geiriau gwag oedd geiriau'r oedfaon yn yr eglwys iddo, felly ceisiodd gofio am ddyddiau da, dyddiau tawel ganol haf gyda'r gwenoliaid yn sgubo pryfed dros yr ŷd, ond roedd y dymestl yn disodli'r delweddau cyn iddyn nhw gael cyfle i ddatblygu'n iawn. Crynai o'r tu fewn allan, daeargryn o ofn ac oerfel, gan beri i'w freichiau a'i goesau droi'n llipa, a'i esgyrn i feddalu. Roedd angen gweithio'n gyflym – fel gwennol y gwehydd – i geisio gwneud pethau'n ddiogel, gorau y gallen nhw. Ond roedd gwneud hynny yn llygad y storm yn anodd, fel ceisio dal gwiber mewn pot jam. Dyma Morus y Gwynt gythreulig a'r rhwysgfawr-ymosodol Ifan y Glaw, ill dau yn gweithio mewn partneriaeth ddieflig, yn tasgu dŵr ac yn ceisio racsio'r hwyliau, a'u troi'n nhw'n garpiau pathetig. Sut oedd dynion mewn cotiau oel, rheini'n llithro ac yn baglu i bob cyfeiriad, i fod i ymladd y pâr 'ma ar eu newydd wedd? Ifan yn chwerthin ar y ddynoliaeth. Morus yn eu chwythu nhw, feidrolion pitw, i Siapan neu Tonga, neu rownd yr Horn. Morus. Megis Duw.

Yna clywyd sŵn rhywbeth mawr yn torri, yn cael ei rwygo'n ufflon; a heb yn wybod i Edgar a'r llygod dynol eraill, roedd y prif fast wedi hollti – y prif fast, cofiwch – ac roedd peryg go iawn bellach, oherwydd fyddai dim ffordd i symud ymlaen yn hawdd wedi i'r storom ostegu… os byddai hi fyth yn peidio.

Criai'r gwynt fel bwncath ymhlith rhubanau'r hyn oedd yn weddill o'r prif hwyliau, wrth i forwr anffodus gael ei sgubo i ffwrdd gan don anferth, fel brws mawr gwlyb yn clirio'i enw oddi ar restr aelodau'r criw.

Dim ysbaid. Dim cyfle i ddal anadl. Y pympiau'n troi dan rwgnach. Curai'r tonnau fel dyrnau dur yn erbyn corff y llong, gan fygwth torri tyllau mawr yn y pren. Anodd oedd credu taw dŵr oedd yn gwneud yr holl sŵn 'ma, y curo metalaidd oedd yn ddigon i ddychryn hyd yn oed y morwr mwyaf profiadol. Roedd y storm yn fileinig, am ddinistrio'r bobl bitw ar fwrdd y *Discovery* oedd yn ymwingo wrth i'r gwyntoedd duon fflangellu ei hochrau.

Ar y tir mawr, roedd dyn yn ddiogel; yma, ar y môr, doedd yn ddim byd mwy na sglyfaeth, bwyd i'r siarcod, maeth i'r tonnau dirifedi.

Bŵm! BŴM…! Bŵm arall i siglo'r llong, nes bod Scott yn hanner ystyried hala'r dynion i'r cychod achub, ond eto roedd ganddo ffydd yn yr hen beth – ei chroen o bren a barnacls yn gallu gwrthsefyll chwip y gwynt a dwndwr y tonnau mawrion. Bŵm arall, un mor fawr y gallai stopio'r galon. Bŵm! O nefi wen…

Heb yn wybod i Edgar, roedd ei fam-gu yn gweddïo drosto ac yn gallu gweld y boi bach yn ei meddwl, yn gallu teimlo curiadau cyflym ei galon, ac yn clywed rhu'r gwynt yn codi'n uwch ac yn uwch, a'r llong fawr drom yn troi'n degan plentyn yn wyneb pŵer digamsyniol y gwynt – a oedd wedi troi'r môr yn gawl gwyrdd gwyllt oedd yn berwi bellach dros y dec ac yn chwyrnellu o'i hamgylch – gan ddymuno dim byd llai na llyncu'r llong, fel Lefiathan, yn un darn.

"O Dduw," meddyliodd mam-gu Edgar, oedd yn teimlo rhywbeth oer yn sigo yn ei stumog – y becso yn troi'n boen oddi mewn iddi. "Gwarchoda Edgar a'i gyfeillion sydd yng nghanol rhyw storm fawr o dy eiddo di. Bydd drugarog tuag atynt, gan ddistewi'r dyfroedd fel y bydd modd iddynt weld gwawr arall a mwynhau gogoniant dy gread, ac anadlu'n ddwfn i fwynhau sawr bwyd yn eu cegau a rhuthr bywyd yn eu gwythiennau. Diolch iti o Hollalluog Iôr, am dy faddeuant ac am ddangos y ffordd i gapten llong fel y gall efe gyrraedd porthladd yn ddiogel. Bendithied Dy enw, yn dragwyddol."

Teimlai Lizzie Anne yn rhagrithiol yn cynnig gweddi gonfensiynol Gristnogol er mwyn diogelu ei hŵyr, ond os mai dyna'r ffordd, wel dyna'r ffordd.

Ac yna, yn ddirybudd, diflannodd y gwynt, a daeth yr haul yn olau pwerus. O fewn cwta ddeng munud roedd y môr yn wastad, fel wyneb y pwll dipio defaid wrth ymyl fferm Llwyn-y-bwch ar ddiwrnod tesog o Fai.

Teimlai'r peth fel gwyrth i Edgar, yn enwedig oherwydd iddo ddychmygu ei fod yn gweld ei fam-gu yn sefyll y tu ôl i un o'r pileri; ond, erbyn iddo flincio'i lygaid, roedd y rhith wedi ei ddisodli.

Clywyd y chwiban yn seinio deirgwaith, gan roi cyfle i'r morwyr ifanc ddringo lan i'r dec ble roedd y llanast yn syfrdanol – y prif fast bron yn ddau ddarn, a phob copa walltog o forwr yn pryfeta o gwmpas i gychwyn y gwaith o drwsio gyda darnau enfawr o bren a hoelion mawr trwm. Gwyddai'r prif saer coed yn union beth i'w wneud, gan ennill ei damaid gyda morthwyl a phlaen. Roedd cael cyfle i adael y carchar o le dan y dec yn deimlad da, yn enwedig i'r rheini oedd yn teimlo bwrdwn y gaethiwed o fod fel buwch wrth bost, yn gorfod aros yn y lleithder a'r tywyllwch nes bod rhywun yn rhoi caniatâd i adael. Mor wahanol i fywydau cynifer ohonyn nhw, oedd wedi tyfu lan yn y wlad ar ffermydd yr ucheldiroedd neu fythynnod glan môr ble roedd halen fel eira ar sil y ffenest wedi storm.

Dau yn Gwbl Gytûn

UN NOSON FWYN, a hithau'n tynnu tua'r gwyll, dyma mam-gu a thad-cu Edgar yn cerdded ar hyd y creigiau – o Sweynes Howes i Paviland Manor; eu cerddediadau'n cyd-amseru ac yn cyd-gyffwrdd fel y gwnaen nhw yn nyddiau glas eu carwriaeth. Uwchben, curai adenydd cudyll coch fel metronom, y ffalcon bach yn cadw llygad mas am y symudiad lleiaf yn y gwair, cyn plymio i ddal ei swper llygoden. Nawr, roedd pob symudiad yn arafach ac yn boenus braidd, ond roedd 'na gysur yn y ffordd roedd y ddau yn cymryd bob cam yr un pryd. Roedden nhw'n anelu am y garreg fawr oedd yn felyn gyda chen; lle braf i gael hoe tra bod yr hen ddyn yn paratoi ei bib cyn ei thanio gyda ff'lêr fawr o'i fatsien. Bron heb yn wybod iddyn nhw, roedd Francois yn cerdded i'w cyfeiriad – wedi ei hanner cuddio gan wal isel a heb amlygu ei hunan yn ormodol oherwydd ei fod yn cerdded yn arafach na'r hen gwpwl hyd yn oed.

Erbyn iddyn nhw ei weld, roedd e o fewn canllath – ac yn amlwg ar goll yn ei feddyliau neu'i freuddwydion. Cydnabu ef y ddau gan godi ei law fel tase fe'n sefyll yn bell i ffwrdd, ac unwaith roedd o fewn cyrraedd, dyma fe'n rhyddhau rhaeadr byw o "Ffrensh" fel byddai tad-cu Edgar yn ei alw fe.

Atebodd y ddau cystal ag y gallen nhw, ac roedd yr

ymgom o stumiau a chyfarchiadau mewn Saesneg bratiog yn ddigon i ddigoni pawb. Dyma nhw'n eistedd ar y garreg fawr, ill tri, gan edrych allan ar y môr yn ei lawnder a'i hynafiaeth. Syllu, gyda'i gilydd; rhyw fath o gymundeb.

Llenwodd meddwl Mam-gu gydag atgofion am Edgar; cymaint ohonyn nhw, yn wir, nes bod ei phenglog megis yn troi'n grochan, yn llawn pethau'n mudferwi ac yn ffrwtian... Delwedd o'r crwt yn edrych yn hurt mewn gwisg forwr *Navy Blue*, gyda choler fawr lydan oedd yn amlwg yn gwneud iddo deimlo'n anniddig. Y diwrnod y daeth e 'nôl â gwiber mewn bwced, cyn ei harllwys ar lawr y gegin – gyda'i fam yn sgrechian ac yn sgrechian yn uwch fyth, fel cath wyllt, nes iddi lwyddo i'w sgubo allan drwy'r drws gyda'r brws câns. Y noson y gwnaeth e a'i dad-cu ddal cymaint o fecryll fe nad oedd modd i'r ddau eu cario lan y llwybr serth o'r Mackworth Stone, a'r teulu cyfan yn gorfod mynd i'w 'nôl a'u glanhau a'u halltu'n gyflym – bron fel proses ddiwydiannol – nes bod tair casgen gyfan yn arian byw o bysgod. A'i chwerthiniad uchel. Cofiai hwnnw'n dda. A'i lygaid direidus, yn ddu fel cwrens duon, yn fyw fel nentig ar ras ganol gaeaf. A'r ffordd anarferol y byddai'n cerdded i mewn i'r tŷ ambell waith, gan symud fel cranc ac ochrgamu draw tua'r ffwrn, cyn gafael yn ei ffedog a'i sbinio o gwmpas mewn diléit, a chwerthin yn y ffordd afieithus 'na oedd yn gwneud iddi hithau chwerthin yn ei thro, oherwydd bod yn rhaid iddi – roedd chwerthin y crwt bach yn heintus y diawl.

Y tri yn syllu ac yn meddwl.

Roedd meddwl Francois, bellach, bant yn gyfan gwbl,

wedi hedfan fel pelican draw i ryw ynys na chofiai'n glir – dim ond tyfiant trwchus y mangrof, a byrddau yn y farchnad dan straen oherwydd pwysau ffrwythau, na welai nawr, pethau lliwgar gyda pheraroglau i swyno'r enaid, a blas oedd yn felysach na mêl. Wyddai Francois ddim pryd yn union y gadawodd yr ynys, na beth oedd enw'r ynys... Guadaloupe efallai neu Haiti neu Dominica – roedd pob un wedi cael ei enwi dros y blynyddoedd; ond tybiai mai tua wyth neu naw oed oedd e pan ddaeth yr ordors, a'i fam ac yntau yn gorfod gadael – a bron, yn yr un anadl, y ddau yn cael eu gwahanu, ac yna roedd e ar ei ffordd. Gadael y gwres mawr a'r stormydd trofannol a fyddai'n cludo to'r tŷ i rywle arall ar yr ynys yn ddirybudd. I oerfel Cymru, yn y pen draw, er bod unrhyw le yn teimlo'n oer o'i gymharu â bro ei febyd. Newyn hefyd; blas ar hwnnw, yn cnoi at berfeddion ei stumog megis llygoden fawr ar goll yn y twnelau. Wythnosau ar y môr. Ond nid fel caethwas. O, na, roedd pawb yn tanlinellu hynny yn eu Ffrangeg gorau. Roedd dyn cyfoethog wedi talu am ei docyn, ac yn cynnig lle iddo fyw yng Nghymru. O, na, nid caethwas. Roedd hyn yn rhywbeth mwy soffistigedig na hynny. Cael ei ddwyn i fyny megis mab i ddyn gwyn. Mewn tŷ mawr gwyn ble roedd pawb yn defnyddio tsieina pert, a rhyw hen fenyw yn canu'r delyn o fore gwyn tan nos.

Ie, yma, ar y creigiau geirwon yma, wrth i'r dydd lithro i'w ddiwedd, ac wrth i forfil mawr y môr lyncu pysgodyn aur yr haul y crwydrai ei feddwl i'w gartref gwreiddiol yn y Caribî, ble tyfai coed coco'n dal a dirifedi. Doedd ei deulu yma ddim wedi bod yn greulon, na, roedd yn rhaid iddo dderbyn hynny, ond er mwyn iddo ddod yma bu'n rhaid ei rwygo bant o fynwes ei fam. A chyda hynny, roedd ei boen mor fawr, mor ddychrynllyd, fel na allai unrhyw garedigrwydd na haelioni na llond stafell o deganau, na'i geffyl ef ei hunan, roi stop ar yr wylo. Llefai tu fewn bob dydd, bob awr, bob eiliad. Rhywle, dros y môr hwnnw – yr union fôr hwnnw – roedd hi'n aros amdano, efallai. Ond wyddai e ddim ble i edrych. Ac wyddai e ddim pryd y dylai fynd i ddechrau chwilio. Oherwydd roedd ganddo ofn y môr, ac ofn bod yn ddu – ac ymddangos, felly, mor wahanol mewn gwlad mor wyn.

Cofiai Tad-cu am ei gyfeillion a gollodd eu bywydau ar y môr, yn y môr. Rhai wedi eu claddu'n lleol. Rhai wedi eu claddu draw yn Eglwys Oxwich. Ond y nifer fwyaf ohonyn nhw wedi cael eu claddu yn y môr, heb ddefod, oherwydd lwyddodd neb i gael hyd i'w cyrff. Cofiai'r llongddrylliadau mawrion hefyd, pan olchid cyrff i'r lan ynghyd â chasgenni – a phawb yn casglu, casglu, casglu fel pobl yn mynd o'u coeau. Casglu fflotsam a jetsam a lingam, y tri math o ysbail, a rhai yn dewis pethau gwerthfawr yn gynt na chysegru'r cyrff a orweddai ar welyau o wymon. Llenwodd meddwl yr hen ŵr gyda rhestr o enwau. Deugain ohonyn nhw i gyd. Litani o ddynion aeth i'r dwfn ymhell cyn eu hamser. I locyr Defi Jôs, nid bod unrhyw un yn gwybod pwy oedd y cyfaill tanddwr hwnnw...

Nathaniel Jeavons. Thomas John Evans. Howell Thomas. Peregrine Bowen... Roedd bob un yn sefyll yno megis cerrig beddi ym mynwent y cof. Y meirw oer; gwymon yn eu gwalltiau, 'slywod bach yn nadreddu allan o ogofâu eu llygaid. Cofiai am Ray Williams a'i fab William, wedi mynd allan am fecryll, allan am byth bythoedd. Madock Jones, hen foi ffeind oedd byth yn gwrando ar rybuddion ei gydbysgotwyr, hyd yn oed pan fyddai'r arwyddion tywydd yn amlwg yn rhybuddion croch. Richard Davies, aeth allan i Aden – byw bywyd stocer yn rhofio glo mewn gwres fel canol haul – ond a laddwyd wedi i dorpido o *U-boat* anelu'n gywir ac yn farwol. Samuel Thomas, mab y gof, yntau ond yn 20 oed pan aeth ei long ar goll allan yn yr Iwerydd. Mob Evans, wedi cyrraedd ynys Zanzibar cyn marw o annwyd. Hugh Roberts, un o'i ffrindiau gorau... dod ar draws ei gorff ar draeth Llanrhidian – y corff hwnnw wedi chwyddo fel morlo, a gwylanod wedi gwledda ar ei lygaid. Lewis Morgan, gyda'i wallt coch fel rhedyn yn yr hydref, fu farw yn un o'r stormydd mwyaf ffyrnig o fewn cof. Idris Rees, cantor gorau'r ardal – ei lais bariton melfedaidd yn llenwi'r capel – a chodwr canu heb ei ail... ei lais nawr yn un gyda sisial y tonnau bach dros y cerigos. Owen James, 'lost at sea' – chwedl telegram y Llynges at ei weddw. Mostyn Price, a gafodd ei longddryllio ger Malta. Magnificent Lloyd, y potsiwr gorau ar y Penrhyn, a foddwyd yn ogof Mitchin Hole wrth i deid annisgwyl ruthro i mewn. David David, Rossett Farm. Twm Watkins, y wên orau. Seth Humphreys, 15 oed... mynd cyn iddo gael dechrau byw.

Rhestr colled.

Caeodd tad-cu Edgar ei lygaid, a'u gweld nhw i gyd yn un dorf, cwmnïaeth y drylliedig.

Edrychodd ar y ddau arall, oedd yn bell i ffwrdd, ar goll yn eu meddyliau eu hunain.

Closio

Pan mae Edgar yn cael symans i fynd i weld Scott eto, mae ei gyd-deithwyr yn gwawdio ac yn pryfocio – y dynion eraill yn dilorni'r ffafriaeth, ac ambell un yn chwyddo 'da chenfigen. Wedi'r cwbl, roedd Scott yn un o'r bobl enwocaf yn y byd i gyd – ac roedd Edgar yn mynd i'w weld am yr eildro, efallai'r trydydd tro. Beth oedd mor sbesial am Evans, y labwst o Gymro â'i dymer wyllt?

"Dwi'n clywed eich bod chi'n chwarae gwyddbwyll?" meddai Scott, gan ddechrau gosod y darnau ar y bwrdd wrth ofyn.

Llenwa Edgar ei bib gyda thybaco cryf; mae angen iddo chwilio yn y mwg am yr atebion, i wybod beth yw'r symudiad cychwynnol.

Mae Scott yn cymryd y gêm hon o ddifrif, oherwydd mae wedi bwrw hoelion drwy'r bwrdd gyda morthwyl i'w gadw rhag symud wrth i'r llong fynd yn ei blaen. Mae'n ford hyfryd wedi ei gwneud o dîc, ac mae Edgar yn rhyfeddu bod y dyn yn gallu bod mor ddi-hid o werth y celficyn. Ond nid dyna'r unig ddryswch. Dyw Edgar ddim yn gwybod sut mae Scott yn gwybod ei fod yn chwarae'r gêm yn y lle cyntaf; prin ei fod wedi sôn am hynny y tro diwethaf iddyn nhw gwrdd – a dyw e ddim yn credu bod unrhyw aelod arall o'r criw yn gwybod. Dirgelwch bach, yn sicr. Ond mae chwarae'r gêm yn ffordd arbennig o ladd amser, fel y gwyddai ceidwaid y goleudai, oedd yn chwarae a chwarae a chwarae – gemau allai bara wythnos gron – nes y gallai bron pob un ohonyn nhw ennill cystadlaethau tasen nhw'n dymuno hynny. Nid eu bod nhw'n cystadlu, oherwydd mae gan geidwad y goleudy ei ddyletswyddau, wastad ei ddyletswyddau. Cadw'r llongau rhag y creigiau, dyna'r unig gêm sydd wir yn cyfrif. Dyn yn erbyn y môr, golau yn erbyn tywyllwch y dymestl.

Symuda Scott ei ddarn cyntaf er mwyn dechrau'r gêm, dau gam sicr gan baun y brenin, wrth i Edgar sugno'n ddwfn ar fwa tenau ei bib o glai sydd yr un siâp â phig y gylfinir. Drwy'r haenen o fwg glas, mae'n gweld y ffordd ymlaen – yn enwedig oherwydd fod ganddo ddewis o rai o agoriadau mwyaf hanesyddol y gêm. Yr Agoriad Sbaenaidd. Y Gêm Eidalaidd, yn cynnwys yr Evans Gambit. Gambit y Brenin. Roedd e mor ddiolchgar i'w dad-cu am ddysgu'r rhain, a mwy, iddo. Mae'n symud ei baun yntau, mewn symudiad sy'n geidwadol ond yn ddiogel.

Tu fas, mae'r gwynt yn y rigin yn gweiddi fel gwrach fain. Mae'n hapus i aros nawr, i gadw'r gêm yn un gymedrol. 'Sdim angen rhuthro. Maen nhw ar fordaith hir. Gallai'r gêm bara tridiau pe bai angen. Unrhyw beth i ladd amser ar fordaith faith fel hon, sy'n gallu sathru'r ysbryd.

Yn rhyfedd ddigon, y diwrnodau da yw'r rhai anoddaf – y rhai i leddfu'r ysbryd – pan mae'r môr fel llyn a'r gwynt wedi distewi i ddim. Wyneb y môr mor fflat â phwll dŵr ganol pentref yng nghysgod tŵr eglwys, nes y gallai dyn ddisgwyl gweld gwyddau a'u cywion yn symud drosto'n osgeiddig; a thu hwnt iddyn nhw, y fynwent, a thafarn fach cefn gwlad ble mae lleisiau'n casglu'n un chwerthiniad wrth i'r seidar fynd i lawr. Hawdd yw dianc i freuddwyd ar ddyddiau felly – breuddwydio am adre, am gymar a phlant sy'n bell, bell, bell i ffwrdd bellach. Diwrnodau da… a drwg, felly; ac maen nhw'n anodd, oherwydd does 'na ddim byd i'w wneud. Unwaith mae'r hwyliau lan, does dim gwerth eu troi – dim ond dibynnu ar anadl o awel i'w gyrru ymlaen. Wedi dweud hynny, dyw diwrnodau felly ddim yn gyffredin o gwbl oherwydd mae'r gwynt yn deyrn, yn hollbresennol; hyd yn oed pan nad yw'n plwmpio'r hwyliau, mae'n casglu nerth yn rhywle yn bell i ffwrdd – draw, draw tu hwnt i'r gorwel – a chyda sicrwydd bydd yn dod i chwilio amdanoch, i yrru'r llong yn ei blaen. Mae Edgar yn gwybod hynny, os gŵyr e unrhyw beth am y môr, ac am yr elfennau. Sydd am roi sialens i chi. Fel y mae Scott yn rhoi sialens iddo fe, nawr, wrth symud esgob i le annisgwyl, gan greu trafferthion – fel mae niwl yn gallu cuddio creigiau danheddog sy'n barod i larpio corff y llong fel bwystfil newynog.

"Ry'ch chi'n edrych yn ffwndrus, Evans. Fel tase'r gwynt wedi mynd o'ch hwyliau…"

"Dyw'r gwynt byth yn mynd o'r hwyliau, syr – dim mwy na'r tân yn fy ngwaed."

Brafado yw hyn, oherwydd mae Scott wedi bod yn ddyfeisgar iawn, ac wedi cau i lawr peth wmbreth o opsiynau. Dyma gynllun Scott i weld a oes gan Evans y gallu i ddatrys problem heb orfod defnyddio ei gyhyrau a'i gryfder cawraidd…

Rhan Dau
Yr Oerni i Ddod

0°

Croesi'r Cyhydedd

Cyffro... Cymeriadau... Gwisgoedd... Colur! Pasiant o beth ar fwrdd llong!

Doedd neb yn disgwyl y fath theatr annisgwyl, a nifer o'r criw erioed wedi gweld theatr, na llwyfan, na dim byd felly. Dim ond ambell garnifal, neu syrcas deithiol gyda'i llewod a'i hanifeiliaid gwyllt yn rhuo, poeri ac arddangos ewinedd neu ddannedd siarp. Ond fe gawson nhw'r morwyr sioe a hanner yn y seremoni draddodiadol i nodi eu bod wedi croesi'r lein, y cyhydedd, y llinell anweladwy oedd fel gwregys tynn o gwmpas canol y byd. Hen linell bell, arall, nad yw'n bod.

Gwisgodd y morwr hynaf, sef, yn yr achos hwn, Petty Officer David Allan fel Neifion, gan smalio ei fod yn ymweld â'r llong fel rhan o'i ddyletswyddau duwiol, gan wisgo coron dun ar ei ben – tra bod ei *oilskins* wedi eu haddurno gyda heidiau o bysgod prysur, lliwgar. Fel rhywbeth allan o ffair, neu bantomeim, wir ddyn i chi. Cerddodd ar y dec yn rhodresgar yng nghwmni ei 'wraig' oedd yn gwisgo dillad menyw wedi eu gwneud o sidan – sidan porffor dwfn oedd wedi ei addurno gyda blodau – a wnâi i'r pysgod lliwgar oedd yn heidio ar ddillad ei gŵr edrych braidd yn anemig. Hongiai llinynnau bach tenau o raff o'i ben ac i lawr ei gefn, gan lifo fel nadredd o het binc gyda rhosod papur yn ei haddurno. Reiat o liw, ond gyda thinc o rybudd yn y lliwiau coch ac oren, hefyd, wrth i'r ddau Driton gerdded i sefyll y naill ochr i dduw'r dyfroedd a'i wraig brydferth. Am olygfa od, annisgwyl.

Corlannwyd y rhai oedd yn croesi'r cyhydedd am y tro cyntaf mewn grŵp ar ochr starbord y dec, ble roedd platfform yn ymestyn dros yr ochr uwchben bath ymolchi sylweddol. Wedi strygl a hanner, eilliwyd pennau'r giang anffodus, golchwyd eu cegau gyda sebon ac yna gorfodwyd pob un i eistedd ar gadair oedd yn cael ei gwthio tuag yn ôl – er mwyn gweld y dyn yn cwympo i mewn i'r bath llawn dŵr hallt.

Tra bod hyn oll yn digwydd, roedd Neifion a'i wraig – o, am bâr urddasol – a'r ddau Triton yn rhannu poteli o whisgi – a hwnnw'n whisgi da o ganoldir yr Alban – oedd yn rhodd gan y brenin go iawn, nid bod Neifion ddim yn frenin go iawn wrth gwrs, ac yntau'n gwisgo coron ac yn camu 'nôl a blaen yn rhodresgar ynghanol golygfa'r bedydd... Roedd yr olygfa honno'n dechrau dirywio o fod yn ddefod llawn hwyl i fod yn ddigwyddiad go anwardd, oherwydd roedd y morwyr bellach yn pelto'i gilydd gyda fflŵr a huddygl a sebon, a rhai yn mynd yn wyllt oherwydd eu bod nhw wedi bod yn byw bywydau ufudd a syber – am rhy hir yn dilyn gorchmynion ddydd a nos; a nawr, felly, roedd ganddyn nhw rwydd hynt – y funud hon – i fynegi eu hunain a'u dicter drwy daflu pethau. Rhyddhad, fel camu allan o garchar. Cyfle i wfftio disgyblaeth.

Cyn hir roedd un boi gwyllt o Aldershot yn taflu'r dwrn cyntaf, a ffistffeit megis yn gorfod dilyn; ac yn y ffrwgwd a ddilynodd, fe wnaeth un boi hanner cnoi bys bawd un o'i ffrindiau i ffwrdd – ei ffrind, cofiwch – a thaflwyd un o'r Tritons i mewn i'r bath, heb sylweddoli y byddai ei got drom yn llenwi â dŵr ac yn troi'n bwysau mawr a wnaeth ddechrau boddi'r dyn, ac yntau'n gweiddi, ond neb yn llwyddo i'w glywed oherwydd y sŵn a'r cyffro ar y dec ble roedd hi'n garnifal gwallgo – yr awyr yn dew gyda'r holl bethau a gafodd eu taflu. Erbyn hyn roedd hyd yn oed Neifion mewn trwbl, oherwydd roedd un o'r is-swyddogion yn bygwth "stico'r blydi picfforch 'na reit lan dy ben ôl, mor bell na fydd hi'n gweld golau dydd tan haf nesaf"; a Neifion eisiau chwerthin, ond yn gweld bod 'na olwg wyllt yn mudlosgi yn llygaid y dyn, oedd yn amlwg yn casáu PO Allen oherwydd ei greulondeb beunyddiol a'i agwedd haerllug, sur tuag at bawb ar y llong – a phawb yn rhyfeddu ac yn cwestiynu pam ar wyneb y ddaear roedd Scott wedi dewis dod â'r penbwl uffern yma gydag e.

Pan gamodd Scott allan o'i gaban, un gair oedd yn troi yn ei feddwl, a "disgyblaeth" oedd hwnnw; ac yntau'n rhyfeddu bod pethau wedi mynd mor bell ac wedi dirywio mor sydyn – nes bod hanner y dynion yn edrych fel plant drwg, a'r sblotsus fflŵr a'r huddygl yn edrych fel y gwrthwyneb i sut y dylai dec llong edrych. Roedd hyd yn oed yr hwyliau wedi eu staenio. Safodd Scott yno yn chwilio am y geiriau cywir, ond roedd hyd yn oed ei bresenoldeb yn ddigon i dawelu'r dorf wyllt... Dyma'r dyn a oedd wedi rhoi cyfle iddyn nhw, a'r dyn a allai ddod â'r cyfle hwnnw i ben mewn brawddeg, mewn anadl, mewn un gorchymyn difaddau.

Roedd hyd yn oed Evans – oedd yn adnabod gwendidau

Scott – yn gwybod taw nid rhywbeth gwag neu ffals oedd yr awdurdod hwn; nid rhywbeth roedd yn ei wisgo, megis cap neu fedalau, ond y gallu i arwain – er gwaethaf ei hunanamheuaeth. Rhywbeth i'w wneud ag addysg neu ddosbarth o fewn cymdeithas – pethau nad oedd gan Evans. Ond doedd e ddim yn sur am hynny, oherwydd dyna oedd y drefn. Meistr a gwas, gwas a meistr, sef holl hanfod trefniant y llynges neu fordaith fel y fordaith hon. Ufudd-dod. Dyletswydd. Parch neu barchedig ofn tuag at bob swyddog.

Daeth y geiriau yn glir o enau Scott, gyda phob morwr yn clywed pob sillaf a, bron, yr anadl rhwng ambell air.

"Cliriwch y mès yma ar unwaith. Rhag eich cywilydd chi, ddynion..."

Prin bod yr un dyn yn gallu edrych i fyw llygaid Scott, oherwydd gwres y cywilydd hwnnw.

Dyna'r math o awdurdod oedd gan y dyn arbennig hwn, ac roedd pawb yn difaru'n gyflym eu hymddygiad plentynnaidd wrth i'r doctor gamu ymlaen i edrych ar fawd y boi oedd yn hongian gerfydd ei gnawd, a'r dyn druan yn gweddïo na fyddai'r doctor yn gwneud unrhyw beth yn ei gylch oherwydd mai ei enw bellach ymhlith y criw oedd "Doctor Death" – ac, yn ôl bob sôn, bod bob claf oedd yn dod i'w weld yn teimlo'n waeth, neu'n cwympo'n farw ar ôl gwneud.

Er bod y mast ar ei newydd wedd, y darnau wedi eu trwsio'n weddol am nawr – bron yn ddigon cryf i gymryd pwysau'r hwyliau – doedd e ddim yn gallu cymryd straen hwyliau llawn; felly, hercian dros y môr a wnaethon nhw, y capten yn bytheirio'i long ei hunan, ac yn diawlio'r ffaith bod y siwrne wedi'i hymestyn cymaint. Allai'r injans ddim gwthio'r llong ymlaen yn ddigonol, a ta p'un, roedd angen cadw cyflenwad o lo rhag ofn i rywbeth arall fynd o'i le; ac roedd y stocwyr yn ei chael hi'n anodd gweithio, gan fod y tymheredd yn yr ystafell gyda'r injans yn 140 gradd Fahrenheit, uffern o dymheredd go iawn – rhwng y tanwydd yn llosgi a'r haul trofannol anfaddeuol yn twymo popeth lan ar y tu fas. Gallai stocer chwysu galwyni o ddŵr yn ystod shifft. Ond roedd pethau'n waeth fan arall, ble roedd Edgar yn rhan o griw bach oedd yn gorfod delio gyda'r ffaith bod dŵr wedi gollwng i mewn i'r howld, a'r dŵr hwnnw bellach wedi troi'n slop trioglyd du oedd yn cynhyrchu gwynt drwg fel hen ffos ac yn anodd i'w ddelio 'dag e – oherwydd fod y sleim llithrig wedi gorchuddio haen waelod holl nwyddau'r siwrne.

Diawliai'r criw y difrod a'r gwastraff, yn enwedig oherwydd eu bod wedi gorfod gweithio mor galed wrth drosglwyddo'r nwyddau o'r cei i waelodion y llong. Doedd dim bai arnyn nhw am y mès, am fethu â gwneud yn siŵr bod y nwyddau'n ddiogel rhag y math yma o beth, eu bod nhw wedi eu lapio'n dynn amdanynt. Damwain oedd damwain. Felly, roedd Edgar a'i gyfeillion, bellach, wedi ceisio achub tuniau o gaws Cheddar oedd wedi pydru ac wyau mewn tuniau oedd heb eu soldro'n iawn, a'r rheini hefyd wedi eu sbwylio, y siwgr wedi ffermenteiddio – a'r cymysgedd o ogleuon drwg yn heriol hyd at fod yn ymosodol.

Mynnodd y gweithwyr bod angen i rywun agor twll yn rhywle er mwyn iddyn nhw allu anadlu, oherwydd doedd gwisgo mygydau gwlyb o frethyn, neu hen recsyn, wedi eu rhwymo'n dynn o gwmpas y gwefusau ddim yn gweithio – ddim yn y gwres uffernol hwn. Roedd Edgar yn gwybod ei fod wedi cyrraedd uffern ar y ddaear, neu uffern ar y môr, oherwydd allai e ddim dychmygu gwaith y gallai'r diafol ei hun fod wedi'i greu ar gyfer meidrolion a fyddai'n cystadlu â hwn – y budreddi'n cymysgu gyda'r chwys a'r surni trwchus. Eto, byddai Scott yn dod i lawr i'w llongyfarch ar y gwaith ac ar eu dygnwch, gan ddal ei law dros ei geg wrth iddo yngan bob gair – ond eto'n dal i lwyddo i gyflwyno ei neges yn glir.

Llwyddodd yr uned waith i achub digon o nwyddau i bara tan ddiwedd y daith, er bod sawr hyll bron i bopeth... nid bod y bwyd wedi bod yn flasus i ddechrau.

Roedden nhw wythnosau hir a diflas y tu hwnt i gyrrau De Affrica bellach, wedi hen groesi llinell yr Antarctig, pan anghofiodd yr haul fachlud, gyda golau melyn gwan yn cymryd lle'r nos – a hynny am gwta awr – a gweddill y deirawr ar hugain yn llachar, yr haul yn berl ffyrnig. Hwyliai'r llong dros foroedd oedd yn llonydd fel pwnt, a'r golau rhyfedd yn ddigon i wneud i ambell ddyn gredu eu bod nhw wedi croesi i fyd arall, taw efallai'r nefoedd oedd hi, a'u bod wedi cyrraedd yno heb sylweddoli eu bod nhw wedi marw. Pan ddigwyddai i'r injans stopio, roedd y tawelwch yn syfrdanol, i'r fath raddau eu bod yn gallu clywed adenydd yr adar môr yn hisian wrth dorri drwy'r awyr, a phob un o'r rheini yn rhywogaethau newydd, rhyfedd. Byddai'r naturiaethwyr ar fwrdd y llong yn portreadu'r rhain yn eu llyfrau, ac yn ceisio eu dal er mwyn mynd â'r crwyn adref i'r amgueddfeydd, tra bod rhai o'r dynion am eu dal am resymau eraill... i gael cig gwahanol i'r cornbîff oedd ar y fwydlen hyd syrffed.

Gwelodd Edgar ei ddarn cyntaf o iâ y prynhawn hwnnw, tua'r un maint â phlât cinio, ond yna gwelodd bod set gyfan o'r rheini – deg, deuddeg darn yn nofio'n dawel... a chyn hir roedd y darnau'n lluosi ac yn tyfu; a phawb yn esbonio – hyd syrffed – bod corff mwyaf sylweddol darn o iâ o dan yr wyneb, felly bod telpyn bach yn cuddio talp mwy, ac felly wastad yn beryclach nag roedd dyn yn ei ddisgwyl. Gallai "darn maint bwrdd snwcer guddio iâ seis bryn dan yr wyneb". Perygl yn drifftio i bob cyfeiriad o'r cwmpawd.

Yna, yn y pellter, gwelodd fynydd iâ go iawn yn codi drwy wyneb y dŵr – darn sylweddol allai fod yn fwy na chreigiau Burry Holms – ac yn syth o'u blaenau, ei driongl glaswyn yn edrych yn ddigon cadarn i ddryllio llong fel y *Discovery* yn ddarnau bychain bach. O diar, meddyliodd, ac yna bu'n rhaid iddo feddwl eto, wrth weld fflotila o ddarnau mawr cyffelyb yn nofio'n browd. Un. Dau. Pedwar. Chwech ohonyn nhw, ac Edgar yn poeni'n fawr. Mewn cystadleuaeth rhwng dyn a natur am y torpidos gorau, natur oedd y fuddugwraig, heb os, gyda'i harfau oer ar gyfer rhyfel oer. Syllodd ar y môr yn tewhau, gyda darnau iâ o bob siâp, a rhai ohonyn nhw'n raspio'n swnllyd yn erbyn ochr y *Discovery* – y math o sŵn y byddai ei dad-cu yn ei wneud wrth roi min ar ei raser, gan ei hawchu'n dda gyda strap lledr.

Ac yna fe'u gwelodd... y ddau losgfynydd, Erebus a Terror, ac yntau'n deall yn iawn pam y'u bedyddiwyd felly – yr enwau'n disgrifio duw y tywyllwch, mab Caos, a'r math o ofn oedd yn gweddu'n berffaith i'r mynyddau-ochrau-duon hyn oedd yn edrych fel 'taen nhw ddim yn perthyn i'r gwynder diddiwedd yma; eu cribau coch o lafa yn gwrthgyferbynnu'n llwyr gyda'r iâ disglair – fel nos a dydd yn sefyll y naill ochr i'w gilydd. Esboniodd Scott iddo, un noson wrth edrych ar y siartiau gweigion, taw Erebus oedd duw Groegaidd y tywyllwch dwfn a'r cysgodion; ac wrth edrych ar y cribau creulon, a'r siâp anhawddgar, gallai Edgar gredu bod yr enw bedydd yn berffaith ar gyfer y mynydd du o'i flaen.

Daeth y pŵr dabs lan o'r howld i lanhau'r decs. Meddyliodd Edgar mai ffolineb oedd hyn yn yr hinsawdd hwn, ond dyna ni, roedd y Llynges Brydeinig yn byw ar ddisgyblaeth, a grym a miniogrwydd y chwip yn torri rhychau i mewn i groen unrhyw anffodusyn oedd yn ddigon twp i fod yn anufudd o safbwynt ordors. Ar eu pengliniau, yn rhynnu drwyddynt, ceisiai pob un gymryd anadl ddofn yn ei dro; ager eu hanadl yn troi'n gawod o grisialau bychain, fel ffluwch o ddiemwntau. Creulondeb oedd gofyn i ddyn lanhau dec pan roedd yr arian byw mor isel, y tymheredd mor ormesol o oer. Ond doedd ganddo ddim dewis ond mynnu bod y dec yn cael ei sgwrio'n dda, gan wneud iddo deimlo fel poenydiwr milain.

Yna, yn annisgwyl, daeth gorchymyn i ollwng y cwch pren i'r môr, gan ddweud ei bod yn amser mynd i ymarfer sgïo, ac Edgar wedi anghofio beth yn union oedd ystyr y gair. Doedd dim enwau yn perthyn i'r llefydd roedden nhw'n mynd, oherwydd doedd neb wedi bod yno'n barod i'w bedyddio. Ond roedd 'na ddigon o eiriau anghyfarwydd yn chwyrlïo o gwmpas ei glustiau. Electromagneteg. Y Gwir Ogledd. Amundsen. Fe oedd ei nemesis, ei elyn pennaf – chwedl Scott – gan taw fe oedd yn cystadlu yn y ras. Boi o Norwy. Roald Engelbregt Gravning Amundsen. Llond ceg o enw.

Ond doedd dim amser i feddwl am y dyn yma, oherwydd roedd angen ymarfer gyda'r sgis, a'r rheini'n ddarnau mawr hir o bren a phob dyn yn defnyddio un polyn bambŵ yn unig i gadw trefn a chadw balans. Wrth droed y polyn roedd 'na ddarn trwm, siarp o fetel, a hwnnw'n gorfod torri lle iddo'i hun ni waeth pa mor drwchus neu ystyfnig oedd yr iâ. O, roedd Edgar yn ei elfen oherwydd roedd yn ddyn athletaidd, yn eiddgar ac yn gryf ac roedd ei falans gyda'r gorau. Er ei fod e a phawb arall wedi cwympo nifer fawr o weithiau, roedd yn teimlo'n ddigon hyderus erbyn diwedd y prynhawn i gystadlu yn y rasys, gyda phobl yn betio ar yr enillydd – ac Edgar yn gwneud slalom rhwng dau fryncyn bach o iâ, er nad oedd yn gwybod beth oedd slalom. Cymeradwyodd pawb wrth iddo ruthro heibio, y polyn yn gwneud iddo edrych fel gondolier, a'r sgis mawr lletchwith yn torri dros yr iâ yn gyflym nawr – y dyn ar ras, y llethr o'i blaid, y dyn o'i flaen yn dod yn agosach wrth iddo ddal i fyny ag e.

Ac yna, dyma fe'n dechrau hedfan, bron, yr iâ yn megis toddi oddi tano, a neb i'w weld o'i flaen a neb o fewn hanner can llath i ddal i fyny ag e; a'r unig beth oedd yn y ffordd oedd yr heidiau prysur o bengwiniaid Adélie oedd ddim yn sgathru mas o'r ffordd yn ddigon gloi, ac Edgar ddim am niweidio'r un copa walltog, neu gopa bluog, ohonyn nhw

– yn rhannol oherwydd eu bod yn edrych fel y gwilyms ar Benrhyn Gŵyr. Diolch byth, llwyddodd i osgoi pob aderyn, a gweld – o'r diwedd – y llinell o'i flaen... ei anadl bellach yn un simnai o stêm, wrth i'r oerfel gau amdano.

Pan groesodd y llinell, prin fod ganddo unrhyw egni ar ôl; ei gyhyrau'n gwegian ac yn dechrau siglo a chrynu, yntau'n ysu am eistedd i lawr i ddal ei wynt. Wrth iddo gymryd hoe yno, dyma un pengwin bach hynod hardd yr olwg yn dod ato gyda charreg fach yn ei big, a'i gynnig yn rhodd i Edgar er mwyn iddo ddechrau creu nyth. O, byddai ei fam-gu wedi dwli gweld yr aderyn bach comig, hoffus yn edrych lan gyda golwg ddireidus wrth iddo asesu Petty Officer Edgar Evans fel cymar posib, neu fel cyfaill, o leiaf, yn ystod y prynhawniau diddiwedd o olau. Gwenodd ar yr Adélie, ac efallai bod yr haul yn ei dwyllo, neu'r oerfel, neu jest y profiad o eistedd yma wedi ennill ras yn yr Antarctig, ond gallai Edgar dyngu bod yr aderyn wedi wincio arno; a chan dderbyn bod unrhyw beth yn bosib i ddyn oedd wedi gadael rhimyn denau o dir ar arfordir deheuol Cymru a theithio i bellafoedd oer y byd, winciodd Edgar yn ôl, gan wneud yn siŵr ei fod yn agor ei lygad yn gyflym wedi hynny, rhag ofn iddo rewi'n gorn.

Darganfyddiad

Y PRYNHAWN HWN, trodd Edgar yn ddarganfyddwr go iawn, wedi iddo ddarganfod wyau pengwin ymerodrol; a neb, hyd yma, yn gwybod – nac yn coelio hyd yn oed – bod yr adar yn gallu nythu yn y diffeithwch gwyn. Ond llwyddodd Edgar i ddod â thri wy yn ei ôl; un i'r naturiaethwr ar fwrdd y llong a dau i'r cwc. Roedd pawb wedi hen laru ar fwyd allan o duniau, ac roedd y ffaith bod pawb yn ystyried afu morlo fel un o brif ddanteithion y daith, bellach, yn tanlinellu diflastod pendant y tuniau diddiwedd. Dioddefai rhai gyda rhyw fath o glefyd oedd yn gysylltiedig â diffyg cig – a'u cegau yn gwaedu.

Un amser swper, dyma'r cwc yn ymddangos yn wên o glust i glust; roedd wedi dyfeisio riséit newydd... y tro cyntaf, efallai, i'r dihiryn greu riséit o'r newydd yn ei fyw. Ac roedd 'na ddirgelwch pendant ynglŷn â beth a sut a pham roedd y dyn heb ddoniau coginio wedi gwneud hyn, yn enwedig gan eu bod bellach hyd cefnfor a mwy bant o unrhyw stordy neu fan prynu nwyddau ffres. Ond roedd y dynion yn rhy newynog i gwestiynu, ac wedi blino ar fyltsh undonog i frecwast, cinio a swper – heb sôn am y ffaith bod angen cymaint â hynny'n fwy ar y dynion oedd yn mentro mas.

Byddai pawb yn cyfaddef bod yr aroglau a ddôi o'r gali yn

hudolus, er nad oedd neb yn gallu ei adnabod. Canai'r cwc wrth goginio, hen sianti o Ynysoedd Erch a ddysgodd ar daith flynyddoedd yn ôl i'r Faeroes. Geiriau anghyfarwydd i fynd gydag aroglau mwy anghyfarwydd fyth.

Cyflwynodd y bwyd yn y ffordd arferol, sef llond crochan o slop i'w arllwys i mewn i *billy-cans* y dynion. Gallai pawb weld taw rhyw fath o gawl oedd hwn, lobsgóws wedi ei wneud o afu morlo a moron, ond roedd pethau'n wahanol; ac wrth i'r dynion lymeitian, un wrth un, roedd y blas anghyfarwydd yn mynd y drech na rhai, ac eraill yn mentro eu hail gegaid – ac yn darganfod bod y bwyd yn blasu'n wych. Y gyfrinach oedd winwns sych a garlleg sych, y ddau wedi eu prynu gan fasnachwyr o Syria yn y porthladd 'nôl yn Ne Affrica. Ac roedd y cogydd wedi ychwanegu pysgod-sy'n-hedfan sych, hefyd, rhai oedd wedi eu dal ar y fordaith hon. Ond y garlleg oedd y peth, blas newydd i bawb, ac roedd e'n gweddu i flas yr afu i'r dim – ac yn torri drwy'r braster; a chyn bo hir roedd pawb yn cymeradwyo'r swper gan fwrw eu llwyau mewn rhythm gwyllt yn erbyn y bwrdd, bron nes bod pobl yn anghofio'r oerfel a'r pellter oddi wrth eu cariadon a'u plant a'u cartrefi ym Mhrydain. Chwyldro oedd y garlleg, wnaeth roi enw da i'r cogydd, hyd nes iddo losgi brecwast un bore – a'r gwastraff nid yn unig yn difetha'r dydd, ond yn peryglu bywydau dynion oedd yn gwbl ddibynnol ar y bwyd yn para nes eu bod yn cyrraedd porthladd. Ond cafodd faddeuant... oherwydd y garlleg. Pwy feddyliai? Wedi dweud hynny, fe rybuddiwyd y cogydd y byddai'n hongian gerfydd ei wddf petai'n gwneud smonach o bethau 'to; ac o edrych ar y gwylltineb yn llygaid y dynion oedd yn rhythu arno'n llofruddgar, doedd dim amheuaeth y bydden nhw'n ei grogi cyn taflu ei gorff yn ddiseremoni oddi ar gefn y dec. Eto, roedd blas y garlleg fel blasu llwyddiant – y rhyfeddod sawrus yn gwneud i'r tafod ddawnsio gyda llawenydd – ar ôl y slwtsh beunyddiol. Wedi'r cwbl, fel mae pawb yn gwybod, mae blasu afu morlo fel blasu cnawd Satan ei hun.

Wrth yfed mesur teidi o grog un noson, dyma'r dynion yn dechrau trafodaeth ynglŷn â'r siwrne, a'i phwrpas. Doedd 'run ohonyn nhw'n deall gwir bwrpas y dyhead hwnnw i deithio i bellafoedd byd, ond roedden nhw yn deall beth oedd ras – ac yn gwybod eu bod nhw'n rhan o ras – gyda'r dyn o Norwy, Amundsen, yn gweithio yn eu herbyn ac yn mynnu cyrraedd Pegwn y De o'u blaenau. Y bore canlynol, bydden nhw'n dechrau ar y gwaith o godi gwersyll mewn anialwch o iâ.

Am le i dreulio'r gaeaf! Dechreuodd y gwaith yn Hut Point yn syth bin, gyda morwyr fel morgrug yn cludo deunyddiau a phethau angenrheidiol i'r lan. Bygythiai'r gwynt chwythu popeth i India a thu hwnt. Edrychai Edgar ar yr holl weithgarwch gan ryfeddu bod yr un dyn byw yn gallu symud cymaint â bys bawd yn yr oerfel yma, ond eto, roedden nhw i gyd wedi dechrau ymdopi â sioc yr awyr oer. Adeiladu'r cytiau magnetig oedd y dasg gyntaf, yna'r stordai i gadw'r nwyddau, cartrefi'r cŵn, bwydydd sych, glo a dŵr; a phopeth yn symud yn gyflym, gan fod amser yn elyn iddyn nhw. Ni allai Scott, er dyfnder ei hunan-gred, fod yn siŵr na fyddai'r *Discovery* yn cael ei chwythu ymaith gan ffyrnigrwydd storm oedd yn ymgasglu tua'r gorwel, felly roedd yn angenrheidiol bod y criw ar y tir mawr, ar yr iâ mawr yn gallu cynnal eu hunain.

Edrychai Scott ar y dynion gweithgar gan dybio na fyddai'n gallu dal ei afael arnyn nhw petai pethau'n mynd o 'whith. Wyddai e ddim sut y byddai'n ymdopi 'da miwtini, er y gallai ragdybio pwy fyddai'n arwain y fath wrthbleidiad. Roedd wedi synhwyro eisoes pwy oedd yn ateb ei orchmynion yn fecanyddol, a phwy felly yn surbwch. Gallai deimlo'r gwrthryfel yn ffomentio ymysg y dynion blin, wrth iddo yntau deimlo'n ynysig iawn, heb ffrind yn y byd. Ar wahân i Evans, efallai.

Wrth edrych ar y cawr o Gymro yn ymlafnio i godi cwt ar gyfer ci, teimlai Scott y gallai ddibynnu'n hollol arno fe; dyn solet, ei eiriau'n wirioneddau. Gwenodd wrth gysuro'i hun gyda'r syniad y byddai Edgar yn ei ddilyn drwy dân pe bai angen; y syniad o dân, a gwres a mwg yn gysur ynddo ei hunan. Edrychodd Edgar lan o'i waith i weld Scott yn syllu arno fe, a gwenodd gyda mwy na 'chydig bach o embaras. Rhywbeth am y ffordd roedd Scott yn edrych arno fe, fel tase fe eisiau rhywbeth, neu ei fod yn ddibynnol arno fe. Nid dyma'r tro cyntaf i Edgar deimlo bod Scott yn gwanhau ymhellach, a'i fod yn dibynnu arno fe fwyfwy am gryfder, neu o leiaf am gwmnïaeth ddibynadwy. Gwyddai hefyd fod rhai o'r dynion yn dechrau plotio pethau, er bod neb yn gallu gweld opsiynau clir. Roedden nhw'n rhy bell o Brydain i gael opsiynau. A nawr roedd aflonyddwch yn lledaenu mor chwim â cholera ymhlith y dynion, yn enwedig nawr bod math newydd o oerfel yn llwyddo i grafangu ei ffordd i lawr i'w perfeddion.

Cŵn gwaith, nid anifeiliaid anwes, oedd yr hysgwn; ond eto, roedd Edgar yn teimlo'n glos iawn atyn nhw oherwydd eu bod yn ei atgoffa o Jess, ci defaid y fferm drws nesaf pan oedd yn tyfu lan. Ac roedd pob un o'r dynion yn gwerthfawrogi gwres y cŵn wrth rannu pabell 'da nhw.

Osman oedd ffefryn Scott, oedd yn gwybod na ddylai gael ffefryn o gwbl – ond roedd 'na rywbeth arbennig am y ci. Bu Osman ar daith hir ei hunan, ymhell cyn iddo ymuno â Scott. Bu'n byw gyda'r Nivkh, llwyth nomadaidd yn nwyrain Siberia, ble byddai'n cludo post ar draws Môr Okhotsk – cyn i ddyn o'r enw Cecil Meares ei recriwtio i ymuno â'r tri deg hysgi arall i fynd ar alltaith i'r Antarctig – i ben draw'r byd. Osman oedd arweinydd y pac, felly doedd dim rhyfedd bod Scott yn ei barchu cymaint. Y ddau yn arwain yn eu cotiau ffwr. Hunter oedd ffefryn Edgar, am fod golwg chwareus yn ei lygaid oedd yn ei atgoffa o Ianto, y ci drws nesaf gynt, oedd yn ddiffyniadol o ffyddlon ac yn dda iawn am ddala llygod mawr.

Gobeithiai Edgar y byddai'r cŵn yn gwerthfawrogi'i ymdrech. Byddai adeiladu fel hyn wedi bod yn waith digon caled 'nôl yng Nghymru ond fan hyn roedd popeth yn anoddach. I osod y pileri'n seiliau i'r cabanau roedd angen bwrw darnau pren i mewn i'r ddaear, ond roedd hwnnw wedi rhewi'n gorn, ac ar ben hynny, doedd hi ddim yn bosib dod o hyd i ddigon o ddarnau pren i wneud pedwar ochr i bopeth. Ond gyda thipyn o ddyfeisgarwch, wrth ailgylchu bareli a bocsys pacio, dyma nhw'n gorffen y caban – gan osod ffelt ar y to nes bod y lle yn edrych mor dwt a diddig ag y gallai caban yng nghanol yr Antarctig edrych. Dychmygai

Evans rosod yn tyfu rownd y drws, oedd yn symptom efallai o'r meddwl yn dechrau chwarae triciau, y tymheredd yn dechrau rhewi'r ymennydd.

Awgrymodd un wàg eu bod yn gosod enw ar y to, rhywbeth fel 'Scott's Hotel South'. Doedd yr un dyn yn deall yr angen am feranda o gwmpas y caban, ond dilyn ordors oedd dilyn ordors, er bod y lle yn edrych mwy fel lle i gysgu wrth hela allan yn Affrica na phencadlys i griw o ddynion dreulio gaeaf mewn gwynder dwfn ac oerfel a allai daro dyn fel gordd.

Un peth da oedd bod y *Discovery* wedi llwyddo i aros yn yr unfan, a heb deithio 'nôl i Seland Newydd, felly roedd y dynion yn gallu byw ar y llong a defnyddio'r caban i storio stwff ac i sychu dillad ac, ambell waith, i greu adloniant i ddifyrru ei gilydd yn ystod y nosweithiau hir. Dechreuodd y dynion fedyddio'r tir, gan enwi Arrival Heights, Harbour Heights a Castle Rock, nid oherwydd ei bod yn edrych fel castell ond oherwydd enw'r dyn a wnaeth ei darganfod, Harry Castle.

Dychmygai Edgar Evans ei hun yn derbyn y fath anrhydedd. Cape Evans. Mont Evans. Evans Cove, efallai. Ond, cyn mynd yn rhy bell, ffrwynodd ei ddychymyg wrth atgoffa ei hun nad oedd yn ddim byd mwy na dyn cyffredin, heb na statws o fewn cymdeithas nac addysg mewn ysgol o bwys – heb sôn am un o'r prifysgolion crand. Doedd e ddim fel Scott. Ei dad yn berchen bragdy. Mynd i ysgol yn unswydd i'w hyfforddi i fynd i'r Llynges. Yn wahanol iawn i Evans, ble roedd popeth yn digwydd ar hap.

Daeth Scott i gael sgwrs 'da Edgar eto un prynhawn,

gan rannu ei ofidion ynglŷn â sut i gynnal ysbryd y tri deg dyn drwy gyfnod hir o dywyllwch ac oerfel, yn enwedig pan fyddai'n rhy dywyll i fynd i wneud *recces*. Awgrymodd bod Evans yn cymryd y cyfrifoldeb o wneud yn siŵr bod y dynion yn chwarae gemau ar unrhyw achlysur ble roedd y golau a'r tywydd yn ddigonol. Felly trefnodd Edgar gyfres o gemau pêl-droed a hoci, hyd yn oed pan roedd y tymheredd o gwmpas -30 gradd. I wneud pethau'n ddifyr, neu'n ddifyrrach, byddai'n dewis y timau yn fympwyol, ac yn eu newid o un gêm i'r llall. Ambell waith, byddai'r dynion sengl yn gorfod chwarae yn erbyn y dynion priod; dro arall wynebai'r dynion hŷn eu cyd-weithwyr iau. Prin oedd y rheolau ar gyfer y gemau yma, ar wahân i'r ffaith fod bob un i bara awr – oedd yn straen sylweddol o ystyried y tymheredd heriol.

Ac, wrth gwrs, roedd Edgar yn chwarae ym mhob un gêm, ac yn taflu ei foncyff trwm o gorff o gwmpas yn gyflym ac yn galed, ei ben mewn cymylau chwyrlïog o ager, a'r dyn mawr yn dal ei wialen hoci yn uchel yn yr awyr, fel pastwn. Byddai'n ymosod ar aelodau o'r tîm gyferbyn fel tase fe ddim wedi'u gweld nhw erioed o'r blaen, ac yn poeni dim am drywanu rhywun gyda'i ffon solet wrth iddo deithio ar draws wyneb llym y maes. Prin fod tîm Edgar wedi colli o gwbl, a pheth da oedd y ffaith eu bod yn newid timau'n gyson neu byddai pobl wedi suro a chwerwi. Edgar Evans. Chwaraewr hoci iâ gorau Penrhyn Gŵyr. Dyrchafiad hynod annisgwyl a rhyfedd. Edrychai ymlaen at glywed yr ymateb 'nôl adref. Efallai y byddai sôn amdano yn y Times of London. O, byddai'r teulu mor browd.

Gwyddai Scott erbyn hyn ei fod yn gallu dibynnu bob tro ar Evans, nid yn unig am ei gryfder a'i gyhyrau Herciwlaidd, ond hefyd am ei bersonoliaeth. Ynghanol yr oerni a'r tywyllwch roedd heulwen personoliaeth Evans yn gwneud i bobl eraill deimlo'n well, ac roedd y ffaith ei fod yn berson positif ei agwedd wastad, ta beth oedd yn mynd ymlaen, yn tanlinellu pwysigrwydd y math yma o ddyn mewn criw o ddynion oedd yn tagu 'da hiraeth, yn boddi mewn ofn ac yn teimlo'r clawstroffobia rhyfeddaf. Gwyddai Scott hefyd fod nifer cynyddol ohonyn nhw'n aniddigo a bod miwtini yn fygythiad real erbyn hyn, ac o'r herwydd, roedd yn gorfod dibynnu fwyfwy ar y dynion dibynadwy fel Evans, oedd fel pilar ac asgwrn cefn – ac yn un i leddfu ofnau pan roedd y rheini'n bygwth tyfu'n rhemp. Diolch byth bod Evans mor, mor solet.

Ar ben hynny, roedd Edgar yn dda gyda'i ddwylo ac yn amlwg yn hoff o gwmnïaeth a chwmni, wrth ei fodd yn rhannu sgwrs, ac yn allblyg, ble roedd rhai o'r dynion mor fewnblyg nes tybiai Scott y dylen nhw fod mewn mynachdy yn hytrach nag ar fwrdd y *Discovery*. Ac ar ben popeth arall – er gwaethaf ei sgiliau a'i gryfder a'i agwedd lawn hwyl – doedd Evans ddim yn rhwysgfawr; a byddai'n hapus i helpu unrhyw un, yn enwedig y tri boi ifancaf oedd yn dal yn nerfus ac yn methu â setlo.

Naturiol felly oedd dewis Edgar i ddod ar y tripiau i fapio'r tir, a chryfder Evans ar y slediau wrth yrru tuag at y Mynyddoedd Gorllewinol yn fwy na handi, yn gwbl hanfodol yn nhyb Scott. Wrth i'r amser fynd rhagddo, roedd angen mwy o ddynion fel Edgar Evans, a Scott yn gorfod defnyddio ei awdurdod yn fwy aml wrth i rai ymddwyn fel tasen nhw am roi'r ffidil yn y to. Pan nad oedd to, heb sôn am ffidil ar gyfyl y lle!

Dim ond deuddydd yn ôl, bu'n rhaid caethiwo'r cogydd oedd wedi gwrthod gwneud shifft am ei fod wedi blino'n llwyr ar waith yn y gali; ac er bod gorchymyn Scott wedi bod yn glir iawn, roedd yn rhaid i ddau ddyn ymladd y cwc, Charles Brett, a wichiodd fel mochyn yn cael ei ladd wrth iddyn nhw ei glymu gyda chadwyn drom o haearn wrth bolyn trwchus i lawr yn ystafell yr injans. Doedd y criw ddim yn siŵr a oedd bod heb y cwc yn beth gwell na'i gael wrth y stôf ai peidio.

Roedd rhythm syml i'r dyddiau bellach. Tra arhosai'r golau, byddai'r criw yn gweithio o saith tan wyth, cyn cael brecwast – a hwnnw, yn nhyb pawb, wedi gwella ers i'r cogydd uffernol gael ei garcharu yn y brìg dros dro.

Cynigiodd y cogydd newydd fwydlen oedd yn swnio'n wyrthiol i ddynion a oedd wedi dioddef dan yr un arall. Oedd hi'n bosibl poenydio rhywun drwy gyfrwng y bwyd a oedd ger ei fron? Bellach, roedd 'na flas i'r cinio, i'r fath raddau y byddai rhywun yn gofyn am fwy, tasai mwy yn opsiwn. Cyri – â sbeisys o Ceylon – a reis oedd y ffefryn, ond o ystyried eu bod nhw'n bell iawn o unrhyw fferm neu siop, neu hyd yn oed y ddynolryw, roedd hi'n rhyfeddol bod yna amrywiaeth gystal o ddydd i ddydd, gydag eog neu fins neu sardinau neu risols neu ddarn trwchus o dafod – gyda choffi neu siocled poeth i'w yfed. Deuai popeth allan o dun, ond roedd hyn yn angenrheidiol oherwydd y llygod oedd fel cnafon barus yn cyd-deithio gyda nhw. Bu farw cath y llong, yr unllygeidiog Peggy, wedi brwydr gyda bwystfil o lygoden fawr hyll – a hynny ond pythefnos ar ôl iddi gael ei dallu mewn sgarmes gyda llygoden arall; a nawr doedd ganddyn nhw ddim ffordd o amddiffyn eu hunain rhag y math o niwed roedd llygod mawr yn gallu'i wneud, yn enwedig oherwydd bod yr anifeiliaid cyfrwys wedi hen ddysgu sut i osgoi'r trapiau.

Aeth pethau o'u lle ar y daith hir dros yr iâ i Cape Crozier. Lieutenant Michael Barne oedd yn llywio'r trip, a doedd yr offer ar y slediau ddim wedi cael eu profi o gwbl. Pwrpas y daith oedd danfon neges i long arall i rannu union fanylion lleoliad y *Discovery*, rhag ofn i rywbeth fynd o'i le. Roedd hi'n fis Mawrth, yn hydref yr Antarctig, a neb yn gwybod dim am y tywydd a sut y byddai'n bihafio'r adeg yma o'r flwyddyn; nid bod unrhyw un yn gwybod beth oedd yn digwydd, parthed y tywydd, yma, waeth pa adeg o'r flwyddyn oedd hi.

Gadawodd tri swyddog a naw aelod o griw y llong ar eu taith, a hithau'n ddu fel bola buwch, y wawr ond yn dechrau sgleinio'n arian fel llinyn malwen ar y gorwel. Ond roedd y cŵn yn gwybod y cyfeiriad, ac yn tynnu'n galed oherwydd y boddhad o adael y cenelau a chael ymestyn eu cyhyrau a rhedeg i bwrpas; ambell un hyd yn oed yn cyfarth, oedd yn beth annisgwyl i hysgi ei wneud. Ymlaen â nhw, eu cyhyrau'n straenio dan y pwysau, ond eto mor falch o fod yn rhydd o'u bocs pren gyda dim byd i'w wneud o'r naill ddydd i'r llall. Ymlaen, ymlaen, hyd at y diwedd… at derfyn y byd.

Nos da Edgar

Mae Edgar yn casáu'r sachau cysgu tri dyn am lu o resymau. Maen nhw'n anghyfforddus iawn, iawn, iawn – gydag un dyn yn gorfod gorchymyn i'r ddau arall droi os yw yntau am wneud hynny hefyd – oherwydd, wrth gwrs, ei bod hi mor oer. Roedd y dynion wedi aros ar ddi-hun mor hir â phosib, gyda'r lluwchwynt yn rhuo o gwmpas y babell ac yn bygwth ei chwythu dros y Western Mountains a thu hwnt. Codai'r gwynt heb rybudd, heb roi amser i ddefnyddio cerrig fel pwysau i'w chadw rhag hedfan yn rhydd.

Mae'r pebyll ar siâp pyramid, gyda lle i dri orwedd i lawr, ond dim ond digon o le i un dyn sefyll i fyny. Mae codi un o'r rhain yn y gwynt a'r oerfel yn waith caled ar y naw, gan ofyn iddyn nhw drefnu polion bambŵ ar lawr – eu trefnu ar haen o iâ – ac yna taenu'r gynfas drostyn nhw, a gwneud hyn oll wrth i'r gwynt geisio rhwygo'r gynfas o'u dwylo a thaflu'r polion i'r llawr fel matsis. Wedi'r codi, daw'r trafferthion nesaf, sef ceisio gosod eira wrth droed y babell er mwyn ei phwyso i lawr. Bydd Edgar a'i gyfeillion yn gwisgo eu drafers – eu his-ddillad o wlân – yn ystod hyn oll, ac yn ceisio newid i'w siwtiau ffwr carw cyn cysgu, ond mae hyn yn anodd y diawl oherwydd mae'r ffwr yn rhewi a does dim cysur yn y byd mewn gorwedd ar ddefnydd lliain ar lawr rhewllyd. Cyn clwydo, mae angen trefnu unrhyw beth sydd i'w wisgo yn y bore a'i osod yn y siâp cywir, oherwydd bydd, heb os, wedi rhewi dros nos – ac yn wir, bydd wedi gwneud o fewn munudau'n unig.

Roedd popeth yn straen, roedd pob tasg yn dasg anferthol. Roedd tynnu legins i ffwrdd yn dasg a hanner ynddi ei hunan; pob dyn yn gorfod datod y careiau gyda'u bysedd noeth, gan orfod eu dodi nhw 'nôl yn eu mits bob hyn a hyn – neu bydden nhw'n sicr o rewi'n gorn, a thyfiant chwim o ewinrhew yn gallu brathu a niweidio'r croen yn sydyn iawn. Mae sawl anturiaethwr druan wedi colli'r modd i gyfri lan i ddeg ar ei fysedd gan bod rhai ar goll, oherwydd bod ewinrhew wedi llosgi'r croen gan arwain at gangren cyn i'r bys bilo i ffwrdd fel plisgyn marw. Ambell waith, mewn llai na munud. Gallai dyn golli ei fysedd mor hawdd, neu weld bysedd traed yn glynu at hosan wrth iddo ei diosg, yr oerfel megis yn ampiwteiddio.

Oherwydd, megis mewn rhyfel rhwng natur a dyn, yr oerfel yw'r gelyn pennaf; ac mae hi'n rhyfel mas fan hyn rhwng tymheredd y corff a'r angen i'w gadw'n ddigon uchel, ac effaith andwyol gwynt, a gostyngiad yn y thermomedr yn dangos bod y byd o'u cwmpas yn rhy oer i fywyd – a'r dynion ystyfnig, penderfynol, dewr yn byw mewn perygl beunyddiol wrth wynebu oerfel oedd yn gallu rhewi dillad hyd yn oed y tu mewn i babell.

Dyna pam roedd Edgar yn storio ei sanau nos fel pob dyn arall yn agos at ei groen yn ystod y dydd, er mwyn eu cyfnewid am un o'r parau-dydd – er mwyn i'r rhain fod yn sych. Byddai Edgar yn stwffio gwair i mewn iddyn nhw hefyd, er mwyn amsugno chwys, oherwydd roedd chwys yn troi'n iâ ar amrantiad. Wedi gwneud hynny – yr holl beth yn balafa nosweithiol – roedd angen gwisgo bŵts ffwr hir, hyd at y pengliniau, a hyd yn oed wedyn byddai'r tri dyn, yn dynn fel sardinau yn eu cocŵn o sach gysgu – yn crynu a rhynnu ac yn difaru eu heneidiau eu bod nhw wedi dod mor bell, wedi llusgo eu cyrff y tu ôl i gertiau cŵn a theithio ar long oer i ben draw'r byd ac wedyn mynd rai milltiroedd ymhellach. Byddai'r iâ yn ffurfio y tu fewn i'r babell, byddai'n bygwth cloi eu ffroenau a'u llygaid a'u clustiau fel sment. A hyn oll nos ar ôl nos, ac erbyn gwawrio'r haul, byddai'n codi'r tymheredd jest digon i wneud i rywun ddychmygu ei bod yn dwymach – er bod hysgi, yn ei got fawr trwchus, yn crynu rownd fan hyn.

Taith gerdded lafurus ar y naw. Tri diwrnod o deithio i symud 27 milltir yn unig, a hyd yn oed y cŵn yn difaru ac yn udo'n anhapus yn eu cenelau oer bob tro y bydden nhw'n cael hoe. Fflangellai'r gwynt unrhyw ddarn o groen oedd heb ei lapio mewn ffwr, ac roedd peledau bychain o iâ yn cael eu sgubo oddi ar wyneb y paith oer ac yn cael eu pelto fel bwledi tuag at y parti bach. Yr unig beth o'u plaid – y grŵp tynn yma o ddynion – oedd eu hystyfnigrwydd, y pendantrwydd oedd wedi ei gladdu'n ddwfn ym mrest pob dyn, sef y bydden nhw *yn goroesi hyn*, a bod morwr gyda'r Llynges Brydeinig yn fwy o forwr na hanner cant o forwyr eraill, a bod asgwrn cefn yn asgwrn cefn – a bod angen profi hynny, doed a ddelo.

Prin oedd cwsg, a gwrthododd Edgar ddilyn cwrs ei freuddwydion – yn enwedig yr atgofion a lifai i mewn i'w benglog i'w demtio a'i ddrysu a'i hala'n wallgo. Lluniau o'r môr yn crensian ar gerrig bach y lan, yr awyr yn asur trofannol – nawr ei fod yn gwybod ystyr hynny, ac yntau wedi treulio wythnosau o hwylio heb yr un cwmwl yn y ffurfafen – a hadau'r grug yn popian ar y llethrau ac yn rhyddhau gwynt cnau coco o'u petalau. O nyth brân y cof, syllai ar yr hwyliau'n llenwi ar gwch ei dad-cu a'r hen ŵr yn llawn diléit a drygioni wrth wawdio nodyn o rybudd a darodd ei wraig wrth iddi ffarwelio ag ef. "Paid mynd yn rhy bell, mae storom ar fin cyrraedd," a'r ddau ohonyn nhw'n edrych tua'r gorwel, a'r hen ddyn yn gweld dim ond yr hen fenyw – yn teimlo'r storom megis cryndod yn ei wythiennau. A hi oedd wastad yn iawn, gallai hi ddarogan glaw neu hindda neu pwy yn y pentref oedd yn mynd i drengi nesaf – bron i'r fath raddau y gallai Luther yr ymgymerwr fesur y claf yn barod am arch fach deidi, a rhoi gwers i'r teulu ynglŷn â'r ffordd bropor i alaru.

Ond byddai Edgar yn ymladd y rhain, y breuddwydion byw yma, rhag ofn iddo ddechrau difaru ei enaid ei fod e yma, yng nghanol unlle, yn rhewi'n gorn, a'i ddannedd yn gwneud sŵn fel pâr o gastanetau gwallgo. Ac ambell waith, byddai wedi blino gormod i freuddwydio, wedi blino gormod i gysgu hyd yn oed – hwnnw oedd y teimlad rhyfeddaf. Blinder y tu hwnt i ddealltwriaeth. Y math sy'n arwain at y cwsg olaf, yr un ble mae dyn yn huno yn y pridd. Ond does dim pridd yma... dim ond tir caled – cyn galeted â haearn Sbaen – a dim lle i gladdu. Does dim angladd yn yr Antarctig. Dim ond dŵr du yn cau yn glep; mantell i'w gwisgo fel marwolaeth.

Yma, mae codi coes yn faich, hyd yn oed rhywbeth mor

syml yn straen ac yn sialens; cymryd anadl yn boenus tu hwnt. Ond ymlaen maen nhw'n mynd, yr ysgyfaint yn pwmpio fel megin, y dynion i gyd wedi troi'n awtomata. Un cam araf, y cefn yn crymu. Cam araf, osgoi llithro. Chwilio am y nerth meddyliol i godi'r goes 'na eto, a'r rhaff yn llosgi yn y dwylo, hyd yn oed trwy'r menig.

Un prynhawn, dyma Scott yn dod â nifer o'r criw at ei gilydd i ddangos iddyn nhw'r siart diweddara o ble roedden nhw'n mynd, a bu'n rhaid i un neu ddau chwerthin yn uchel, oherwydd doedd braidd dim wedi'i farcio ar y memrwn mawr; ac wrth i Scott ddadrolio modfeddi'n fwy o'r peth, cadarnhaodd y gwacter, y geiriau prin yn y gofod melynwyn, eu bod nhw ar antur go iawn – yn mynd i droedio yn ôl troed yr un bod byw. Er, roedd si wedi mynd ar led a thyfu bod y Norwyad, Amundsen, yn ennill y blaen arnyn nhw – a bod hon, bellach, yn ras o ddifrif yn ogystal â mordaith i ehangu gorwelion y byd, i ddeall mwy am y byd. Amundsen! Melltithied ei enw. Gallai ddifetha'r holl gynllun, yr holl barch a mawl a bri oedd yn ddyledus iddyn nhw fel anturiaethwyr dewr. Châi e ddim ennill. Roedd concro yng ngwaed y Sais, a'r ymerodraeth yn dal i ysu am ymestyn – i hawlo mwy o dir, mwy o wledydd, mwy o'r byd; ac efallai mai'r ysfa hon ar ran y gwleidyddion oedd yn gyfrifol am y llong ysblennydd hon, a'i chriw da ond anfodlon, a'r capten oedd yn crisialu'r hyn-oedd-ei-angen ar ddyn sy'n arwain criw o ddynion eraill i bellafoedd rhewllyd cylch y byd.

Gwaelod y map

Yn y De, yn bell iawn, iawn i'r De, mae Edgar yn edrych ar lechweddau du a gwyn, wedi cyrraedd y mynyddoedd o'r diwedd. Dros y copa daw gorfoledd o oleuni, y nefoedd wedi disgyn i'r ddaear ac mae'n dallu'r dyn – ac Edgar felly'n syllu ar y byd drwy gil ei fysedd. Cryna ei gorff nes ei fod yn poeni bydd ei esgyrn yn troi yn ddwst, fel y cerrig mawr yn y cwar ger Llangenydd ble mae'r morthwylion mawr yn taro bargen galed gyda'r ddaear. Er bod yr haul yn amlwg iawn, mae'r tir yn oer; ffluwch o ddarnau iâ bychain yn creu creithiau a llwybrau sydyn ar wyneb yr haen wydr sy'n ymestyn ac yn cracio o flaen Edgar, ac yn ymestyn am filltiroedd maith, gan doddi i'r gorwel sydd ei hun yn megis toddi yn y golau hardd.

Neithiwr bu'n trafod, drwy ddannedd crynedig, gan wneud ei orau i wneud yn siŵr na fyddai ei dafod yn rhewi i dop ei geg. Paham eu bod nhw i gyd yn fodlon gwneud y peth gwallgo yma, i fod ynghanol y fath anghysur a pherygl a noethni byw? Tu fas, roedd y gwynt wedi cyflymu i gan milltir yr awr, a phwysau'r eira'n bygwth plygu'r polion pren hyd at dorri. Cyfyngai hyn y lle ar gyfer y dynion, a'r un ohonyn nhw'n gallu ymestyn ei goesau'n iawn yn y sachau cysgu, a rhywun ar ddyletswydd doed a ddelo yn ceisio cadw'r agoriad yn glir gyda rhaw – rhag ofn iddyn nhw gael eu claddu'n fyw, a'r babell yn troi'n sarcoffagws gwyn, a'r eira'n rhewi'n gorn ac yn troi'n farmor uwch eu bedd oer.

"Pam wyt ti wedi dod mor bell?" gofynnodd Edgar i'r dyn oedd yn gorwedd wrth ei ymyl... ond ni ddaeth ateb. Gallai'r oerfel rewi'r meddwl, ac roedd mwy nag un aelod o'r criw wedi mynd yn dwlali bost, erbyn hyn, oherwydd y ffordd roedd yr amgylchedd yn poenydio pawb. Ond atebodd y dyn ar y pen pellaf, oedd yn stryglo i wneud sŵn digon clir i gystadlu gyda rhu'r gwynt.

"Ry'n ni'n mynd i rywle ble nad oes yr un dyn byw wedi troedio o'r blaen. Ymestyn terfyn y byd, gwd boi. Ymestyn teyrnas y Brenin... Ac efallai byddwn ni'n cael medalau am wneud. Gwneud Prydain fawr yn fwy. 'Na chi job."

"Ac er mwyn gwneud hynny, mae'n rhaid i ni rewi?"

Doedd gan ei gyfaill mo'r nerth i ateb, felly dyma nhw'n gwrando ar natur yn ei gwylltineb, yr hyrddwynt pwerus yn gafael yn yr eira ac yn ei daflu fan hyn a fan 'co. Doedd neb am godi i bisio, oherwydd roedd hynny'n gallu bod yn drech na dyn; ond i'r dynion hŷn, gallai hyn fod yn artaith... nosweithiau'n ymestyn hyd at dragwyddoldeb – methu cysgu, methu symud, methu anadlu bron oherwydd y boen yn y bledren. Roedd mynd i bisio'n hunllef bob tro, ond yn enwedig os byddai'r gwynt yn filain.

Taith anodd yn dilyn taith anodd, gan fesur patrymau magneteg a chwilio am ffyrdd drwy'r mynyddoedd. Ac ambell anglladd hefyd, er bod y criw hwn wedi bod yn ffodus o ran nifer y meirwon wrth ystyried y math o ddamweiniau oedd wedi dod i'w rhan.

Ond roedd 'na ambell gyfnod haws, ac ar ddiwrnod o haf – sef haf yr Antarctig – dyma nhw'n penderfynu cynnal gemau undydd ar yr iâ; ac ymhob un o'r rhain, bu Edgar yn disgleirio. Yn y *tug of war*, yr ornest tynnu rhaff, roedd boncyffion ei goesau wedi'u gwreiddio yn y tir, heb sôn am y ffaith ei fod e wedi dewis dau ddyn da i dynnu o'i flaen; nid y dynion mwyaf, ond y rhai mwyaf ystyfnig – a dyna beth oedd ei angen. Er mawredd ei gorff fe lwyddodd i ennill cwpan fechan am sglefrio, am gadw ei falans pan roedd pum cystadleuydd arall ar lawr; a phawb yn udo chwerthin wrth i Edgar wneud pirwét yn eu canol nhw, cyn mynd am un lap arall mewn cylch, gan gyflymu a chyflymu nes bod yr arth o Rosili yn codi stêm, yn llythrennol, ager yn dod allan o'i ffroenau ac o'i geg wrth iddo belto ymlaen, gan weld dim byd yn y ffordd i'w rwystro, felly dyma benderfynu dechrau cychwyn am yn ôl – mewn un bwa hir – ac roedd urddas yn ei symud, ac roedd y gymeradwyaeth yn y pellter yn swnio fel tân gwyllt wrth i Edgar, y sglefriwr mwyaf o ran maint – ac o ran talent – slofi i lawr wrth iddo gyrraedd y giang, a hwythau'n saliwtio pencampwr y dydd. Hon fyddai stori flaen y *South Polar News* fis nesaf, gyda llun o Edgar, yn fwndel o ffwr yn dal cwpan fach, oedd yn edrych hyd yn oed yn llai ym mhawennau mawr ei ddwylo. Codwyd Jac yr Undeb enfawr uwchben y gwersyll, ei silc yn chwifio'n wyllt yn yr awel gref; ac roedd 'na ganu hefyd, gyda rhai caneuon amlwg. Ond wrth iddi nosi, cyn i belen yr haul suddo i'w gwely, dyma Edgar yn canu 'Hen Wlad fy Nhadau' – a hynny gydag arddeliad; ei fas-bariton melfedaidd yn cario'n dda dros yr unigeddau ac yn cynrychioli Cymru yn y rhan estynedig, newydd hon o'r ymerodraeth fwyaf yn hanes y byd.

Pan ddaeth yr amser i droi am adref, wedi ychwanegu at y map a mesur y fagneteg i bob cyfeiriad, roedd angen rhyddhau'r *Discovery* oedd wedi ei dal yn dynn gan yr iâ. Aethon nhw ati i flastio a thorri drwy'r iâ oedd yn saith troedfedd o drwch, ac unrhyw dwll yn rhewi'n syth. Ond daeth lwc ac achubiaeth ar ffurf nid un ond dwy long, sef y *Morning* a'r *Terra Nova*, oedd wedi dod i gludo nwyddau a phost a newyddion am adref, ynghyd â gorchymyn oedd yn ddigon i dorri ysbryd rhai o'r dynion oedd wedi bod yn ymlafnio i ryddhau'r *Discovery* o afael yr iâ, sef y dylen nhw adael y llong am byth. Roedd yr arian wedi rhedeg mas.

Dyma ail-afael yn y dasg, a chyda help y llongau eraill dyma lwyddo i dorri'n rhydd, er bod pawb yn poeni bod y llong wedi ei niweidio gan wasgedd y milltiroedd o iâ o bob cwr. Cododd storm ffyrnig megis i roi prawf i'r ddamcaniaeth, ond wrth iddi ostegu dyma nhw'n gweld bod y *Discovery* yn iawn – gan godi calonnau a chychwyn codi'r hwyliau hefyd.

Un reid wyllt oedd y fordaith i Seland Newydd, ac roedd dŵr yn gollwng ymhobman, a dillad gwely pob un wan jac yn sops diferu. Chwydodd pawb wrth i'r cwch ymddwyn fel ceffyl gwyllt yn strancio ac yn carlamu ac yn neidio dros gloddiau. Gyda phob dyn yn breuddwydio am adref. Yn gweddïo'n daer am gael bod yno drachefn.

Tir sych

"Maen nhw 'nôl! Drycha, dyna Dad! Mae'r llong yn dod at y cei!" Gweiddi, gweiddi a gwylltineb ar lan y cei.

Carnifal a hanner oedd porthladd Portsmouth wrth i'r criw ddychwelyd, gyda channoedd o faneri a bandiau pres a Maer y Dre yno yn gwisgo cadwyn aur drom iawn yr olwg ymysg torf enfawr, gyda phob aelod am wasgu dwylo'r arwyr a chyflwyno medalau i bawb, tra bod Edgar yn cael dwy – un am ei ddewrder ar y siwrne ac un am ennill y mabolgampau ar yr iâ. Am gyffro ar y cei, pawb yn morgrugo ar hyd y lle gan weiddi a chroesawu. Rhuthrodd y criw i gofleidio eu teuluoedd, neu ei heglu hi am y bariau ble roedd newyddiadurwyr yn hapus i dalu am sawl peint yn gyfnewid am hanes yr anturiaethau. Tyfodd bob stori wrth iddi gael ei hailadrodd... morfilod yn tyfu i faint ynysoedd; colonie'r pengwiniaid yn tyfu o filoedd i filiynau; a dewrder yn dwblu a threblu, gyda Scott yn tyfu'n arwr, yna'n arwr mwya'r wlad, yna'n arwr mwya'r ymerodraeth, arwr mwyaf hanes... er bod angen pum peint o borter tywyll i or-ddweud yn y fath fodd.

Cafodd Edgar ddeufis o wyliau, ac yn sgil ei ddychweliad dyma'r *Gower Church Magazine* yn 'sgrifennu darn enfawr amdano; yn rhestru nodweddion y trip, a chroniclo dewrder a dygnwch y dyn ei hun. Teimlai falchder a swildod yn gytûn, gan deimlo embaras wrth fynd mas am dro, ac yntau'n enwog yn y fro, a phawb am ei gyfarch ac ysgwyd ei law.

Mewn erthygl ganddo yn y *South Wales Daily Post*, cafodd Edgar gyfle euraid i gasglu ei feddyliau ynghyd – gyda'r ficer yn helpu gyda'r eirfa a'r gramadeg – wrth iddo hel atgofion i'r darllenwyr:

'Mae'n deimlad rhyfedd ac arallfydol sefyll yno, wedi eich amgylchynu gan eira diddiwedd, *nunataks* – mynyddoedd enfawr yn codi o'r iâ gwyn o'ch cwmpas ymhobman – a thawelwch marwol sydd bron yn ddigon i'ch byddaru. Dim arwydd o fywyd o gwbl, dim adar i'w gweld yn yr awyr nac yn unlle, ond ambell forlo unig yma ac acw. Dewiswyd chwech ohonom i wneud y trip olaf, ac fe aethom ni mor bell â 300 milltir bant o'r llong, gan bara naw wythnos a thri diwrnod. Yn anffodus, dim ond tri aelod a lwyddodd i ddychwelyd. Roeddem wedi dringo 9,200 troedfedd uwchben y cap iâ, a draw tua'r Pegwn roedd llinell ddanheddog o fynyddoedd cadarn, creulon yr olwg. Ni wyddai neb beth oedd y tu ôl i'r rhain.'

Pan gyhoeddwyd y papur, prynodd y teulu ddeg copi fel swfenîrs. "Edgar ni", y newyddiadurwr penigamp. Pwy a feddyliai, wir. Ac yn gallu rasio ar draws yr iâ ar ddarnau o bren? Anhygoel!

A beth arall oedd yn ei ddisgwyl, 'nôl ar Benrhyn Gŵyr? Yr annisgwyl. Yr hollol annisgwyl. A'i henw hi oedd Lois Beynon, cyfnither o bell iddo – merch bert oedd yn byw mewn tŷ tafarn yn Middleton. Chwim iawn y datblygodd eu carwriaeth. Cwrdd allan yn y caeau, y ddau yn cerdded cŵn defaid rhywun arall; a'r anifeiliaid ddaeth â nhw at ei gilydd, i nesáu mewn sgwrs.

"Lois yw eich henw chi, on't ife?" gofynnodd Edgar (nid oedd yn ddyn oedd yn hudo gyda'i eiriau).

"Hollol gywir. Chi bownd o fod yn dditectif..."

"Morwr syml, mae gen i ofn. Dyn sydd wedi gweld tipyn o'r byd a'i ryfeddodau... ond dim i'w gymharu â'ch llygaid chi... Lois... os ga'i eich galw chi'n Lois?"

Ac roedd ei llygaid hi fel y nen ar hirddydd haf, yn las golau, gyda rhimyn o heulwen yn llechu yno – hyd yn oed yn yr hwyr. Llygaid i nofio ynddyn nhw. Doedd Edgar ddim wedi bwriadu caru 'da neb, heb sôn am ganlyn, oherwydd roedd e'n ddigon ynddo'i hun. Dyn hunan-gynhaliol mewn sawl ystyr; rhinwedd fyddai o gymorth yn nes ymlaen yn ei fywyd. Dyn na fynnai gael rhywun arall yn ei fywyd. Nes iddo gwrdd â Lois... a chael ei hudo gan ei llygaid a chyda ysgafnrwydd ei chwerthiniad braf. Ond gwyddai nad oedd yn mynd i fod yn hir ar y tir mawr, oherwydd roedd gan Scott ei blaniau... cynllun i fentro am y Pegwn unwaith eto, a byddai Edgar yn siŵr o fynd, neu o leiaf, yn gobeithio cael mynd. Treuliodd dipyn o amser gyda Lois, yr hudo yn mynd yn ddyfnach – yr arth o ddyn yn darganfod teimladau na wyddai amdanyn nhw o'r blaen. Angen corfforol ac angen o ran yr enaid. A'r byd yn ddi-liw heb ei glas hi. A'r byd yn fud heb glychau arian Lois yn chwerthin. A, boi, roedd hi'n chwerthin, oherwydd roedd hi'n dwli ar storïe Edgar, gan ddod i nabod pawb oedd ar y llong, a sut ddyn oedd Scott, a ble roedd pethau wedi mynd yn galed. A sut y gwnaeth y dynion wisgo lan fel menywod, yn y carnifal ar y cyhydedd.

Edgar a Lois. Lois ac Edgar. Dyma bâr, dyma gwpwl; hithau'n llawn bywyd ac yn hardd ac yn gerddorol, ac yntau'n ddyn enwog tu hwnt – gyda'i lun yn y *Gower Church News* – ac yn glyfar a hefyd yn gerddorol. Doedd hi ddim yn poeni dim am y gwahaniaeth mewn oedran, na'r ffaith eu bod yn rhan o'r un teulu estynedig.

Trefnwyd priodas mewn chwinc, a llai na phedwar mis wedi i Edgar ddychwelyd, dyma nhw'n priodi – ac roedd mwy o resymau i ddathlu na chariad ac undod rhwng dau berson yn unig. Roedd Edgar wedi goroesi peryglon a thymhestloedd. Dim rhyfedd bod pawb yn canu gydag arddeliad ar noson eu priodas. Llais peraidd Lois yn canu 'Blow Gentle Wind', ac unawd perffaith i godi gwên ar wyneb ei chymar-byth-bythoedd, sef 'O'er Life's Dark Sea' – ac yntau wedi mentro ar draws mwy nag un môr tywyll.

O, am wledd i'r gynulleidfa! Ymunodd Edgar gyda hi mewn detholiad o ganeuon allan o opera Arthur Sullivan, sef *Three Little Maids*, ac roedd y gymeradwyaeth yn hir ac yn hael, a phawb yn mwynhau'r pictiwr; y ferch ifanc hardd yn ei gwisg wen o sidan da, gyda thrimins o shiffon gwyn a hithau'n cario, dan ei braich, y llyfr gweddi, wedi ei orchuddio gan ifori oedd yn rhodd briodas gan ei gŵr – 'Y Morwr Syml' chwedl y papur lleol – ac wrth i'r ddau gerdded i'r Ship Inn ar gyfer y brecwast priodas, canodd côr meibion serenâd a saethodd rhai o'r ffermwyr lleol eu gynnau i'r awyr. Ni fu priodas fel hon ar y penrhyn erioed cyn hynny, na byth wedyn.

Cyn cerdded i mewn i'r dafarn, gafaelodd Edgar yn llaw ei wraig newydd a throi 'nôl i edrych ar y môr – fel tase'r tonnau yn ei gymell i wneud hyn – i syllu ar y dyfnderoedd, y gwyrdd-ddu tywyll oedd yn symud fel haen fawr o wymon. Roedd yr ehangder y tu hwnt i amgyffred y ddau fel ei gilydd. Fel priodas ei hun.

Ond eto, gallai Edgar ddychmygu'r ddau ohonyn nhw ar gwch bach pren un dydd, yntau'n rhwyfo gyda chyhyrau oedd yn ddigon i ddenu sylw Captain Scott amser maith yn ôl, ac wyneb Lois yn hanner cuddio yng nghysgod ei pharasól. A'r ddau blentyn bach yn eistedd yn dawel ar astell o sedd, yn edrych ar eu tad yn rhwyfo'n bwrpasol tua'r man ble llechwrai'r ogofeydd, ble bydden nhw'n cael picnic a hoe ar y graean oedd yn bentwr ar ben y traeth, ac yn mwynhau gweld y prynhawn yn pincio'r clogwyni. Ie, byddai plant a pharasól a brechdanau jam yn eu dyfodol nhw ill dau.

Wedi'r gwasanaeth, teimlai Edgar yn rhyfedd; gallai weld hewl newydd yn ymestyn drwy ei ddyfodol, a dryswch yn ei ben o'r herwydd gan ei fod wedi meddwl taw un ffordd oedd 'na, a hwnnw'n mynd i'r Sowth – wastad i'r Sowth. Ble byddai'n dibynnu arno fe ei hun, ac yn teimlo rhyddhad nad oedd ganddo wraig na theulu i boeni amdanyn nhw fel rhai o'r "dynon er'ill".

Prynhawn cyntaf eu bywyd priodasol. Gafaelodd yn ystlys ei wraig heb air o ganiatâd a'i thywys drwy ddrws y Ship. Nhw oedd y cyntaf i ddawnsio, ac roedd Edgar yn fwy ysgafndroed nag y byddai rhywun wedi'i ddisgwyl. Dechreuodd gyda gafót, wrth i ffidil Tom Beynon greu melodi soniarus ac urddasol, ac wrth i'r môr gerllaw guro fel metronom yn erbyn y creigiau; a dyma'r ddau yn closio ac yn cusanu, a chyn bo hir, noson hir gyntaf eu priodas ddedwydd yn dechrau. Ac roedd 'na rywbeth yn ei llygaid hi, efallai'r tân yn y grât yn adlewyrchu, neu ronynnau o gariad yn dawnsio i gyfeiliant y dôn o gyfeiriad Tom y ffidlwr, wnaeth i Edgar deimlo'n saff, i gredu ei fod yn gwybod ei fod e wedi cyrraedd porthladd diogel, sef Lois... a taw hi oedd ei angor ef.

Caerdydd
51.4816° N, 3.1791° W

'The southern adventurers will be leaving from Cardiff Docks. Crowds numbering tens of thousands are expected, according to Cardiff mayor Alderman James Thomas.'
(*South Wales Echo*)

SÔN AM DORFEYDD! Fel tase pawb yn ne Cymru wedi tyrru i'r ddinas. Ymgasglai pobl yn eu miloedd o gwmpas Neuadd y Ddinas, gan ymestyn yn un dorf yn llawn cynnwrf mor bell 'nôl â'r castell, yn chwifio baneri rif y gwlith ac yn llawn cynnwrf trydanol. Distawodd pobl er mwyn clywed yr anerchiadau, ond prin oedd y rhai oedd yn gallu clywed y geiriau, oherwydd mwmian y dorf. Ond roedd pawb yn hapus i fod yno, i fod yn rhan o hanes, am fod Scott yn gadael am y Pôl, ac yn gwneud hynny o ddociau'r dre. Hwrê i Scott. Hip-hip, hwrê, Capten! Off i ddiwedd y byd!

Dewisodd Capten Scott adael o Gaerdydd oherwydd bod y Cymry wedi bod yn hael dros ben wrth gefnogi'r fordaith nesaf hon, heb sôn am gynnig llu o bethau ymarferol i helpu'r paratoadau. Offer newydd... teulu Bute yn cynnig hwyliau newydd; dynion busnes o'r Rhath i Adamsdown, o Drelái i Waelod y Garth, yn hala nwyddau angenrheidiol fel tase'n Nadolig bob dydd. Gallai crachach y ddinas newydd ddeall sut y byddai cysylltu enw dinas Caerdydd ag ymdrechion arwrol Scott o fudd iddyn nhw. A chyn iddyn nhw adael ar y llong i bellafoedd byd, i'r terfyn terfynol fel petai, dyma Siambr Fasnach Caerdydd yn trefnu cinio ysblennydd, a phawb wedi gwisgo lan fel pengwiniaid yn eu teis du a'u crysau llond startsh, a neb â mwy o startsh yn ei goler na Llywydd Anrhydeddus y Gymuned Fasnach – oedd yn eistedd un ochr i Edgar, gyda Scott yr ochr arall. Un o'r Seiri Rhyddion, dyn o ddylanwad a chanddo ambell swllt yn sbâr. Teimlai Edgar fel tywysog, yn chwyddo gyda balchder fel balŵn. Dyma fe ymhlith y crachach. Na, dyma fe yn un ohonyn nhw. Ar y bwrdd 'da'r pwysigion. Oedd am wybod ei farn am bethau! La-di-da-di-da!

Ar un o'r bordydd cyfagos, roedd teulu cyfan Edgar yn mwynhau'r fwydlen o gig eidion Terra Nova, soufflé Captain Scott, pwdin iâ Pegwn y De, a rhai yn mentro yfed gwin am y tro cyntaf – y blas yn ffrwydro ar eu tafodau a'r alcohol yn saethu drwy eu penglogau fel tân gwyllt. Amhosib fyddai mesur balchder mam-gu a thad-cu Edgar pan gododd ar ei draed wedi cyflwyniad hael gan Scott; y dorf yn cymeradwyo'n frwd ac yn codi llais i ddilyn pob cymal o enau'r dyn. Cliriodd ei lwnc a cheisiodd dawelu'r pili-palod o nerfusrwydd a ddawnsiai yn ei stumog. Cliciai ei bengliniau fel castanetau. Roedd hyn yn codi mwy o ofn arno na bod mas ar yr iâ pan chwyrlïai'r gwynt i'w fflangellu.

"Dwi'n credu fy mod i allan o le yn eistedd yma gyda Chapten Scott, ond fel dywedodd yr Arglwydd Beresford, fe wna i ddweud yr hyn sydd angen ei ddweud mewn cyn lleied o eiriau â phosib."

Clir oedd y geiriau. Perffaith oedd yr ynganiad, ac roedd hi'n amlwg bod Edgar wedi elwa o help rhywun i baratoi, oherwydd prin bod 'na wahaniaeth rhwng ei anerchiad ef a gweinidog gwadd yn gwneud ei orau i godi hwyl y gynulleidfa yn eglwys Pitton. Cofiodd eiriau o rywle, nid ei fod yn eu deall yn iawn. "A fo nesaf i'r eglwys, pellach oddi wrth baradwys." Ond roedd Edgar yn gwybod nad oedd paradwys yn bell iawn, oherwydd doedd Rhosili ddim yn bell iawn. Doedd Edgar ddim yn ddyn crefyddol, cofiwch. Mynd drwy'r stumiau. T'wyllu'r drws ar noswyl Nadolig a'r Pasg yn unig. Roedd e wedi gweld gormod o ddioddefaint i gredu taw 'Duw cariad yw'. Ond roedd e'n hoffi'r canu, ac roedd ei wraig yn credu, ac felly – er parch iddi hi – roedd wedi mynychu'n selog tra roedd e gartref.

Gorffennodd ei araith, a bu bron iddo ddweud "Amen" fel atalnod llawn i'r anerchiad bywiog, clir.

Daeth ffrwydriad o gymeradwyaeth ffyrnig, nifer yn bloeddio enw "Evans!" a "hip-hip, hwrê" i ddilyn! Hon oedd moment Edgar; canolbwynt sylw pawb.

Aeth Edgar yn ei flaen, gyda hyder yn tyfu wrth iddo raffu pob cymal a gorffen pob brawddeg. Gan amlaf byddai'n atal ac yn gwrido, ond daeth y geiriau'n hawdd, rhywsut.

"Mae gan bob dyn ar fwrdd y llong ffydd hollol yn noniau Capten Scott. Dwi'n ei nabod yn dda, tybiaf, ac mae e'n fy nabod innau yn dda, hefyd. Heb sôn am Lieutenant Evans, sy'n nabod pawb yn well nag y maen nhw'n adnabod eu hunain."

Chwerthin ysgafn, braf, er nad oedd pawb yn 'nabod yr Evans arall, nac yn deall y jôc o'r herwydd. Ond roedd nentig o win coch wedi llifo, a'r port yn mynd rownd.

"Mae calon pob dyn ynghlwm wrth y fenter, a'n hewyllys ni ar y cyd, fel criw, yw mynd ymhellach nag o'r blaen a chyrraedd diwedd y daith, gan obeithio gwneud hynny mewn un darn. I'r Pegwn amdani, gyda Chapten Scott wrth y llyw!"

Cododd ei wydr mewn llwncdestun, ac atebodd pawb gydag arddeliad.

"I'r Pegwn!"

Aeth Edgar yn ei flaen, wrth i rywun lenwi ei wydr am y pumed tro. "Bydd pob dyn yn gwneud ei orau glas, dros y Brenin, dros Brydain a thros Gapten Scott; ac er 'mod i'n ddyn â'i wreiddiau y tu fas i Abertawe, rhaid hefyd dweud y byddwn yn gwneud ein gorau dros Gaerdydd, y ddinas fwyaf newydd ac ifanc ym Mhrydain, os nad y byd. Llongyfarchiadau i chi a diolch am y wledd anhygoel hon, sy'n dipyn gwell na'r bwyd ar y llong, alla i ddweud 'tho chi. Pleser calon yw cwrdd â phob un ohonoch chi. Fel cynrychiolydd o Gymru mae'n bleser ymuno â chriw Capten Scott unwaith yn rhagor, ond rhaid imi ddweud y byddwn i'n dewis teithio gyda fe dan unrhyw faner ac ar unrhyw achlysur neu fenter. Does 'na'r un dyn byw sydd yn gallu gorffen y gwaith fel Capten Scott, felly hip-hip, hwrê iddo fe. Ymunwch gyda fi nawr. Hip… hip… hwrê!"

Prin bod unrhyw noson, ers dechrau'r byd, wedi cynnwys cymaint o hip-hipio a chymaint o weiddi hwrê. Aeth pawb i'w hwyliau, gan weiddi a bloeddio wrth i'r nentig o win coch barhau i lifo trwy'r dorf.

Dyma'r dorf yn bloeddio'n wyllt, gyda nifer yn taflu eu capiau a'u hetiau i'r awyr, ynghyd ag ambell ddarn o fara. Cliriodd Edgar ei lwnc cyn ail-gydio yn ei araith.

"Ac os oes gennych chi ddiddordeb yn y geiriau sydd ar y faner ry'ch chi i gyd wedi cyfrannu mor hael a charedig i'w hachos, wel, dyma nhw... 'Awake, it is day.' A, hefyd, 'The Welsh dragon leads the van!' Geiriau gorau f'araith, heb os! Diolch i chi am wrando. O... ma un peth arall... Mae'r criw i gyd yn gwerthfawrogi'r hyn ry'ch chi wedi gwneud drosom ni, a phob dyn yn gobeithio y byddwn yn cael cwrdd eto... ac mi fyddwn yn gwneud... alla i eich sicrhau chi o hynny. Ond, er mwyn i hynny ddigwydd, bydd angen i Gapten Scott gludo'r Pegwn yn ôl yn un bloc anferthol o iâ gyda ni. Fydd dim ffordd o'i gadw yn yr Amgueddfa newydd, gwaetha'r modd; ond, os llwyddwn ni i gyflawni'r dasg, gobeithio y cawn ganiatâd i fynd â'r peth 'nôl i Abertawe am drip!

Mae gan bawb ffydd hollol yn eich sgiliau Capten Scott, syr, a Lieutenant Bootsy, syr; ac os down ni 'nôl, bydd cael cyfle i flasu cig eidion cystal â heno yn rhywbeth i'w groesawu'n fawr, ac yn rhywbeth i edrych ymlaen ato ar y siwrne hir, pan fydd sawl aelod o'r criw yn breuddwydio am grefi ac yn gweddïo am gael blasu tato rhost unwaith drachefn. Ond y peth pwysicaf yw diolch i chi unwaith yn rhagor am eich cefnogaeth... a'r pwdin!"

Daw llaw mewn maneg wen i arllwys rhagor o win i'w wydr.

Erbyn hyn, mae Edgar yn ei hwyliau ac yn barod i ddweud

mwy, yn enwedig oherwydd bod y pethau mae'n eu bwriadu i fod yn ddoniol yn llwyddo i wneud i bobl chwerthin. Mae'n un o'i sgiliau ar fwrdd llong, ond doedd e ddim yn siŵr a fyddai'r un peth yn wir yn y lle hwn, gyda'r dynion a'r menywod yn edrych fel cymysgedd o rywogaethau o bengwiniaid, Adélie ac Ymerodrol, yn cerdded o gwmpas dan y siandelïers. Byddai Edgar yn cofio'r olygfa hon tan ddiwedd ei oes... y wên frawdol ar wyneb Scott, y ffordd roedd pawb am siarad ag e, ac yn siglo ei law; a rhai o'r dynion busnes yn dal i ddodi bwndeli o arian papur mewn bwced iâ, a'r haelioni yn cynyddu wrth i'r port gyrraedd – a hyd yn oed y Capten yn gwneud jôcs am "Any port in a storm!" Oedodd Evans am rai eiliadau, gan edrych draw ar Scott. Byddai'n fodlon cerdded drwy dân dros y dyn yma, o byddai, heb os. Byddai'n fodlon gwisgo dillad carpiog wedi eu boddi mewn paraffîn ac wedyn cerdded drwy dân dros y dyn hwn. Ysbrydoliaeth ydoedd i Edgar a phawb arall a hwyliai gydag e. A nawr, roedd yn enw ar wefusau pawb. Arwr yr oes. Y mentrwr mawr.

Efallai mai'r lleoliad effeithiodd ar Edgar; yr ystafell gyda'r muriau pren tywyll a'r dynion boliog yn smocio cymaint o sigarau trwchus nes bod y lle yn arogli fel Hafana. Neu, efallai mai'r gwin a lifai fel yr Afon Lliedi, a'r gadwyn hir o lwncdestunau – un ar ôl y llall – wnaeth wneud i Edgar droi ei stumog yn gasgen, gan arllwys i lawr ei lwnc ddigon o'r hylif meddwol i lorio mul; ond roedd bod yn ful yn rhan o gymeriad Edgar, ac felly dyma fe'n cymryd llwnc ar ôl llwnc nes fod ei ben yn troi, a'r byd o'i gwmpas fel chwyrligwgan. Yn hanner gwyllt, fel y ceffylau hynny sy'n mynd rownd ar y carwsél mecanyddol yn ffair Casllwchwr. Neu'r rhai gwyllt oedd yn pori mas yr aber ger Penclawdd.

Fe gymerodd hanner dwsin o ddynion i gario corff trwm, llipa Edgar ar fwrdd y *Terra Nova*, a nifer o'r rheini yn eithaf chwil eu hunain; nes y gallai rhywun – o edrych arnyn nhw'n manhandlo'r Cymro mawr – yn hawdd gamgymryd y peth am ymarferiad ar gyfer pantomeim. Coesau'n meddalu. Breichiau'n colli gafael. Un dyn lan. Un dyn lawr. Criw o ddynion yn cario dyn arall megis octopws.

Dihunodd Edgar i gur pen fel tase rhywun wedi plannu bwyell yn ei benglog, ond cafodd amser i gerdded o gwmpas y dec a dod i nabod ei gartref newydd. Hen long hela morfilod oedd y *Terra Nova*, yr un oedd wedi llwyddo i dorri drwy'r iâ i helpu'r *Discovery* ar ei siwrne ddiwethaf. Chwifiai baner wen uwch y dec, oherwydd doedden nhw ddim yn teithio dan ofal y Llynges Fasnachol bellach, ond yn hytrach, y Sgwadron Frenhinol – oherwydd bod Scott wedi ei ethol yn aelod ohono. Sgleiniai'r offer newydd ymhobman, yn dyst i'r holl arian a wariwyd ar adnewyddu'r llong, heb sôn am y ffaith ei bod yn teithio gyda 65 dyn, a nifer sylweddol o'r rheini – dwsin, efallai – yn wyddonwyr neu'n ddoctoriaid. Roedden nhw'n cludo slediau mecanyddol, ble roedd injans yn cymryd lle'r cŵn; ac Edgar yn methu credu y gallai peiriannau fod mor ddibynadwy â'r hysgwn ffyddlon. Nid bod cŵn yn gwbl absennol; roedd digon ohonyn nhw, ynghyd â phonis miniatur o Siberia a digon o fwyd a nwyddau i bara blynyddoedd yn yr Antarctig pe bai'r angen. Blynyddoedd! Tystiolaeth bendant o haelioni di-ben-draw trigolion a bwrdeisiaid Caerdydd.

Un tristwch. Doedd Lois ddim ar y cei i ffarwelio ag e; roedd ganddi ddyletswyddau, sef edrych ar ôl y plant, tri ohonyn nhw, ac un o'r rheini yn bwt bach o beth, dan ddeunaw mis. Cofiai gario'r babi cyntaf yng nghledr ei law, gan ryfeddu at ba mor gyflym y tyfodd lan. Teimlai na allai fyth eto deimlo'r fath gariad. Nes i'r ail ddod i'r byd. Ac yna'r trydydd, oedd yn edrych fel Lois, sef rheswm ychwanegol – os oedd angen rheswm arall – i roi pob owns o gariad oedd ganddo i'w roi.

Roedd miloedd ar filoedd o bobl yno i weld y criw yn paratoi i fynd, a rhai yn nodi'n dawel y cargo o eirch pren syml a gafodd eu llwytho funud olaf. Gwelodd Edgar yr holl eirch yn cael eu llwytho hefyd, falle ugain ohonyn nhw, neu ddigon ar gyfer traean o'r dynion i gyd. Yffach gols, byddai'n anodd dod â'r llong adref heb griw digonol. Ond efallai nad dyna'r plan, efallai bod 'na gynllun gwahanol. Cyrraedd y Pegwn ac wedyn rhoi lan; mynd i gysgu yn y pebyll ynghanol y gwynder. Roedd 'na agwedd ar hypothermia oedd yn gysur mewn ffordd, y modd yr oedd yn gallu hudo dyn i ryw fath o goma – i'r fath drwmgwsg na fyddai'n dihuno fyth mwy.

Oriau'n ddiweddarach, cafodd Evans symans i fynd i gaban Scott i dderbyn neges yn dymuno'n dda iddo oddi wrth Faer Caerdydd; ac roedd yn amlwg nad oedd Scott wedi clywed am ddiweddglo meddw'r noson gynt, neu efallai ei fod wedi maddau iddo am ddiweddu lan yn y fath stad. Un gorchymyn sydyn gan y capten, ac yna cerddodd Edgar allan ar y dec er mwyn codi baner y ddraig goch fry uwchben – ac awel yn dod o rywle er mwyn iddi agor yn llydan a denu bloedd wyllt o gymeradwyaeth gan y dorf niferus. Dyma'r ffordd i blesio'r hapus dyrfa.

Pan godwyd yr angor, roedd fflotila o gychod bach yn barod i deithio allan i'r Sianel yn gwmni i'r *Terra Nova* – tygiau bychain a llongau cario glo, slŵps sylweddol a llongau hwyliau bychain... y *Salvus*, y *Glantivy*, yr *Illtyd*, yr *Oswin*, y *Breconian* – sef yr enw newydd ar y *Loyal Briton* – a'r *Everilda*, ynghyd â'r stemar, y *Waverley*, fyddai'n mynd â theithwyr o Benarth i Ilfracombe ar ddyddiau braf o haf – a honno'n cario cymaint o deithwyr nes ei bod yn edrych yn isel iawn yn y dŵr.

O fewn ychydig oriau, roedd 'na olygfa arbennig a fyddai'n aros yng nghof Edgar byth bythoedd. Ei deulu, y teulu cyfan, yn sefyll ar drwyn o dir ger Rhosili ac yn tanio tân gwyllt i ddenu ei sylw, a bron y gallai weld pob un yn gwenu wrth i'r *Terra Nova* ei throi hi am y môr agored.

Gwyddai Edgar fod y môr yn ei waed, ond roedd dyhead am gael aros adref yno hefyd – ei atgofion yn fyw o'r babis annwyl yn tyfu ac yn mewian. Wyddai e ddim pryd y byddai'n dod 'nôl i'w gweld; teimlai pawb ar fwrdd y llong fod hwn yn mynd i fod yn drip hir iawn, ac roedd 'na ofn hefyd yn llechwra rhywle yng nghrombil pob dyn na fydden nhw byth yn dychwelyd i fynwesau'u teuluoedd.

Ffarwél

"Mae gen ti ddwylo..." meddai Lois, ei geiriau'n hongian yno cyn drymed â bysedd Edgar.

Wedi rhai eiliadau o ddisgwyl mwy o eiriau o enau'r fenyw swil, dyma Edgar yn cytuno gyda hi.

"Oes, ti'n hollol iawn. Mae gen i ddwylo."

Gyda hyn, chwarddodd y ddau yn braf, fel tase hon yn jôc odidog roedd y ddau ohonyn nhw wedi'i saernïo gyda'i gilydd. Peth od oedd priodas. Roedd y ffaith ei bod hi'n dal yn swil, wedi magu tri o blant, yn ddoniol ynddi ei hunan – ond dyna oedd ei natur hi. Ac nid pregethwr a oedd yn un llif geiriol mo Edgar.

Estynnodd Edgar ei ddwylo tuag ati, a hithau'n gwneud 'run peth; ac wrth i'w fysedd ffurfio cawell cryf o gwmpas ei bysedd hi, teimlai'n saff – fel tase fe'n addo, drwy'r weithred syml hon, y byddai'n ei gwarchod hi, yn bugeilio'i bodolaeth.

Dyma'r ferch oedd wedi magu eu plant ac wedi treulio nosweithiau, ers misoedd, yn gweu sanau twym, hirion iddo eu gwisgo yn y "llefydd oer", fel y byddai Lois yn cyfeirio at yr Antarctig. Roedd hi wedi gwneud deunaw pâr o sanau ar ei gyfer, a chafodd ei siomi pan ddywedodd Edgar ei fod ond yn cael mynd â thri, ond y byddai'n trysori'r rheini.

"Wyt ti'n meddwl y byd i fi," meddai Edgar, "ti a dy sanau twym," gan deimlo'n swil ei hunan, nid yn unig oherwydd ei fod yn ddyn lletchwith pan oedd yn chwilio geiriau, ond am ei fod yn teimlo chwant yn codi – ei gorff yn ysu amdani, am y fenyw bert, addfwyn, llygadwyrdd...

Teimlodd Edgar y nwydau byw yn trydanu drwyddo wrth i'w fysedd nadreddu drwy'r brethyn cartref i chwilio am fronnau ei wraig, ac wedi eu canfod, yn gwasgu'n dyner ei chnawd noeth oedd fel menyn.

"Beth os daw rhywun, Edgar?"

"Awn ni i'r clawdd i gwato," awgrymodd, gan ei harwain yn syth i orwedd dan lwyn o eithin, gan osod ei siaced ar lawr cyn 'whilmentan mwy ymhlith ei dillad a dechrau gwasgu ei hun rhwng ei chluniau.

"Rwy'n dy garu di, Lois."

"Ti yw 'nghapten i, Edgar Evans. Y dyn sy'n..."

Ond mae'r geiriau'n pallu, wrth i rhythm ei hanadl gyflymu a chyflymu... Ac ynghanol hyn oll, trodd ei meddwl i'r dyfodol, wrth iddi deimlo ias oer ynglŷn â'r ffaith ei fod yn gadael. Doedd hi ddim eisiau iddo fynd, er ei bod yn deall pam. Y crwtyn llawn chwilfrydedd oedd yn byw yng nghorff mawr ei gŵr. Ei ysfa am antur a'i angen am flasu perygl. Gwyddai am y rhain, oherwydd ei bod yn adnabod Edgar yn dda, er gwaetha'r ffaith ei fod yn dawel fel meudwy o fore gwyn tan nos. Byddai'n rhaid iddi ddisgwyl yn eiddgar am y dydd y byddai'n dychwelyd. Ond am nawr, byddai'n canolbwyntio ar ei deimlo fe, yn ddwfn oddi fewn iddi. Yn uno gyda hi. Yn un corff mawr o gariad. O, Lois! Lois. Lois. Lois!

Ac wrth i'r ddau orwedd yno, yng nghyfaredd aroglau coconyt y blodau eithin, gwibiodd seren wib uwch eu pennau – fel Duw yn taflu cannwyll. Ond heb yn wybod i'r un o'r ddau, mae rhywbeth arall yn hedfan uwch eu pennau – tylluan wen yn hwylio heibio ar adenydd sidan, aur; arwydd sicr, yn ôl rhai, o farwolaeth... Peth da nad oedd y ddau ddim ond wedi gweld y seren hynod lachar.

Gwyddai Edgar nad oedd gwerth cwyno na becso gormod am bethau ar y môr, gan ddeall taw efallai'r peth mwyaf pwysig ynglŷn â bod yn hen stejar, yn forwr profiadol, oedd ei fod yn gwybod beth i'w ddisgwyl ac yn gallu magu croen caled, neu ddysgu sut i anwybyddu'r pethau gwael. Gallu cau ei ffroenau rhag y drewdod a ddeuai o'r geudai, ble roedd yr aroglau mor ffyrnig. Fe'i hatgoffwyd o'r tro 'ny pan ddaeth Grimblings Circus i Benrhyn Gŵyr, ac Edgar a'i ffrind Harry yn llwyddo i fynd yn agos at gawell y llewod, oedd yn gwynto'n debyg iawn i'r toiledau cyntefig ar fwrdd y llong – os nad, efallai, fymryn yn wannach – gwynt sur, cemegol, fel amonia pur.

Tonnau'n curo yn erbyn ochr y llong fel metronom, yn cadw amser gyda'r teithwyr blinedig. Pistonau'r injans, yn eu tro, fel tympani yn ychwanegu islais, a bariton y brif injan yn grwgnach ac yn mwmian wrth i'r gwynt newid cyfeiriad. Dŵr hallt yn slopio ac yn slwtian, yn llepian ac yn lleibio yn erbyn soletrwydd yr hwl derw.

Mae'n gweld eisiau ei deulu bach yn fawr; teimlad fel rhywbeth yn cnoi tyllau yn ei berfeddion. Doedd Edgar ddim wedi disgwyl bod yn dad. Doedd e ddim wedi disgwyl bod yn ŵr, bod mewn cariad, hyd yn oed... Ond newidiodd popeth, a dyna ni. Camodd Lois i'w fyd. A'i newid yn llwyr. Ond nawr roedd ganddo boen y tu fewn iddo, yn tarddu o'r ffaith na wyddai a fyddai'n ei gweld hi, na nhw, ei deulu bach, fyth 'to. Jane fechan. David bach. Mostyn. A Lois, ei gariad a'i wraig a'i gymar byth-bythoedd. Methai â chael eu hwynebau allan o'i ben; a theimlad dipyn gwaeth, mwy poenus na hiraeth, yn bygwth ei ddryllio fe. Ond eto, doedd yna'r un foment pan feddyliodd Edgar na ddylai fynd gyda Scott. Roedd ganddo ddyletswydd i fynd gyda fe, roedden nhw'n bartneriaid o ryw fath.

Dyw e ddim yn helpu bod Edgar wedi bod ar y siwrne hon o'r blaen, oherwydd mae'n gwybod am yr oriau hir, difeddwl ble does fawr ddim yn digwydd – a phatrymau disgybledig y llynges yn teimlo braidd yn od ac yn ddianghenraid. Ond mae un peth yn angenrheidiol, sef pwmpio dŵr allan o'r *bilges*, y llongfryntni'n broblem feunyddiol wrth iddo gasglu mewn pyllau a drewi'n ddigyfaddawd, ac mae'n rhaid i bob dyn dreulio hanner awr bob dydd wrth y gwaith ofnadwy. Dyma yw uffern. Heb os.

Ambell dro, mae cysgu'n opsiwn… ei throi hi am y crogwely rhwng sesiynau ar ddyletswydd a gweddïo bod yr oriau'n ymestyn, a'u bod nhw'n dihuno lan yn yr hamocs i ddarganfod eu bod wedi bod yn cysgu am flwyddyn, yn hytrach nag wyth awr. Neu gysgu oes, fel y dynion 'na yn y Mabinogion, sef y llyfr hiraf roedd Edgar wedi'i ddarllen yn ei fyw; wel, i ddweud y gwir, y llyfr roedd Lois wedi'i ddarllen iddo fe – y dyn yn llawn diléit wrth wrando ar ei llais persain, ar felodi'r brawddegau wrth iddi hi eu hynganu. Ond ni ddigwydd y wyrth fach hon, dim cysgu am flynyddoedd; a bydd y siart yn dangos y realiti, eu bod nhw fawr pellach na'r man diwethaf iddo'i weld ar y map, wedi iddo gael gwahoddiad i ymuno â'r capten ar bont y llong.

Teimla agosatrwydd cynyddol at Scott, y tu hwnt i edmygedd ohono; ei ddygnwch, y ffordd ddigymar mae'n gallu cadw dyn ar ei draed, ei wthio ymlaen a chymryd y camau ychwanegol angenrheidiol. Er ei fod yn gwybod am y gwendid, y dernyn bach hwnnw o ansicrwydd a'r cnoad o hunan-dyb sy'n nyddu tyllau yn ei geilliau.

Cynigia Scott ei law i'r Cymro a chynnig cadair iddo fe.

"Sut mae pethau, Evans?"

"Siwrne hwyliog, hyd yn hyn, syr. Mae'r dynion yn 'itha bodlon ar eu byd."

"Dim ond bodlon? Neb yn hapus i fod yma?"

Wyddai Edgar ddim a oedd Scott yn bod yn gellweirus ai peidio. Mentrodd ei farn.

"Mae pawb yn gytûn eu bod yn cael eu trin yn dda... ac mae'r bwyd yn well, oherwydd y cogydd newydd."

"Wnaethon ni gofio dod â'r hen un 'nôl o Hut Camp, neu wnaeth rhywun ei adael e yno yn ddamweiniol?" gofynnodd Scott, gyda'i dafod yn glynu'n dynn wrth ei foch.

"Doedd e ddim mor wael â hynny, syr. Cofio iddo baratoi afu morlo penigamp unwaith. Defnyddiodd lot fawr o bupur, os dwi'n cofio. Digon i guddio'r blas afiach, beth bynnag, sydd ddim yn hawdd o ystyried y cynhwysion oedd ar gael iddo fe."

"Ond 'dyw unwaith ddim yn ddigon. Mae'n rhaid i ddyn ragori wrth ei waith bob tro, nid gwella ar gyfer un achlysur yn unig. Fel ti, Evans. Yn gweithio gant y cant, ac yn ymroi mwy na hynny hyd yn oed, pan mae angen."

"Diolch, syr. Dwi ddim yn neud dim byd er mwyn denu clod. Jest gwneud fy job, dyna 'gyd dwi'n gwneud."

"Da, Evans. Does dim byd gwaeth na dyn haerllug."

Oedodd Scott cyn siarad eto.

"Byddwn yn dod at y cyhydedd cyn hir, a bydd yn amser am y ddefod. Dwi wedi bod yn meddwl… Os taw'r pwrpas yw codi ysbryd y dynion, a gwneud iddyn nhw deimlo'n well, ac, efallai, anghofio'u poenau a'u treialon… oni fyddai'n syniad da i ti, Evans, wisgo lan fel y brenin a galla i wisgo lan fel Amphitrite?"

Am syniad od ac annisgwyl.

Ceisiodd Edgar ddychmygu Scott wedi gwisgo lan fel brenhines.

"Chi'n siŵr, syr? Mae'r ffrog na'n eitha tynn, cofiwch…'

"Dim ond syniad, Edgar."

Roedd rhywbeth yn llais Scott, rhyw is-don o awdurdod, wnaeth i Edgar gofio nad oedd y ddau ddyn yn gydradd, er gwaethaf y ffondrwydd amlwg a berai i rai o'i gyd-forwyr ddweud bod 'na ffafriaeth amlwg, ac awgrymu, hyd yn oed, bod Evans yn cael mwy na'i siâr o'r rasiwns – ac yn cael rhai moethau eraill ar y slei. Pan nad oedd unrhyw foethau ar gyfyl y lle. Doedd Scott ddim am gario 'run owns o fwyd nad oedd ei wir angen. Ac roedd yr un peth yn wir am y rỳm, ac am y bwyd i'r ceffylau. Roedd 'na elfen o risg i hyn, ond roedd risg yn rhan o wead y daith.

Aeth Edgar i hwyliau'r peth,

"Syniad godidog, syr. Sut alla i helpu?"

"Oes modd i chi ofyn i'r bosn am gael benthyg y ffrog, er mwyn i mi ei haddasu?"

"Addasu, syr?"

Dangosodd Scott y set wnïo i Edgar.

"Dwi'n siwr byddwch yn edrych yn bictiwr," meddai yntau.

Chwarddodd y ddau yn braf. Roedd hon yn mynd i fod yn ddefod gofiadwy iawn.

"Af i weld y bosn nawr, syr. Os nad oes unrhyw beth arall y'ch chi ei eisiau…"

"Bydd ffrog las yn ddigon."

Fel roedd yn digwydd, roedd y bosn wrthi'n datgan wrth griw o fois y byddai Neifion yn siŵr o gyrraedd drannoeth. Yn gynt na hynny, hyd yn oed. Y cyhydedd yn reit agos nawr. Roedd bron hanner y criw wedi gwisgo i fyny erbyn iddyn nhw gyrraedd y llinell arall nad yw'n bod, gyda'r 'osgordd' yn cynnwys barbwr â'i wallt wedi'i wneud o wellt, doctor mewn gwyn eithaf brwnt, bargyfreithiwr wedi ei wisgo mewn siaced enfawr wedi ei haddurno gyda phlu albatros a môr-forwyn oedd yn gregyn i gyd. Pan gamodd Edgar drwy'r drws, wedi gwisgo lan fel brenin y môr, dechreuodd pawb glapio'n galed ac yn frwdfrydig. Yn cadw trefn, ac yn cadw Edgar yn ddiogel gyda phwysau eu pastynau, roedd ei ddau ffrind Tom Crean a Thomas Williamson, dau geidwad ffyrnig os buodd 'na erioed. Yn ogystal â'r pastynau, cariai'r ddau gleddyfau miniog ac roedden nhw'n sgyrnygu dannedd fel peirets gwyllt.

Darllenodd Clerc y Ddefod anerchiad Neifion ar ei ran, gan groesawu pawb i'r seremoni, yn enwedig y rheini nad oedd erioed wedi croesi'r cyhydedd o'r blaen, gan taw nhw fyddai conglfaen y dathlu. Nofisiaid. Prentisiaid. Y rhai oedd newydd groesi. Disgrifiodd sut roedd yr wythnosau diwethaf wedi bod yn fwrn ar bawb. Yn enwedig oherwydd natur y gwynt oedd wedi llwyddo i chwythu i mewn ar hyd peipiau'r hawser, gan wneud i'r watsh canol orfod tynnu'r hwyliau, gan arafu popeth.

Yna, syfrdan.

Cerddodd Scott i mewn i'r ystafell, yn ei ffrog las, ac yn gwisgo tiara roedd y bosn wedi'i brynu i'w roi i'w wraig wedi iddo ddychwelyd i'w gartref yn Hartlepool. Hon oedd yr olygfa fwyaf doniol ac annisgwyl, yn enwedig wrth i Scott foesymgrymu'n ddestlus o'u blaenau. Ni chofiai 'run morwr yn eu plith y fath foment ble roedd y Capten ei hun wedi gwisgo lan. Y Capten! Y Frenhines!

Roedd mwy o sbort fyth i'w gael o symud i lefydd eraill ar y llong. Wrth i'r camfihafio droi'n ymladd, dyma 'menyw' yn camu i mewn i'w canol nhw, ac am eiliad neu ddwy, doedd pawb ddim yn gallu gweld taw Capten Scott oedd yn sefyll o'u blaenau; a phan ddechreuodd pobl chwerthin, newidiodd yr awyrgylch yn hollol, gyda rhai ddim yn gallu stopio chwerthin, wrth iddyn nhw nodi bod Scott wedi cael clustdlysau o rywle, a'r tiara'n glynu'n dynn wrth ei ben – heb sôn am y colur. Roedd yn rhyfeddod i'w weld, yn enwedig gan nad oedd y rhan fwyaf ohonyn nhw'n credu bod hiwmor yn perthyn i'r dyn, er bod pob un wan jac yn ei edmygu – a rhai, hyd yn oed, yn ei led-addoli. A beth nawr? Y dyn yma, y capten byd-enwog, oedd yn codi sgert ac yn dawnsio nawr i rîl roedd y bosn yn ei chwarae. Ac oherwydd y gweiddi a'r canu a'r halibalŵ, prin fod unrhyw un wedi clywed y gair 'port'; ond, diolch byth, roedd Neptiwn wedi clywed y gair a'r gorchymyn – a dyma ddechrau arllwys y grog, fesul mesur gonest, i bawb oedd wedi teithio ar draws y cyhydedd.

"I Neifion!" oedd y llwncdestun, ac "I'r cyhydedd!" oedd yr ail... a dim arwydd bod y frenhines yn mynd i roi stop ar yr arllwys na'r yfed na'r dathlu. Oherwydd roedd Capten Scott wedi penderfynu bod angen un parti gwylltach na'r arfer, gan wybod bod dyddiau llwm o'u blaenau, heb sôn am yr iâ, yr erwau diddiwedd o iâ oedd am lyncu'r ysbryd a chondemnio dyn i lefain ei hunan yn groch.

Rhoddodd y frenhines wahoddiad i un o'r "doctoriaid" gamu yn ei flaen, gan gyflwyno tabledi "gwyrthiol" allai wella unrhyw afiechyd; er, mewn gwirionedd, mai cymysgedd o gŵyr a sebon oedd ym mhob un o'r peli gwynion yma.

O fewn chwinc roedd y ddefod wedi ailddechrau, yng ngŵydd y brenin a'r frenhines, y duw a'r dduwies, Evans a Scott; ac roedd yn ddigwyddiad mwy treisgar na'r arfer, oherwydd roedd rhai o'r gwyddonwyr yn stryglo wrth iddyn nhw wrthod cymryd y moddion a gwrthod mynd mewn i'r bath, hefyd, oherwydd y dynion gwyllt yr olwg oedd yn eu heidio tuag yno, yn ceisio eu taflu i mewn i'r dŵr. Bu bron i ddaearegydd y trip foddi, gan nad oedd yn gallu nofio yn dda, ac roedd pwysau ei ddillad yn ei dynnu dan y dŵr – a neb yn sylweddoli ei ddilema oherwydd y cythrwfl i gyd.

Ond roedd yn barti a hanner, un i aros yn y cof, er nad

oedd neb yn cael sôn am y ffrog las – a'r ffordd roedd Scott yn edrych yn brydferth iawn ynddi – fyth eto.

Nawr roedd angen iddo chwarae rôl y capten unwaith yn rhagor, i arwain ei griw – y ffyddlon a'r anfodlon – i eithafion daear, i ganol gwyn y rhew.

43.5321° S, 172.6362° E

O DIAR, SELAND Newydd...
Deg peint. Un ar ddeg peint o gwrw. Dau rỳm. Tri rỳm? Un ddioden yn arwain at y nesaf; y gwmnïaeth yn chwil. Noson arferol i forwyr profiadol...

Ni chofiai Edgar adael y dafarn, er bod ganddo frith gof o fod yn ymladd yn erbyn dau neu dri o ddynion. Ai breuddwyd oedd hynny?

Gadawodd Edgar borthladd Christchurch dan gwmwl. Eto. Roedd wedi yfed gormod, eto; hyd yn oed mwy na gormod, os oedd hynny'n bosib, ac fe gwympodd i mewn i'r harbwr wrth "gerdded" yn sigledig iawn 'nôl ar fwrdd y llong. Fe'i diswyddwyd yn y fan a'r lle, a bu'n rhaid iddo wisgo sachliain a lludw pan aeth i weld Scott i ymbil am ei swydd. Edrychodd Scott ar ddyn oedd wedi cyd-deithio gydag ef ar draws milltiroedd lu o dir diffaith. Mewn sawl ffordd bwysig, roedd yn ei weld fel talismon. Cytunodd – gyda sioe fawr o ddrwgdybio ei hunan – y gallai Evans barhau i deithio gyda nhw, er ei fod hefyd yn ymwybodol y byddai rhai o'i gyd-swyddogion yn gweld hyn fel disgyblaeth lac, esiampl o greu rheol i un dyn oedd yn wahanol i bawb arall. Ond, roedd Evans yn wahanol. Gwyddai pawb hynny. Roedd ganddo'r gallu i wneud i bobl chwerthin, a hynny pan roedd pethau wedi mynd o ddrwg i waeth. Nodwedd brin a gwerthfawr oedd honno. Fel y tro 'na y llwyddodd i wneud i gyd-forwr oedd yn marw wenu'n braf yn ei eiliadau olaf ar y ddaear, gyda rhyw jôc sâl am admiral a phutain a whilber.

Nid llong, cymaint ag arch Noa, adawodd porthladd Lyttleton wythnos yn ddiweddarach; y dec dan ei sang gydag anifeiliaid, gan gynnwys bron i ugain o bonis Shetland – a Scott wedi gofyn am rhai gwynion yn unig, oherwydd bod y rhai duon wedi marw cyn y lleill ar eu taith ddiwethaf. Ofergoel? Dim ffiars. Cyfarthai dim llai na thri deg tri o gŵn, bob un ohonyn nhw'n anrheg gan un o ysgolion Seland Newydd, ac yn tynnu ar eu cadwyni fel 'taen nhw'n dioddef o gynddaredd – a nifer yn glafoerio ac yn ysgyrnygu dannedd – nid oherwydd eu bod yn greaduriaid milain, ond oherwydd bod ganddyn nhw ofn y môr, a'r ffordd roedd y 'tir' yn symud o dan eu pawennau. Cŵn oedden nhw wedi'r cwbl, nid dwrgwn.

Roedd 'na gathod hefyd, a chwningod, colomennod, gwiwerod ac un mochyn gini... a'r rhain oll yn rhannu gofod ar y dec gyda phentyrrau mawr o lo – tri deg tunnell i gyd – ynghyd â 3,000 galwyn o betrol, tunelli o fwyd i'r ceffylau bach, heb sôn am gannoedd o garcasau defaid 'di sychu ynghyd â phemican (cymysgedd o gig sych, aeron a saim) a thri ych byw sylweddol – y ffroenau gwyllt wedi eu clymu wrth y reilins nesaf at yr hysgwn yn eu cadwynau.

Un o'r pethau gorau ar fwrdd y llong, yn nhyb Edgar, oedd y slediau mecanyddol – a phawb wedi clywed pethau da am y ffordd y buon nhw o gymorth i Shackleton ar ei daith yntau i'r De yn 1907. Byddai'r rhain yn rhoi ychydig o fantais iddyn nhw, ac yn peri i Amundsen, efallai, golli cwsg. Amundsen. Amundsen... Od sut roedd enw dyn yn gallu troi'n rigwm o felltith. Ody e wir yn nemesis, yn elyn pennaf? Ai ras yw hon, neu gyd-ddigwyddiad anffodus?

Mae'n brynhawn annaturiol o gynnes pan mae pawb yn clywed y gri... "Morfilod!" Ac mae'n draddodiad bod pawb yn cael rhoi stop ar ta beth maen nhw'n ei wneud er mwyn mynd i weld y creaduriaid urddasol – yn enwedig y rhai mawr, y rhai syfrdanol o fawr fel y criw yma sy'n tasgu allan o'r dŵr o'r naill ochr i'r llong. Mae eu symudiadau fel semaffor sy'n datgan eu bod nhw yma – y tanciau mawr aer yma, y creaduriaid anferthol yma – ac mai hwn yw eu tiriogaeth, ac mai nhw sy'n berchen ar y môr. Drifftiodd un ohonyn nhw mor agos at y llong nes bod Edgar a'i ffrindiau yn gallu edrych i fyw un llygad mawr, ble roedd cymysgedd o dristwch a gwybodaeth yn llechwra – ac roedd e fel tase 'na ddim diwedd i'r cof hwnnw. A dyma 'na lo yn codi i'r wyneb ac yn cyffwrdd wyneb ei fam yn y ffordd fwyaf tyner bosibl, gan ddod â deigryn i lygad Edgar, yn ei dro.

Roedd 'na rywbeth syfrdanol ynglŷn â'r anifeiliaid, y mamolion enfawr yma, oedd yn syllu arnoch chi fel 'taen nhw'n deall y byd, a bod ganddyn nhw iaith, ac yn gallu breuddwydio ac yn deall pob peth am gariad a chyfrifoldeb at deulu. Wrth i Edgar edrych eto i lygaid y fam-forfil, deallodd eu bod yn debyg mewn un ystyr pwysig. Teithwyr oedden nhw, yn fodlon symud yn feunyddiol; yn cael cysur difesur o deithio ymlaen, yr ysfa i weld lle newydd, i godi pen i syllu ar wawr newydd, efallai, mewn môr gwahanol. Bron iddo deimlo bod y llygad mawr yn dweud ffarwél, wrth i'r corff maint bryn droi'n dorpido cyn plymio i lawr i'r dyfroedd mawr. Yn ei habsenoldeb, roedd y môr yn ddu – fel bwrdd du yn yr ysgol fach – a'r tonnau'n ffrils bach gwynion... gwyn fel coler ficer.

Teimlodd Edgar ryw wacter o'u gweld nhw'n mynd, ac wrth iddo edrych ar ei gyd-deithwyr, roedd yn amlwg fod y profiad wedi effeithio arnyn nhwythau, hefyd. Hanner milltir i ffwrdd, cododd pod o forfilod i'r wyneb am hanner munud, cyn diflannu eto, ar gychwyn taith anferthol arall; y teuluoedd tanddwr yn teithio'n gytûn, yr ysfa i fynd fel magnetau sylweddol yng nghrombil eu bodolaeth. Ymlaen drwy'r tonnau. Ymlaen i bellafoedd y culfor nesaf. Ymlaen. Wastad, ymlaen.

Pan ddaeth y storom gyntaf, yn dasgiad o gymylau du bitsh – du fel y fagddu, du fel pechod – hyrddiwyd ffyrc o fellt drwy'r niwl trwchus, yn megis eu hollti nhw; ac roedd y dec yn olygfa uffernol o bonis yn cwympo drosodd, y gweryru'n un hysteria o udo gwyllt – fel rodeo gwallgo. Cryfhaodd y dymestl i ffôrs 10, a'r cŵn i gyd yn sops diferu – oherwydd y rhaeadrau o ddŵr hallt a dasgai drostyn nhw – ac yn edrych fel morloi o'r herwydd, yn llithro o'r naill fan i'r llall; y cadwynau haearn yn eu cadw rhag cael eu sgubo i ffwrdd gan donnau oedd nawr am sgrwbio'r dec i'r byw. Diflannodd tunelli o lo dros yr ochrau, ac aeth bareli o betrol i'r dwfn, wrth i'r tonnau fwrw a chrasho a styrbio a chwalu. Byddai hyd yn oed y morwyr mwyaf profiadol yn disgrifio hon fel y storm waethaf mewn cof, yn rhannol oherwydd y difrod yr oedd yn ei achosi, ond hefyd, oherwydd y ffaith bod yr hyn oedd yn cael ei golli – y glo gwerthfawr a gâi ei sgubo i mewn i geg werdd agored y môr – yn mynd i fod yn angenrheidiol ar ddiwedd eu taith, heb sôn am y petrol oedd wedi diflannu. Gweddïai rhai o'r criw i'w duwiau, ac aeth un dyn o'i go yn gyfan gwbl, gan hyrddio ei hun oddi ar gefn y dec heb 'weud cymaint ag un gair o ffarwél wrth ei ffrind oedd yn sefyll reit wrth ei ymyl; syllodd hwnnw'n gegrwth ar ei gyfaill yn diflannu dan yr ewyn cynddeiriog.

"Hollalluog Iôr, bydd drugarog... gofala amdanom ni, feidrolion pitw!"

Roedd y llong yn siglo'n wyllt fel ceffyl mynydd mewn caets, yn siglo o'r naill ochr i'r llall – a'r gwaith pren yn gwichian dan y straen. Ceffyl gwyllt y môr yn bwrw ei garnau yn erbyn ochr y llong! Dyma storm y diafol!

"Hwyliau i lawr, bosn!"

"Tynnwch raff y ceffylau yn dynn! Yn dynnach! Daliwch eich gafael... fel tasech chi'n dal gafael yn eich henaid rhag ei ddwyn gan grafanc angau!"

Braidd bod un dyn yn gallu clywed y llall, dim hyd yn oed wrth sefyll ysgwydd yn ysgwydd; y gwynt yn llyncu sŵn yn ogystal â bygwth taflu dyn oddi ar ei draed.

"Iesu gwyn, drycha mas!"

Wrth i un o'r sbârs hollti.

"Danny! Hold tight!"

Yn lle distewi, cryfhaodd y gwynt, gan greu tonnau oedd mor dal â thyrau eglwysi, a sŵn fel clychau i'w clywed; y môr yn ymddwyn yn drachwantus nawr, fel tasai am lyncu'r llong a'r hwyliau a'r morwyr a'r anifeiliaid ar ei bwrdd mewn un llwncad fawr.

Dyma i chi hunllef. Cefnfor yn ymddwyn fel anifail rheibus; y môr mawr fel 'tae am ddial am rywbeth ddigwyddodd yn bell, bell yn ôl.

Gostegodd y gwynt ar ôl deuddeg awr, ac erbyn hynny roedd pawb ar eu pengliniau, heb sôn am y ponis druan, a'r mochyn gini gafodd ei ddal gan albatros a'i drin fel *vol-au-vent* bach cyn swper.

Llanast llwyr oedd y dec, a'r dynion yn morgrugo'n ddiwyd, yn ceisio trwsio ac adfer a chymoni; ond roedd bygythiad storom arall, a phawb yn dechrau teimlo'n ddigalon, yn enwedig o weld y nifer o anifeiliaid oedd wedi eu hanafu neu eu brifo. Roedd y tywydd afreolus yma wedi newid y criw, wedi'u gadael yn llipa, fel dynion wedi'u gwneud o wellt yn hytrach nag o gnawd. Eu torri nhw, bron; ac yn achos rhai, wel… wedi'u troi nhw'n fodau drylliedig. Ond, dim Edgar. Fe'i hatgyfnerthodd e, a'i atgoffa am ei deulu – a'u rhoi nhw fel ffocws i ddiwedd y daith yn hytrach nag unrhyw ffycin pegwn. Ie. Gweld y ffordd yn glir, a'r ffordd honno'n arwain i Rosili.

Roedd hi'n ddechrau Rhagfyr erbyn i'r *Terra Nova* gyrraedd y rhimyn cyntaf o iâ, a hwnnw'n llawer pellach i'r gogledd nag y dylai fod, a'r llong druan yn stryglo braidd i wneud mwy nag un fôr-filltir yr awr – oedd fel malwen o araf. Ceisiodd Scott guddio'i bryder ynglŷn â'r cyflenwad glo, a'r ffaith eu bod yn mynd i fod yn hwyr iawn yn cyrraedd y man ble roedden nhw'n bwriadu gaeafu. Yn ymddangosiadol, roedd gan Scott asgwrn cefn o ddur; roedd yn gapten ac yn arweinydd oedd yn gallu sefyll yn gefnsyth yn wyneb corwynt neu dreialon mwyaf bywyd. Dyna'r ddelwedd gyhoeddus, beth bynnag. Yn breifat, yn ystod yr oriau hir ar ben ei hun, doedd ganddo ddim gymaint â hynny o ffydd yn ei bwerau ei hun, os o gwbl. Diawch, roedd yn dibynnu ar Evans, oedd yn arwydd o wendid ynddo ei hun. Dyn o ddosbarth arall, is. Dyn heb fawr ddim addysg. O, pam oedd yn rhaid iddo ddilorni'r Cymro ac yntau heb wneud dim byd gwael tu hwnt i yfed ychydig bach yn ormod, unwaith neu ddwy?

Tyfai'r hunan-amheuaeth oddi fewn iddo o ddydd i ddydd, gan fygwth ei dagu, bron. Ond, o flaen y dynion, doedd dim arwydd o hyn. Safai yno fel cadfridog powld yn camu allan o dudalennau hanes, i faes y gad ble byddai'n siŵr o ennill, yn hynod sicr o'i hun, yn un i ddangos y ffordd ar draws maes y frwydr ar gefn ceffyl crand, ffroen-uchel. Wellington yr iâ; Nelson yr oerfel.

Erbyn diwedd y mis roedden nhw wedi torri drwy'r iâ, gan gyrraedd Tir Fictoria; daearyddiaeth hudolus, brydferth a pheryglus ar y naw. Codai Mynydd Sabine yn urddasol o'u blaenau; lledaenai'r Admiralty Range yn y pellter, yr haenau o eira yn edrych fel lliain gwyn, y plygiadau yn y defnydd yn ddwfn, y gwynder yn ddwys ac wedi ei ymylu ag arlliw o borffor. Doedd hi ddim yn bosib i Scott gyrraedd Cape Crozier ar amser, i gadw at yr amserlen hanfodol yn ôl ei ddymuniad, oherwydd sialens yr arfordir gogleddol peryglus; creigdiroedd yn llawn dannedd siarp a thirlithriadau, oedd yn ei gwneud hi'n anodd tynnu tuag at y tir, felly dyma stemio ymlaen tuag at y Skuary – trwyn caregog i'r gogledd o Hut Point. Gollyngwyd yr angorau iâ, a dechreuodd y gwaith caib a rhaw o greu cartref yn y diffeithwch dieflig. Teimlodd Edgar fel rhoi enw dwl ar y lle er mwyn peri i'r dynion chwerthin. Shangri-La. Enw camarweiniol ar y naw ar gyfer lle mor anial, ar gyfer Hades oer fel hwn. Ac mi wnaeth y dynion chwerthin, neu o leia wneud rhyw sŵn oedd yn wahanol i sŵn dannedd yn rhincian.

Diflannodd un o'r slediau gwerthfawr i grefás diwaelod – cyn ddued â bola buwch – o fewn yr awr gyntaf, ond doedd gan neb amser i ddifaru. Fe weithiodd Edgar yn ddiflino – cyhyrau ei freichiau'n pistona i lan a lawr – yn gofalu am drosglwyddo'r slediau eraill yn ddiogel i'r tir mawr, ac yna'n ymuno â Dr Wilson i ladd a bwtsiera morloi fel bod gan y criw gig ffres.

Erbyn hyn, roedd Edgar yn hen giamstar ar dorri corff un o'r anifeiliaid yn ddarnau, ac yn gallu symud y gyllell mewn patrymau effeithiol iawn, yn blingo'r croen, yn rhannu'r perfeddion oedd yn fwytadwy rhag y rhai melltigedig eu blas a gâi eu taflu i'r skuas barus, yr adar yn eu heidiau rheibus yn tasgu i mewn, yn ddarnau prysur o ddu pluog yn erbyn y gwynder, fel ffluwch o bapur yn codi uwchben coelcerth fawr. Gallai Edgar ddal darn o berfedd allan, hyd braich, a byddai un o'r peirets yma'n saethu i mewn gan fygwth cymryd ei faneg yn ogystal â'r cig. Cofiai Edgar sut y byddai'n bwydo'r robin goch yn yr ardd yn yr un modd, pan roedd yn blentyn, ac yn byw mewn gwres a chynhesrwydd teulu. Yn wahanol i fan hyn, ble roedd croeso yn air estron. Gwenai o gofio'r aderyn bach, a nodwydd bach ei big yn bwyta malwod o gledr llaw Edgar. O, robin goch! Beth fyddai Edgar yn ei roi am gael dy weld di eto, i fwynhau sioncrwydd dy gamre, yr ymddiriedaeth yn dy lygaid bychain bach.

Gartref

Syllai Mam-gu a Tad-cu yn fyfyriol ar y tân, gan feddwl sill dau am eu hannwyl Edgar, ar goll, i bob pwrpas, yn rhywle y tu hwnt i'w dychymyg. Anodd oedd credu ei fod wedi tyfu'n ddyn heb sôn am fod yn ddyn priod, ac yn dad i blant. Y crwt dyfodd lan i fod yn ddyn, a hwnnw'n ddyn roedd pobl yn ei adnabod. Ei enw yn y papurau dyddiol! Edgar bach, wir yr.

Cofiai'r ddau'r amser pan fyddai'n eistedd o flaen y fflamau glo'n mudlosgi, gan greu lluniau a lliw ac yn gofyn cwestiynau rif y gwlith a'r ddau ohonyn nhw'n ei chael yn strygl i gadw lan gyda'r chwilfrydedd a'r egni holgar. Ac fe oedd nawr ar daith, ar droed i Begwn y De. Roedd Tad-cu wedi torri nic bach yn y coed o gwmpas y drws i ddangos yn union ble roedd y de, ac ambell waith, defnyddiai hwn i weithio mas ble i sefyll yn union i edrych allan o'r ffenest tua'r man ble roedd ei ŵyr yn mynd.

Bellach roedd yr hen ŵr yn gwybod yn iawn ble i edrych, a safai fwyfwy, ac am oriau bwy gilydd, wrth y ffenestr fach yn syllu dros y creigiau ac aflonyddwch y tonnau tua'r wlad wen osgeiddig a ymroliai i ffwrdd ar garped hudol ei ddychymyg. Byddai ei wraig yn cael ei themtio i'w annog i symud, ond gwyddai bod angen y cysylltiad hwn ar ei gŵr, y gadwyn ysbrydol yma oedd yn ei gysylltu ag Edgar – neu gydag ysbryd neu enaid Edgar – fel un o'r rhaffau trwchus 'na sy'n clymu'r cwch wrth y cei. Rhaff yn ymestyn hyd at bellafoedd byd. Gallai'r hen foi synhwyro pan roedd "Edgar ni" mewn trwbwl, o gallai. Greddf? Rhyw fath o wrachyddiaeth? Ffydd?

"Ti'n meddwl ei fod e'n saff? Mas fan 'na?" gofynnodd y tad-cu wrth ei gymar un noson, ac yntau'n edrych ar y golau'n diffodd allan dros y Bae.

"Siŵr o fod…" atebodd ei wraig yn fater-o-ffact. "Ond os wyt ti am i mi edrych, mi wna i."

Roedd hwn yn her i'r asgwrn cefn capelgar a redai drwy fywyd ei gŵr, oherwydd byddai canfod yr ateb yn y ffordd yr oedd hi'n ei awgrymu yn sialens i'w grefydd. Doedd defnyddio *ouija-board* ddim yn rhan o fyd y Beibl, a thestun nos Sul mewn llais melfedaidd ond blinedig y Ficer, neu'r cerflun plaster o Iesu Grist yn hongian oddi ar y groes yn yr eglwys dywyll ar ben y creigiau. I'r gwrthwyneb: siaradai'r bwrdd am bethau tywyll, pethau tywyllach na'r tylwyth teg, ac roedd y rheini – rownd fan hyn – yn gallu gwneud pethau digon tywyll, pethau dieflig bron… dwyn plant, dod â'r cyflenwad llaeth i ben mewn buwch, codi ofn ar hen wreigen unig yn ei bwthyn diarffordd – ac felly doedd dim rhyfedd bod yr hen ddyn wedi oedi cyn ateb. Ond, o'r diwedd, cytunodd y dylai ei wraig wneud ei gorau.

"Bydd angen dy help arna i. Mae Peg yn wael, felly does gen i neb arall i w'itho'r bwrdd."

Ochneidiodd yr hen ŵr ac aeth i siafio, fel paratoad ar gyfer y ddefod, yn yr un ffordd ag y byddai'n paratoi ar gyfer mynd i'r oedfa. Efallai ei fod ar ei ffordd i'r groesffordd, yr un ble byddai teithiwr yn siŵr o gwrdd â'r diafol, a hwnnw'n gofyn am gymwynas; ac os digwydd i'r teithiwr wrthod, byddai'n siŵr o orwedd yno ben bore gyda'r gigfran yn brecwasta ar wyn ei lygaid, y big fel picell yn torri'n hawdd ac yn sicr i ganol gwres ei berfeddion. Ie, gwaith y diafol oedd gweithio'r bwrdd, ond doedd gan yr hen ddyn dim dewis ond mynd i chwilio am gysur, am ryw wybodaeth am yr hyn oedd yn digwydd i Edgar. Oherwydd, fel roedd ei wraig yn ei daeru, doedd y bwrdd byth yn dweud celwydd.

Gwyddai'r hen fenyw nad oedd dim amser i'w golli; roedd angen gwneud yn siŵr na fyddai'r hen ddyn yn newid ei feddwl, yn enwedig am ei fod yn dyheu am gael gwybod, cael gwybod ei fod yn saff – ffordd arall o wybod i sicrwydd bod y dyfodol yn mynd i fod yn oer, yn aeaf hir o alaru'n ymestyn fel pegwn o iâ o'u blaenau hwythau. Ond roedd e'n dal yn fyw; roedd ei greddf, greddf yr hen fenyw – yr hen reddf baganaidd, wrach-gwyn-aidd, bron-yn-naw-deg-ond-ddim-cweit-eto – yn dweud bod ei galon yn curo cystal â phan fyddai'n gorwedd ei ben bach, pan oedd yn blentyn, fel cneuen goco yn erbyn ei brest. Cofiai sut y byddai ei ben yn dechrau cwympo'n araf, ei benglog bach megis yn pwyso mwy nawr wrth iddo gysgu; ac ambell waith, byddai'r demtasiwn yn drech na hi i wrando ar ei freuddwydion, i glustfeinio ar yr hyn oedd yn digwydd pan roedd crwtyn wyth mlwydd oed yn cysgu wedi diwrnod caled o chwarae ymhlith blodau'r Vile, neu berswadio Thomas Tyler i fenthyg un o'r merlod a dringo'r grib. Ac yn y drych rhyfeddol hwnnw, byddai'n gweld Edgar yn ail-fyw ei anturiaethau'n carlamu drwy lwyni eithin neu bron â chael ei daflu'n rhydd wrth i wiber ruglo o flaen ei farch. Dyddiau pan roedd yr haul yn llusern lachar ganol dydd, ffit i ddallu rhywun.

Cyfrifoldeb enfawr oedd edrych i'r dyfodol, yn enwedig pan fyddai rhywun yn gofyn iddi am ffawd rhyw dylw'th neu'n gofyn a oedd "Mam yn mynd i oroesi ei salwch", a hithau'n gorfod bod yn ddiplomyddol, yn warchodol iawn ynglŷn â sut roedd hi'n mynegi'r ffeithiau, rhag ofn iddi achosi gormod o boen – er bod rhaid iddi ddweud y gwir, gan fod hynny'n rhan o'r ddêl. Nid ei bod hi'n gwybod gyda phwy roedd hi'n delio, na pham ei bod hi wedi ei dewis i dderbyn "y rhodd" fel y byddai rhai pobl yn disgrifio'r gallu i ddarogan fel hyn. Ond, os oedd drych rhyfedd ei meddwl hi yn wyrth, doedd e'n ddim byd i gymharu â'r bwrdd. Roedd y bwrdd yn ddi-ffael, ac yn aml yn sillafu'n union beth oedd yn mynd i ddigwydd, ac i bwy ac ymhle.

Mae ei bwrdd ouija penodol hi'n dyddio 'nôl i'r dyddiau cynnar yn ei hanes, fersiwn wedi ei gwneud yn America ddaeth draw drwy Iwerddon, yn rhywle, ac a gollwyd mewn bet yn y Skinners Arms yn Nhre Gŵyr. Pan ddaeth y bwrdd i feddiant y teulu, doedd neb yn gwybod beth oedd ei bwrpas yn union, ond roedd llythyr bach wedi ei gynnwys yn y parsel, a'r cyfarwyddiadau'n syml ac yn glir. Ac roedd mam-gu Edgar yn glynu at y rhain fel tasen nhw'n eiriau o'r Ysgrythur.

Trefnodd y bwrdd ar ben yr oelcloth ar y ford, gan wahodd ei gŵr i eistedd. Cymerodd Jacob ei le ar y sgiw a dyma Lizzie Anne yn dechrau newid ei chymeriad, gan ofyn cwestiynau i fodau anweledig yn yr ystafell.

"Odych chi yno? Odych chi'n fy nghlywed i? Dafydd Parry, ai ti sydd yno? Paid symud i ffwrdd. Dere'n nes. Dere mewn o'r cysgodion."

Teimlai Jacob yn fwy anghysurus gyda phob cwestiwn, oherwydd roedd ei wraig bellach yn rowlio'i llygaid nes taw'r unig beth oedd yno oedd y gwyn, a hynny'n rhoi'r argraff ei bod wedi mynd yn wallgo, ac y dylai fod yn Nghefn Coch yn cael triniaeth yn hytrach na fan hyn yn chwarae'r gêm ddieflig yma.

Oherwydd, iddo fe, gêm oedd hon yn unig – yn bwydo ar ofnau pobl. Roedd e wedi gweld pobl yn llewygu wrth chwarae, neu wrth ddefnyddio'r bwrdd. Wedi gweld pobl yn beichio llefain. Yn udo mewn galar o weld enw morwr yn cael ei sillafu'n ofalus mewn ateb i gwestiwn ynglŷn â phwy oedd yn mynd i gael ei foddi nesaf... Roedd angen bwydo'r môr gyda physgotwyr er mwyn cael pysgota'n dda, fel yr awgrymai'r hen fois – yn llawn ffawd ac ofergoel wrth iddyn nhw sugno'u pibau clai a chnoi hadau caneri.

"Barod, sgweiar?" gofynnodd Lizzie Anne.

"Paid amharchu'r sgweiar. Dere mla'n. Clatsia mla'n. Dim ond un cwestiwn ŷn ni angen mewn gwirionedd..."

"Ti am ei ofyn e?"

Cliriodd Jacob ei lwnc, fel ficer a oedd am ddarllen testun o'r Ysgrythur.

"Edgar, wyt ti yno? Edgar, wyt ti'n iawn?"

"Ma hynny'n ddau gwestiwn."

Ffocysodd yr hen ŵr.

"Edgar... wyt ti'n iawn?"

Teimlodd yr hen foi rywbeth yn symud ei fys i un cyfeiriad,

yna un arall, gan gyffwrdd â gwahanol lythrennau wrth fynd. Yn sillafu E.D.G.A.D, cyn i'r bys symud yn sydyn i gysylltu gyda'r llythyren 'R'.

"Fuodd e 'rioed yn rhy dda ar bethau ysgol, sbelio ac yna blaen," meddai Lizzie.

"Mae e 'na? Mae e'n clywed?"

"Clywed yn iawn. Ond efallai 'i fod e'n rhy swil, neu'n rhy brysur, i ateb y cwestiwn."

"'Dyw hynny ddim yn neud sens. Os o's 'da fe amser i sgrifennu 'i enw, ma amser 'da fe i weud 'thon ni shwd ma pethau…"

"Ond nid fe sy'n ateb. Nid fe, y person, ond ei ysbryd e sy'n ateb. Ar ei ran, ti'n gweld. Ry'n ni'n siarad gyda, wel, ysbryd y dyn. Yr hwn sydd yn 'anweledig, anesboniadwy a thu hwnt i ddeall dyn'."

"Am beth ti'n sôn nawr?"

"Ust! Jest gwranda nawr. Aros am yr ateb. Mae e'n gwrando ar ein calonnau'n curo."

Maen nhw'n eistedd yno am funud neu ddau ac yna mae sŵn curo, a'r sŵn hwnnw'n cynyddu'n gyflym. Mae'r ddau yn edrych ar ei gilydd; llygaid yr hen fenyw yn dweud nad yw hyn i fod i ddigwydd – y delweddau yma o ddynion mewn cotiau ffwr yn straffaglu eu ffordd ar draws gwynderau – a'i bod hi ddim yn deall beth sy'n mynd ymlaen. Nid Edgar? O, na! Ac yna mae'r hen foi yn codi ar ei draed yn stöig ac yn camu tua'r drws ble mae'r glaw yn tasgu yn erbyn y pren fel drymiau bach.

Cerddodd y pâr yn araf 'nôl i'w cartref, wedi iddyn nhw gerdded allan i'r glaw at ymyl y clogwyn i brosesu'r peth; y tywydd hyll yn gyson 'da straen y diwrnod oedd yn amlwg yng ngherddediad Lizzie Ann, ac yn y ffordd roedd ei hysgwyddau'n sigo dan fyrdwn ei hymdrechion. Cerddodd at ei chwpwrdd dirgel, ble roedd hi'n cadw pethau allan o'r ffordd, ac estyn potel fach o frandi. Tywalltodd fesur eithaf hael i wydrau. Ddigwyddai hyn ddim yn aml iawn, ond doedd heddiw ddim yn ddiwrnod arferol.

Sipiodd y ddau'r gwirod siarp yn araf bach, wrth i fflamau godi mewn tân newydd yn y grât. Cyn hir roedd y ddau yn pendwmpian, ac yn dihuno bob hyn a hyn gan deimlo'n euog bod y ddau ohonyn nhw'n glyd o fewn waliau eu bwthyn tra bod y ddau anturiaethwr allan ar y tonnau geirwon.

"Bendithied hwy," sibrydodd Lizzie Anne yn dawel, cyn tynnu ei siôl yn dynnach o'i chwmpas.

Nodiodd yr hen ben wrth ei hochr.

"Ie, pob bendith arnyn nhw," mwmiodd Mam-gu, cyn ei throi hi am y cae sgwâr.

Llongddrylliad

Mae trigolion y pentref wrthi'n ymarfer eu sioe lwyfan draddodiadol pan mae Hawkins, un o wylwyr y glannau answyddogol yr ardal, yn rhedeg i mewn gyda'i wynt yn ei ddwrn. Mae e wedi gweld rhywbeth, ond mae e wedi cynhyrfu cymaint fel na all yngan gair, dim ond llyncu mwy a mwy o aer – fel tasai'n mynd allan o ffasiwn.

"Cwch bach. Ar y creigiau…"

"Pa greigiau?"

"Black Scar. Mae'r cwch wedi moelyd, ond dwi'n credu bod 'na bobl lawr 'na."

Does dim amser i oedi, ac yn sicr dim amser i ryfeddu at y ffaith eu bod nhw ynghanol rihyrsal o *Robinson Crusoe* pan ddigwyddodd 'na longddrylliad go iawn. Mae pawb yn gwybod beth i'w 'mofyn; y cychwyr yn ei heglu hi am y cychod heb oedi, yn rhedeg lawr i'r cei ac yn datod y rhaffau mor rhwydd â datod sgidiau ac yn llithro i'r dŵr, sydd yn tasgu ewyndon er nad yw'r gwynt yn hyrddio gormod. Sy'n newyddion da, oherwydd mae'r cwch rhywle dros y bar, ble mae gwynt cryf yn gallu trechu ymdrechion hyd yn oed y rhwyfwyr gorau. Ac mae'r pentref yn llawn dop gyda rhwyfwyr o'r fath; dynion cyhyrog sy'n rhwyfo bob dydd am ddeng mis o'r flwyddyn, ac yn gwybod sut i gyd-fesur strôc, a sut i dynnu fel un, a rhyddhau'r strôc fel un.

Ni all tad-cu a mam-gu Edgar wneud dim ond gweddïo, ond maen nhw'n gwneud hynny'n daer. Oherwydd, os y gallan nhw gadw marwolaeth i ffwrdd yma, gallan nhw wneud yr un peth yn y Sowth. Ble mae Edgar mewn peryg, siŵr o fod. 'Dyw pethau ddim yn digwydd mewn gwactod.

Yn y dŵr, mae'n bandemoniwm llwyr; y ferch fach ond yn cael ei harbed gan aer sydd wedi ei ddal yn ei blwmers. Roedd Francois wedi llyncu dŵr, ac mewn panig bellach. Y cwch bach mewn peryg mawr, erbyn hyn; y dŵr 'dani yn crynu fel ffynnon ferw, wyllt. Aiff y ferch o'r golwg, wrth i'r cwch bach droi wyneb i waered ac yn megis ochrgamu oherwydd ergyd ton o un ochr, wedyn un arall, a phopeth yn ddu oherwydd bod y cwch fel ymbarél dros eu pennau, y ddau sy'n mynd i foddi...

"Tri, pedwar, pump, chwech," gwaedda bosn y cwch achub answyddogol; ei lais cryf yn cael ei fudo gan sgrechiadau'r tonnau – sy'n cario adlais o gri'r meirw boddedig, a nodau clychau eglwysi sydd wedi mynd dan y tonnau, a phob math o ddwndwr – wrth iddyn nhw chwirligwganu'n wyllt, gan greu rhaeadrau o ddŵr hallt a chwyrn-drobyllau canol môr.

"Saith, wyth, naw, deg."

Maen nhw'n agosáu nawr, ac yn pwmpio'u breichiau yn galetach o'r herwydd, a llusernau ar y clogwyni nawr ynghyn; arwydd bod y lleill wedi cyrraedd, ac yn barod i dderbyn y cyrff i'r lan, boed yn fyw neu'n farw. Roedden nhw wedi gwneud hyn o'r blaen, sawl gwaith; y dynion yn gweithio gyda sicrwydd mecanyddol, yn taflu rhaff i'r dynion oedd yn disgwyl ar y creigiau – hwythau yn eu hitsio o gwmpas rhywbeth solet cyn taflu'r rhaff yn ei hôl drachefn. Ond mae'n rhaid achub yn gyntaf, ac mae'n anodd mynd yn ddigon agos i geisio codi ochr y cwch, ac mae'r targed yn symud, a Stanley – sy'n dda yn trin rhwyf unigol – yn methu â chael ei un ef dan yr ochr. Felly maen nhw'n ceisio defnyddio'r gwynt a chwrent y môr i weithio o'u plaid, ac anfon dau ddyn – yn sownd wrth raff – i mewn i'r môr i chwilio.

Pethau fel 'na sy'n digwydd mas ar y penrhyn. Dydy bywyd byth yn sedêt. Mae'r môr wastad yn newynog, y tonnau'n trachwantu, eu gwefusau oer yn glafoerio'n un ffroth o gynddaredd gwyllt. Wastad.

Troedio'n araf drwy'r Antarctig

CAFODD EDGAR DDYRCHAFIAD i fynd gyda chriw o wyddonwyr i ymchwilio'r Cymoedd Sychion yn Nhir Fictoria. Fe oedd y cogydd bellach, ond ni rybuddiwyd y bois clyfar – sef Charles Ford, Griffith Taylor a Frank Debenham – nad oedd Edgar yn meddu ar unrhyw sgiliau coginio. O gwbl. Nid bod y tri gwyddonydd yn poeni gormod. Iddyn nhw, roedd y cyfle i ymchwilio'r sychdiroedd – ble roedd yn bosib mynd at y cerrig gyda'u morthwylion bychain – yn werth unrhyw ddioddefaint. Ta p'un, ni ddewiswyd Edgar am ei sgiliau coginio, ond yn hytrach, oherwydd mai fe fyddai'n feistr ar y slediau – ac roedd ganddo fwy o brofiad, o ran hynny, na'r tri gŵr doeth gyda'i gilydd.

Anodd oedd y cerdded, llafurus oedd y llusgo, a dechreuodd brwdfrydedd y tri gwyddonydd ddechrau gwegian a sigo yn gynnar iawn. Prif ddyletswydd Edgar, felly, oedd eu cadw nhw i fynd, gam wrth gam.

"On we go, Dr Taylor."
"Best foot forward, Mr Debenham."
"You'll be home for Christmas, Mr Ford."

Dim bod Edgar yn dweud pa Nadolig. Eleni, neu'r flwyddyn nesaf, neu hyd yn oed y flwyddyn ar ôl hynny.

Ryw Nadolig. Y syniad o dwrci yn ddigon i droi'n greal.

Gyda'r hwyr, byddai Edgar yn adrodd storïau i ddiddanu'r swyddogion; ond ei gyfraniad mwyaf oedd dysgu sgiliau newydd iddyn nhw, yn enwedig trin a thrafod y sled, gan ddangos sut i arafu sbid hyd yn oed pan oedd yr iâ fel haen o wydr llithrig. Ar ôl awr neu ddwy o hyfforddiant cyflym – ac ambell waith, damweiniau hilariws – prin fod yr un disgybl clyfar yn llwyddo i wneud un cylch dros y tir heb gael ei daflu oddi ar y sled a diweddu ar ei ben ôl, nes y byddai Edgar yn udo chwerthin am eu ffaeleddau – mewn ffordd a fyddai'n gwarantu ei daflu i mewn i'r brìg dan amgylchiadau normal. Dylid parchu'r uwch-swyddogion a'r tîm ymchwil. Dyna oedd y rheolau normal. Ond doedd dim byd yn normal am hyn, y gwersi ynglŷn â sut i godi pabell yn y ffordd gyflymaf bosib, neu sut i goginio pryd bwyd i bedwar yn y babell honno gan doddi iâ yn hytrach nag eira, oherwydd bod iâ yn toddi'n gyflymach – a'r un gwyddonydd yn hollol siŵr ynglŷn â pham roedd hyn yn digwydd, er bod pob un wedi mentro esboniad yn ei dro. Un noson, gyda'r stof Primus yn hisian yn gysurus, dyma Edgar yn dangos iddyn nhw sut i adfer pâr o sgidiau sgïo o'r tu fewn, gan ddefnyddio bwa hir o nodwydd; a dangos, hefyd, sut i edrych am yr arwyddion cyntaf o sgyrfi neu effaith niweidiol iâ neu oerfel ar y croen. Ambell waith, gallai ymddangos fel gwyddoniadur, *The Walking Encyclopaedia of the Poles*.

Hir iawn oedd y daith ar draws Murdo Sound i Butter Point, cyn dilyn llwybr dychmygol ar hyd rhewlifau Ferrar, Koettlitz a Taylor. Cafodd Edgar gyfle, a'r fraint o enwi un rhewlif newydd ei hunan, gan ddewis yr enw y Wales Glacier

– a gwneud hynny'n browd, yn enwedig wrth i Debenham farcio'r enw hwnnw am y tro cyntaf yn hanes y ddynolryw ar fapiau arbennig y daith.

Doedd ganddyn nhw ddim cŵn ar y daith yma; oherwydd natur yr ymchwil, doedd neb yn siŵr am ba faint o amser y byddai'r criw bant o'r *base*. Poenai rhai am drwyn Edgar, oedd yn amlwg wedi ei effeithio gan oerfel, ac o fewn dyddiau am ei glust hefyd – oherwydd bod Edgar wedi bod mor annoeth â mynd allan yn gwisgo dim ond cap Tam o' Shanter ar ei ben. Ffolineb hollol mewn tymheredd mor isel. Neu efallai ei fod am brofi ei fod yn tyff, yn fwy tyff na neb arall yn yr Antarctig.

Doedd y gwyddonwyr ddim yn ffit o gwbl, a'r gwaith o lusgo'r slediau yn mynd yn drech na nhw yn aml. Bu'n rhaid i Edgar druan ysgwyddo baich un neu ddau ohonyn nhw, yn ogystal â'i faich ei hunan, gan gario'r babell a'r polion a llond trol o nwyddau wrth dynnu'r cart ar hyd y graean. I leihau'r pwysau, penderfynodd Edgar adael y cwcer ar ôl am y rhan honno o'r daith, gan ddweud c'lwyddau drwy addo gwledd o fwyd parod blasus iawn iddyn nhw wrth ddychwelyd y ffordd hon – gyda'i dafod bron â glynu wrth ei foch wrth ddweud hyn. Bob dydd, byddai'r dynion yn cael deg bisgeden, un darn o siocled, dau owns o gaws ac owns yn unig o fenyn. Cogydd? Oedd angen cogydd bellach? Pa iws defnyddio'r term, pan fyddai'r fath anffodusyn yn gwneud dim byd mwy na thorri darnau bach o gaws yn llai a thorri calonnau dynion drwy weini'r nesaf peth i ddim ar blatiau oer?

Tri diwrnod ar ddeg yn nannedd y gwynt, a darnau bach

o eira ac iâ yn tasgu i'w hwynebau; y pedwar dyn yn dioddef ac yn gwingo ac yn cael eu curo gan y gwynt oedd megis yn hyrddio cerrig atyn nhw, a'r rheini yn gerrig siarp a dim stop ar y cawodydd poenus.

Ond llwyddodd Edgar i fynd â'r praidd – oedd jest-a-bowt ar dir y byw – mas i gerdded ryw ddeg llath, er mwyn cael y gwaed i bwmpo, a'u bugeilio nhw 'nôl eto. Tyfodd enw da Edgar ymhlith y criw i gyd. Cawr. Digrifwr. A phorthmon.

Un bore, dyma Scott yn gofyn am gael gweld Edgar.

"Rwy am i ni fynd, unwaith eto, i'r Ferrar – i fesur pa mor gyflym mae'r rhewlif yn llifo. Chi'n cofio'r ffyn haearn sy'n sefyll lan ar yr iâ? Wel, mae eisiau mesur pa mor bell maen nhw wedi symud. Dwi'n ymwybodol iawn bod eich trwyn yn achosi trafferth i chi – a hefyd, eich bod wedi bod ar fwy o siwrneiau nag unrhyw ddyn arall yn y criw – ond, oes gennych chi'r nerth a'r awydd i ddod gyda mi, efallai gyda Simpson, hefyd, a Birdie?"

Safai Edgar yno gyda'i drwyn yn ymosodol o goch, ac er bod un o'r doctoriaid wedi gwneud ei orau i drin y clwyfau, roedd y sychder a'r oerfel yn awgrymu nad oedd unrhyw iacháu yn bosib – ei bod yn rhy hwyr i hynny.

"Byddai'n fraint ac yn bleser, syr. Ond, plis, peidiwch â dweud fy mod i'n gorfod coginio eto, syr. Mae'n gwneud i mi fod yn hynod amhoblogaidd gyda phawb yn gweiddi 'caws' bob tro dwi'n cerdded heibio."

Daeth ateb Scott fel ergyd annisgwyl, ond doniol hefyd.

"Wna i goginio, Evans. Gewch chi ganolbwyntio ar y tynnu. Mae'ch cryfder yn, wel, diarhebol. Alla i ddim dweud cymaint dwi'n gwerthfawrogi'ch cyfraniad."

"Croeso wir, syr. Mae'n anrhydedd cael bod yn eich cwmni."

"A dim ond un peth arall, Evans…"

"Beth yw hwnnw, syr?"

"Caws."

Chwarddodd y ddau yn braf, bron fel ffrindiau. Ambell waith, byddai Edgar yn tybio ei fod yn nabod Scott yn well na'r un dyn byw, oherwydd roedd y ddau ohonyn nhw'n eofn ac yn hapus i fentro ymhellach bob tro – a bwrw ymlaen pan roedd pawb arall yn barod i roi'r gorau iddi. Dyma ddau ddyn ystyfnig. Fel mulod. Y math sy'n methu â throi sha 'nôl.

Y gwynder llofruddiol

Allan ar yr iâ, mae Edgar yn meddwl am adref ac yn ei chael hi'n anodd meddwl am y lliwiau. Ceisia ddychmygu'r plant yn yr ardd, yn chwarae'n braf, tra bod ei fam yn casglu gwsberis a chini-bêns ac yn torri rhosod melyn a phinc i'w gosod mewn fas. Mae hi hyd yn oed yn strygl i feddwl am haul sy'n gynnes ac yn fendithiol, ac awel fwyn, ac yntau'n rhynnu yn yr oerfel 'ma. Yma, rhywbeth dros dro yw'r haul.

Byddai Edgar yn rhoi ei fys bawd i fod 'nôl ar y penrhyn gyda'i deulu. Mae ei feddwl yn rhewi, ac yntau'n ei chael hi'n anodd cofio ei gartref o ran delwedd neu aroglau. Popeth mae'n ei gofio yn llithro i'r niwl. Beth oedd lliw y rhosod 'na? Beth yw enw'r pentref 'na ochr arall i'r bryn? A'i blant... Beth yw enwau ei blant? Anne. Morfudd... Elspeth? Ie, dyna ni. A Lois oedd ei wraig on't ife? Mae'r cof yn dechrau pallu.

Mae Edgar mewn helynt bellach, ar goll mewn breuddwyd-ar-ddi-hun. Sut mae ei ferch Elspeth erbyn hyn? Yn brydferth? Yn brydferthach? Y ferch fach brydferthaf yn ne Cymru gyfan? A'r bois? Thomas... a Peter. Pa mor ddireidus ydyn nhw bellach? Yn llawn sbort a drygioni, mae'n siŵr. Byddai'n hoff o'u gweld nhw unwaith yn rhagor, ond 'dyw e ddim yn siŵr a fydd hynny'n digwydd, nawr. Mae ganddo deimlad gwael am yr hyn sydd o'i flaen, darogan o bethau gwael ar y gorwel. Gall e eu teimlo yn ei geilliau ac ym mêr ei esgyrn. Efallai bod Scott yn rhy benderfynol, ac yn gweld hyn yn ddim byd mwy na ras rhyngddo fe ac Amundsen, bellach. Yn sicr, 'dyw e ddim yn talu sylw i'r gwaith gwyddonol – yr astudiaethau ar fagneteg a symudiadau'r iâ, ac yn y blaen – ddim mwy. Ond pwy all feio'r dyn? Un dyn yn unig fydd yn gallu cyrraedd y Pegwn yn gyntaf, a does dim parch na bri mewn dod yn ail, dim ond siom mor llydan â Murdo Sound. Ac mae Edgar yn rhannu'r ysfa, wrth gwrs ei fod e. Gallan nhw ymestyn yr Ymerodraeth Brydeinig i gwmpasu darnau mawr o dde'r blaned, a gwneud hynny mor hawdd a disymwth â phlannu baner yn y lle cywir. Mae ganddyn nhw gasgliad ohonyn nhw, digon i greu carnifal o faneri, i chwifio'n wyllt mewn dathliad o ddygnwch a dur, yr hyn sy'n rhedeg drwy wythiennau Scott ac Evans. Dynion caled ydyn nhw; pendantrwydd a styfnigrwydd yn cyd-fartsio yn eu cerddediad. Ymlaen, ymlaen. Dim troi 'nôl. Mae 'na waith i'w wneud.

Bydd Edgar yn brwydro ymlaen, yn defnyddio bob owns o egni ac ymroddiad, nid er mwyn Scott na'r brenin, ond er mwyn i'w blant fod yn browd ohono. Mae e wedi colli blynyddoedd o'u plentyndod yn barod, ac mae'n gwybod petai'n cyrraedd 'nôl y funud hon – yn cerdded i mewn drwy ddrws y bwthyn – na fyddai neb yn ei adnabod... wel, dim un o'r plant yn sicr; ac, yn hytrach, gallai beri ofn – y dyn gwyllt, rhyfedd hwn, gyda thrwyn fel swejen ddu ar fin cwympo o'i le. Yn cerdded allan o'r niwl i olau dydd.

Diweddglo
90.0000° S, 45.0000° E

Gwawriodd y dydd, er nad oedd rhyw lawer o heulwen, dim ond llusern wantan oedd yn troi'r byd yn gyfres o gysgodion aneglur; popeth yn niwlog, a min creulon ar ddannedd y gwynt.

"Byddwn yn mynd tua'r Pegwn ar daith wedi ei thorri'n dair rhan. Y Barrier… Ry'ch chi i gyd yn gyfarwydd â hwnnw, bellach, bron fel hen ffrind!"

Jôc, ond nid un solet. Hanner ymdrech at jôc, os hynny.

Siomwyd Scott y digrifwr, oedd yn ceisio gwneud beth y byddai Evans yn ei wneud. Codi'r ysbryd drwy hiwmor. Ond doedd y chwerthin ddim mor uchel ag y gallai fod, oherwydd roedd yn cymryd egni i chwerthin, a doedd fawr ddim yn sbâr gan y dynion oedd yn gwrando ar gynlluniau Scott. Gallai ambell un dyngu ei fod yn siarad am deithio mewn coets drwy Lundain. Siwrne hawdd, yn llawn urddas. Nid slog ar droed, a'r troed hwnnw wedi rhewi'n gorn.

"Byddwn yn mynd â'r slediau 'da injans ar y darn yma o'r daith, fydd yn gwneud pethau'n haws nag i Shackleton druan. Ond byddwn, hefyd, yn mynd â deg ceffyl a'r cŵn i gyd."

Taflodd y geiriau hynny gysgod dros bethau, oherwydd

roedd y dynion wedi gwneud y syms, wedi closio at y cŵn – a phob marwolaeth yn cael effaith ddrwg. Bu farw gormod o gŵn ar y daith yma; ac er bod y dynion wedi mwynhau'r maeth a ddeuai yn sgil eu coginio nhw, roedd yr holl beth yn teimlo fel gwastraff.

"Ry'n ni wedi amcangyfrif bod pob poni yn gallu llusgo 550 pwys, felly 5,500 pwys rhyngddyn nhw. Bydd y cŵn yn dychwelyd unwaith y byddan nhw wedi chwarae eu rhan yn croesi'r Barrier. Dyle hynny fod yn deg; a ta p'un, alla i ddim gweld yr anifeiliaid yn goroesi croesi'r Beardmore."

Mae'n rhy beryglus, fel mae pob un sydd wedi bod yno'n barod yn gwybod yn iawn. Dim gwyliau mo croesi'r iâ yn fan'na, ma hynny'n siŵr. Cofiai Scott y tîm o gŵn a lusgwyd i farwolaeth i lawr crefás ar y Beardmore… pum anifail dewr, cryf a da.

"Rhaid, felly, i ni ddynion gario'r pwysau."

Edrychodd Scott i fyw llygaid y dynion, gan obeithio gweld lampau o eiddgarwch neu o obaith, ond roedd y criw wedi blino gormod – wedi eu llosgi gan yr oerfel, a'u malurio gan dywyllwch diddiwedd y gaeaf creulon a oedd wedi treiddio i fêr eu hesgyrn… a setlo yno.

Ei diwedd hi

Nofio beunyddiol... dyna sut y byddai Lizzie Anne yn rheoli ei thymer. Roedd y môr yn ddanjerys iawn yn y parthau yma, ond doedd Lizzie yn malio dim. Roedd y traeth yn un ffefryn, wrth gwrs; yr haen hir o dywod sidan oedd yn estyn o Spaniard Rocks a Burry Holms reit draw at yr hen gastell ble roedd cefn caregog Worms Head yn dechrau codi fel rhyw fadfall wyllt. Ond byddai'n taflu ei hun i'r dŵr yn Crabart, Tears Point, Thurba a Fall Bay, hefyd; yn hoff o grwydro'r creigiau a dod i'w nabod cystal â chrychau dyfnion ei chroen ei hunan.

Un tro, aeth i drafferth yn Blackhole Gut, a dim ond drwy gyd-ddigwyddiad y bu iddi oroesi – am fod gwas ffarm o Hangman's Cross allan yn casglu wyau gwylanod, a'i fod e wedi gweld pen Mam-gu yn bobio i lan a lawr fel corcyn, ond bod y corcyn hwnnw'n gweiddi. Ie. Y dyn ifanc, oedd yn gallu nofio fel morlo, wnaeth achub ei bywyd hi'r diwrnod hwnnw. Nid bod hyn wedi rhoi stop ar ei hanturiaethau, o na. Roedd rhywbeth stwbwrn yn Mam-gu, mor stwbwrn "â chragen yn dal gafael mewn craig", i ail-adrodd un o ddywediadau Tad-cu. Llifai'r môr drwy iaith yr hen ŵr, ac roedd pob dydd yn un rhaff o ddywediadau tywydd.

"Os y'ch chi'n gallu gweld yr Holms, mae'n dywydd gwael draw sha Penclawdd..."

Roedd y dywediad hwn yn tanlinellu sut roedd yr haul yn gallu disgleirio un pen i Benrhyn Gŵyr, tra'i bod hi'n pelto hi lawr y pen arall.

Doedd 'na ddim rhybudd o gwbl. Roedd hi'n brynhawn braf, ac awel fwyn yn dod o'r De ac yn cario sawr gwymon i'r ffroenau. Roedd Jacob wedi wafio ati, a hithau wedi codi ei braich cyn anelu am ddŵr agored.

Gwyddai ei bod hi wedi mynd yn rhy bell pan fu'n rhaid iddi oedi am ychydig, gan aros yn ei hunfan â'i thraed yn padlo'n araf. Yn sydyn, teimlai'n wan, ar goll, mewn trwbl mawr. Ddeallai hi ddim sut roedd hyn wedi digwydd; henaint, efallai. Pistonau'r galon yn dechrau rhydu... Cofiai, hefyd, am y dail te, y blydi dail te 'na oedd wedi serio fel delwedd yn y cof oedd wastad yn gwneud iddi deimlo'n nerfus wrth fynd i nofio.

Teimlodd rywbeth yn cyffwrdd ei choes chwith, yn dyner i ddechrau – rhywbeth oer, bron, yn ei hanwesu hi – ond yna teimlodd frathiad, o'r tu mewn, fel tasai'n torri allan o'r croen – fel poen ymadael; ac yna, teimlodd fwy nag un peth yn cloi am ei choesau, ac un arall am ei braich, ac yn dechrau tynnu. Stryglodd hithau, ond gwyddai hefyd ei bod yn rhy bitw, yn rhy wan i ymladd y peth yma oedd yn bygwth ei sugno dan y dŵr. Am eiliad hurt, dychmygodd taw gwymon oedd wedi torchi o'i chwmpas, ond yna sylweddolodd bod hwn yn fyw ac yn gryf ac yn benderfynol. Tynnodd hi i fewn, dan frig y don, ac roedd hi'n anodd iddi gadw'r dŵr o'i cheg, ond doedd hi ddim yn mynd i roi lan, felly dyma hi'n ceisio rhyddhau un fraich gyda'r fraich rydd – ond doedd dim byd yn tycio.

Sawl gwerth-ana'l oedd ar ôl ynddi? Pump, efallai. Ac roedd yn strygl i gadw'i cheg ynghau; yr ysfa i anadlu allan yn cystadlu gyda'r angen i dynnu aer i mewn.

Penderfynodd.

Agorodd ei cheg led y pen a gadael i'r dŵr hallt lenwi bob twll a chornel sbâr ohoni... mynd nôl i'r groth. Ac roedd 'na deimlad cynnes ynghylch hyn, y gadael fynd, y teimlad o aberth rhydd, dewisol. Ac yna, ildiodd i'r crafangau a oedd wedi gwneud eu gwaith o wireddu'r hyn a welodd dwy hen fenyw mewn cwpanau te un prynhawn Mawrth. Ambell waith, creadur digon tebyg i octopws yw ffawd, yn barod i sleifio drwy'r dŵr a'ch tynnu chi i lawr. Mae'n dibynnu ar yr amgylchiadau, y weledigaeth sydd wedi ei rhagordeinio i chi. I Lizzie Anne, octopws. Creadur ei llofruddiaeth. Un funud roedd hi yno'n fyw a'r peth nesaf, wel, does neb yn gwybod – ni ddaeth ei chorff i'r amlwg, er i bawb chwilio'n hir ac yn ddyfal.

Na, ddaeth corff Lizzie Anne fyth i'r lan, felly bu'n rhaid claddu arch wag wedi'r angladd. Buasai'r traddodiad o gladdu arch wag yn od petasai hyn heb ddigwydd droeon o'r blaen. Dyma yw realiti pentref yn llawn pysgotwyr. Roedd mynwent Oxwich yn cofnodi llwyth o forwyr oedd wedi marw cyn eu hamser, gan gynnwys un criw cyfan... 13 o ddynion. A phawb yn cytuno bod y rhif ei hunan wedi denu anlwc, fel cymylau gwallgo, lliw inc, yn dod i ddyfrlliwio'r nen uwch y cwch aeth wyneb i waered gydag un hyrddiad o wynt cryf. Un deg tri tad neu fab neu frawd. Bwyd i'r môr. Ebyrth sydyn.

Gwisgodd tad-cu Edgar ei siwt ddydd Sul, oedd yn dynn

iawn amdano, y pen ôl bron â bostio wrth iddo blygu lawr i wneud careion ei esgidiau – sef un o barau da ei dad-cu yntau, gyda lledr da, trwchus na fyddai hoelen yn gallu ei dorri. Edrychai'r hen ŵr fel drychiolaeth, fel dyn a oedd newydd golli môr-forwyn a oedd wedi rhannu pob dydd 'dag e am yn agos at hanner canrif. Cwympai geiriau'r emynau fel crinddail ar lawr y capel, pob llinell yn dod allan yn sych o enau'r bobl a safai yno'n syn ac yn fud dan deimlad. Roedd hyn yn anarferol i bobl oedd wedi hen gynefino â cholled; eu siwtiau duon yn ychwanegu at gysgodion y lle, yn tywyllu'r dydd ac yn llenwi gofod syber y capel fel absenoldeb. Meddyliodd Jacob am Edgar yn bell, bell i ffwrdd wrth iddo edrych ar ei blant a'i wraig yn eu dillad pruddaidd. Meddyliodd am ei wraig, yn diflannu dan y tonnau, gan wybod y byddai'n rhaid iddo yntau fynd yno i ymuno â hi. Un diwrnod. Cyn hir, gobeithio.

Siwrne y diawl

UNDONEDD Y DIWRNODAU yn her. Y tymheredd yn sialens. Yr ysbryd yn gwegian. Cam wrth gam.

Byddai dyn yn chwysu wrth fynd dros y tir uchel, hyd yn oed mewn oerfel dychrynllyd, a gallai rhywun golli galwyni o ddŵr drwy chwys. Ie, hyd yn oed wrth straffaglu tua'r Pegwn. Byddai angen yfed digon o ddŵr, wrth gwrs, ond oherwydd ei brofiadau blaenorol doedd Scott ddim wedi ystyried yr agwedd hon ar bethau, ac felly, roedd dŵr yn un o'r diffygion. Dŵr, yn enw'r tad!

Braidd bod ganddo ddigon o ddŵr i goginio bwyd, llai fyth ddŵr i'w yfed – un o hanfodion seicolegol y daith, heb sôn am yr ochr gorfforol. Ond fe ddioddefodd e a'i ddynion oherwydd dadhydradedd difrifol, a'i sgil effeithiau dybryd. Ac, ar ben hynny, roedd y criw o ddynion yn dioddef effeithiau newyn – pob un yn starfo. Dim digon o fitaminau 'chwaith. Dim digon o ddim byd, i ddweud y gwir yn blwmp ac yn blaen. Ond fyddai neb yn dweud hynny wrth Scott, a ta p'un, roedden nhw'n rhy wan i siarad heb sôn am godi llais.

Yn wahanol iawn i Amundsen, oedd yn cario siocled a llaeth wedi sychu – a'i ddynion e ddim yn gorfod tynnu'r slediau eu hunain. Roedd gan y boi o Norwy hen ddigon o gŵn, a'r rheini'n gŵn hapus, ar ben eu digon yn llusgo, llusgo, llusgo.

Anghofiodd Scott adeiladu pentyrrau o gerrig er mwyn iddyn nhw adnabod eu ffordd yn ôl, ac roedd hyn yn ergyd i'r dynion – oherwydd yr ensyniad na fydden nhw'n dychwelyd.

Prawf anodd oedd hyn oll, prawf i'r ysbryd dynol yn ei ffurf fwyaf hanfodol. Roedd Scott yn gofyn am lot, yn gofyn am yr aberth mwyaf, o bosib. Gwyddai na allai sicrhau y byddai pawb yn dod 'nôl yn fyw. Efallai na allai sicrhau bod unrhyw un yn dychwelyd. Gambl oedd hon, ond un oedd yn werth ei chymryd, tybiai. Allan o gyrraedd y byd, roedd 'na lecyn o iâ oedd yn begwn ar y byd hwnnw, echel y blaned gyfan. Pwy na fyddai'n dymuno rhoi ei droed arno am y tro cyntaf? 'Na i gyd oedd ei angen oedd dyn dewr iawn. Neu ffŵl. Ambell waith, teimlai Scott na wyddai'r gwahaniaeth rhwng y ddau beth, a'i fod yn eu cyplysu nhw, fel dau begwn, oddi fewn iddo ef ei hun. Gwyddai fod y Norwyaid a'u cŵn yn symud yn gyflym iawn dros yr iâ, yn eu rheoli nhw'n dda ac yn effeithiol. Gallai eu teimlo nhw'n symud. Eu teimlo nhw! Dychmygai nhw o'i flaen, pob hysgi yn gwibio ymlaen fel wenci. Na, gallai eu gweld nhw, damia! A'u clywed hefyd yn chwerthin ar ei ben. Pwy ond gwallgofddyn fyddai'n gweld a chlywed y math yma o bethau? Beth oedd hyn? Y tymheredd yn chwarae triciau? Ei ofnau'n brigo?

Poenai Scott yn gyson am gynnydd y Llychlynwyr. Teimlai dan anfantais. Tri deg a phedwar anifail oedd gan Scott, tra bod Amundsen, mae'n debyg yn defnyddio dim llai na chant i lusgo. Sut ar y ddaear roedd yn llwyddo i fwydo'r holl anifeiliaid 'na? Doedd Scott ddim yn gallu bwydo'i ddynion yn iawn, heb sôn am y cŵn newynog. Byddai Amundsen yn siŵr o fod wedi dechrau'n gynnar hefyd, mor gynnar â phosibl, a gallai Scott ragweld y penawdau yn y papurau yn gwawdio eu hymdrechion pe digwyddai iddyn nhw gyrraedd y Pegwn wedi'r tîm o Lychlyn. Allai e ddim dychmygu'r siom o weld eu baner nhw yn sefyll yno'n browd. Croes wen yn erbyn cefndir coch. Baner y diafol ei hun.

Ond fel y ceisiai ymresymu gyda'i hunan, y gwaith oedd y peth pwysig, nid y gymeradwyaeth a'i dilynai. Chwilio a deall a dysgu; dyna oedd uchelgeisiau'r trip, yn swyddogol, o leiaf. Eto, poenai hyd at fêr ei esgyrn taw Amundsen fyddai'n hawlio 1912, a'i le ar bedestal hanes. Y dyn cyntaf. Y wlad gyntaf. Y gamp fwyaf. Yr anturiaeth fwyaf arwrol. Gwobr oedd o fewn cyrraedd oedd wedi llithro o'i ddwylo oherwydd... beth? Ffaeleddau'r trefniadau? Dim digon o fwyd? Dim digon o gŵn? Ei fethiant e fel dyn? Ond, os oedd y ras drosodd, doedd ei waith e ddim. Roedd pawb yn rhy bell o adref. Ambell waith, gweddïai'n dawel am faddeuant, am eu harwain nhw i'r fath le a'r fath berygl.

Cyfrifoldeb mwyaf Scott oedd gofalu am ei ddynion, er gwaetha'r ffaith ei fod wedi tyngu llw i'r brenin, a'i fod yma yn yr Antarctig i wneud ei waith ef. Ar yr iâ, yn yr iâ, yn unol â'i ddymuniad brenhinol. Ond gofalu am y dynion yn gyntaf, yn enwedig oherwydd nad oedd y brenin yno gyda nhw i ddioddef a straffaglu a chael ei daro gan artileri'r cenllysg.

Er hynny, doedd hi ddim yn wael bob dydd. Newidiodd y tywydd o fod yn arswydus i foddhaus; gorfoledd o oleuni yn arllwys dros y mynyddoedd urddasol cyfagos a'r byd yn fwy rywsut, yn enfawr. Gallu gweld ymhellach nag ychydig fodfeddi o flaen eich llygaid; roedd hynny ynddo ei hun yn debyg i wyrth. Gwastadeddau llachar-wyn o iâ yn ymestyn hyd at ddiwedd y dychymyg, fel edrych allan ar fyd arall oedd yn arwain at wastatir rhewedig arall, a phopeth yn sgleinio'n galed, nes bod edrych ar syfrdan yr olygfa yn waith caled ynddo ei hunan. Mae prydferthwch yn gallu dallu.

I Edgar, yn sicr, roedd y straen o geisio edrych i gyfeiriad y gorwel bron yn drech na fe, wrth i olau'r haul barhau i raedru i lawr ar y tirlun. Roedd y panorama yn un i ysbrydoli, i ddangos mawredd a chymhlethdod a phŵer natur, ac yn tanlinellu dewrder a ffolineb eu menter i groesi'r tir mawr er mwyn ei hawlio i'r brenin yn ei balas. Pa! Y brenin, meddyliodd Edgar gyda dirmyg. Yn un o'i balasau. Balmoral neu Sandringham neu ta ble. Am fywyd cyfforddus, braf, sedêt. A hwythau'n gorfod rhynnu a rhewi mewn sach gysgu i dri ar lawr o iâ, gyda'r gwynt fel bleiddgi rheibus yn poeri ac yn rhythu ar y tu fas ac yn mynnu dod i mewn. Hon oedd teyrnas y gwynt poenydiol, a doedden nhw yn ddim byd mwy na thresmaswyr.

Jest cyn i'r parti adael y gwersyll diweddaraf yma, sgrifennodd Scott lythyr at Lois, gwraig Edgar, gan ddweud cymaint o'i hanes hi a'r plant roedd Edgar wedi'i adrodd wrtho, gan dybio eu bod nhw i gyd yn dymuno ei weld yn dod adref yn ddiogel i gymryd ei le ar yr aelwyd.

Tanlinellodd y ffaith bod Edgar yn iach, yn gryf ac mewn hwyliau da, ond – er y byddai'r newyddion yma yn siom fawr – y byddai angen i'w gŵr, fe dybiai, aros yn y De Pell am flwyddyn arall, o leiaf.

Wrth iddo sgrifennu'r geiriau, roedden nhw'n teimlo fel bygythiadau – ac yntau'n teimlo siom o orfod eu sgrifennu. Os felly, gofynnodd i Lois gredu y byddai Edgar yn dychwelyd gyda'i iechyd yn dda ac wedi cyflawni rhywbeth arbennig iawn, fyddai'n gwneud i bawb deimlo hyd yn oed yn fwy balch ohono. Mae ei lawysgrifen yn daclus, y llythrennau'n glir ac yn gywir – yn union fel y dysgodd wneud yn yr ysgol fach, gan ennill canmoliaeth am y ffaith bod y llythrennau bron yn bensaernïol o ecsáct. Aeth yn ei flaen, y meddyliau'n llifo nawr. Pwysleisiodd Scott ei obaith y byddai Evans yn ymgartrefu unwaith ac am byth wedi iddo ddychwelyd i Gymru, ac na fyddai angen iddo ei gadael hi eto.

Yn ei lythyr yntau, disgrifiodd Edgar Scott fel hen ffrind iddo, bellach, dyn oedd yn addo y byddai'n gwneud popeth bosib i'w gadw'n ddiogel. Ac am y tro cyntaf yn ei fywyd, dechreuodd Edgar sgrifennu geiriau am gariad; ac erbyn iddo arllwys ei deimladau yn un twmblad gwyllt, sylweddolodd ei fod wedi sgrifennu ei lythyr cariad cyntaf a'i fod wedi archwilio rhywbeth am ei emosiynau nad oedd wedi'i gyffwrdd o'r blaen. Teimlo bod ei wraig yno y tu fewn iddo, a'i bod hi'n rhan annatod o'i fod ac o'i fyw. Pefriai ei llygaid yn y cof amdani, a'i groen yn cofio cynhesrwydd ei chroen hithau. A dywedodd yn y llythyr gymaint roedd e'n caru ei llais, y ffordd roedd hi'n cerdded, neu'n sgipio allan at y lein ddillad. Rhestrodd gynifer ag y gallai o atgofion bach am eu hamser gyda'i gilydd – amser byr, mewn gwirionedd, ac roedd pob gair a phob atgof yn pentyrru fel cerrig oddi fewn iddo – nes mynd yn fwrn arno. Oherwydd roedd cariad yn rhywbeth trwm, yn rhywbeth difrifol. Gallai dyn adeiladu cartref gyda chariad. Gallai gadw ei deulu'n ddiogel o fewn ei gwmpas.

Gofynnodd iddi, i'w wraig annwyl, annwyl i beidio â gofidio ynghylch ei gŵr; er y gwyddai yng nghrombil ei fod na fyddai hynny'n hawdd iawn, yn enwedig o gofio'r pellter dychrynllyd rhwng Rhosili a'r unigeddau iâ di-ben-draw. Llythyr. Dymuniadau gorau. Geiriau gwag. Os na byddai Edgar fyw.

Roedd cryn bellter rhwng Scott a'i gyrchfan. Yn hwyrach y noson honno, sgrifennodd Scott yn ei ddyddiadur fod ganddyn nhw 1,530 milltir ddaearyddol i'w croesi, ac os gallen nhw deithio mor gyflym â Shackleton, y bydden nhw'n eu holau erbyn diwedd mis Mawrth. Wyddai e ddim o ble y deuai'r cryfder i fyned yno. I rasio'r tymhorau. Roedd rhaid, rhaid, rhaid gwneud hyn, roedd hyn yn *ofynnol*, yn gwbl ofynnol oherwydd byddai'r tymheredd yr adeg honno o'r flwyddyn – dechrau'r gaeaf – yn affwysol o oer. Yr arian byw yn y thermomedr ei hun yn bygwth rhewi. Amcangyfrifai'r meteorolegydd, Simpson, y byddai'r ffigyrau yn cwympo'n isel iawn – minws ugain, hyd yn oed. Byddai hyn yn ei gwneud hi'n anodd iawn ar ddiwedd taith, ac yn anodd ar y naw ar draws y Barrier. Nefi wen! Doedd y corff dynol ddim wedi'i gynllunio i wrthsefyll y fath beth; dyna pam doedd neb yn byw yn yr Antarctig...

Ffolineb fyddai aros yno. Ac roedden nhw wedi aros yno'n rhy hir yn barod, nes bod ysbryd noeth a diflas y lle wedi eu meddiannu. Nid bod pob dydd yn ddiwrnod gwael. Byddai dyddiau o gyfaredd – y tirlun, yr iâ yn las ac yn borffor ac yn wyrdd dwfn i gyd-fynd â dwyster anhygoel lliw'r nen. Ond doedden nhw, y dyddiau da, ddim yn dod yn ddigon aml – nac yn aros yn ddigon hir.

Bore llwydliw, ond eto llanwyd Edgar â gobaith a chynnwrf o weld Teddy Evans, Stoker Lashly, y peiriannydd Bernard Day a'r Stiward Henry Hooper yn tanio'r slediau mecanyddol, a rhu'r injans a'r mwg o'r olew yn sŵn estron iawn allan yma ym mhencadlys natur wyllt; y tawelwch arferol yn arallfydol, os nad oedd gwynt... Man ar y ddaear ble roedd dyn yn hen beth bach pitw – pryfedyn di-nod, di-ddim ynghanol yr unigeddau brawychus.

Dyma nhw'n mynd! Roedd traciau'r slediau'n llwyddo i ddal eu gafael er gwaethaf yr arwyneb llithrig, ond doedden nhw ddim yn gallu symud yn gyflym iawn – dim mwy na milltir yr awr; ffigwr a ddechreuodd naddu'r golofn sigledig o hunan-sicrwydd oedd yn asgwrn cefn i Scott. Rhy araf o lawer! Twymai'r silindrau ormod hefyd, ac roedd effaith oerni'r gwynt ar y carbiwretors yn eu hoeri hyd at styfnigrwydd. Un peth ar ôl y llall. Rhacsiwyd un injan ar ôl 14 milltir, un arall ar ôl hanner cant. Argyfwng yn dilyn argyfwng. Suddodd ysbryd Scott wrth i'r dynion ddechrau cecru a'i ddamnio ef am ei fethiannau trefniadol. Bu'n rhaid aildrefnu ac ailbacio, symud llwyth ar ôl llwyth o'r peiriannau methedig i'r slediau confensiynol; a hyd yn oed Evans yn dechrau danto am y tro cyntaf, oedd yn rhyfedd o beth o ystyried popeth roedd wedi'i ddioddef yn y gorffennol. Hawdd yw torri pob dyn yn y pen draw. Mae gan bob un ei fannau gwan. Hyd yn oed Edgar, yr ych-ddyn. Mae dyfnderoedd y cariad y mae'n ei deimlo oddi fewn iddo yn wendid hefyd. Mae'n rhaid iddo ddarbwyllo ei hun taw fan hyn y mae i fod, yn y lle olaf ar y ddaear, yn creu hanes, yn ymestyn y syniad o'r byd.

Dyfal donc a dyr y garreg, fel byddai'r Mistar yn yr ysgol fach yn ei ddweud – drosodd a throsodd hyd at syrffed. Ond mae blinder ac oerfel a thywyllwch yn gallu trechu hyd yn oed yr enaid cryfaf; oerfel megis bwyell i dorri'r dderwen fwyaf i lawr i'r llawr. Hyd yn oed derwen gref Lloegr, symbol ei gwrhydri cenedlaethol. Dynion dewr fel deri. Leading Stoker William Lashly. Y mecanic Bernard Day. Roedd y dderwen Gymreig, Petty Officer Edgar Evans, yn plygu ychydig yn y gwynt, ond yn megis cwtsio'r creigiau, ei chryfder cynhenid yn ymestyn gwreiddiau'n ddyfnach i mewn i'r pridd tenau i chwilio am faeth. I sefyll yn stond ac yn browd, er gwaetha corwynt neu dymestl wyllt. Sefyll yn solet. Edgar, y dderwen Gymreig, y goeden fwyaf ystyfnig a phenderfynol sy'n goroesi yn y goedwig. Yn sefyll yn unig mewn cae. Byddai'n sefyll wedi'r hyrdd-wynt a'r corwynt a ddôi i geisio chwythu'r byd i'r llawr. Derwen. Gwreiddiau dwfn. Cawr. Evans.

Roedd y garafán o bonis yn bwysicach nawr, ac Edgar yn ei harwain; cyfrwy Snatcher yn ei ddwylo, a thri thîm yn rhannu lan rhag ofn i rywbeth ddigwydd i un ohonyn nhw – megis twll enfawr yn agor yn yr iâ a'r ddaear yn eu llyncu. Cyfaill da yw Snatcher, sydd wedi gwerthfawrogi'n fawr pob afal mae Edgar wedi'i smyglo iddo, gan weryru ei ddiolch iddo'n dawel. Poni pert yw Snatcher. Bu'n byw dan ddaear, mewn pwll glo, ymhell o olau dydd; ac mae Edgar yn reit ffyddiog bod y bywyd yma'n well, er mor galed a gerwin fo fflangell y gwynt yn ei dymer – sy'n ceisio rhwygo'r croen yn rhubanau.

Llusgo ymlaen, nid cerdded. Pob cam yn straen. Ffluwchion o eira fel picelli miniog, miniog yn trywanu eu hwynebau a'u barfau llaes. Bu'n waith anodd a blinedig i rai o'r ceffylau fel Snatcher reit o'r cychwyn – y gwannaf ohonyn nhw'n gwneud gwaith caled o gerdded ychydig lathenni, hyd yn oed. Roedden nhw i gyd yn eu cotiau haf, a'r rheini'n rhewi'n galed wrth iddyn nhw blodian yn araf drwy'r gwynder. Dim golwg o dir, a'r awyr wen yn uno gyda'r tir gwyn mewn dwyster gwyn anghymesur. Roedd y tirlun megis yn fflachio o flaen eu llygaid.

Yna daeth y gwynt, gan daflu nodwyddau o iâ a mân-eira i lygaid y ceffylau; ac er i'r dynion ymlafnio ar ras i godi muriau eira i'w gwarchod rhag y gwaethaf o'r gwynt sy'n sgrechian, yn hyrddio ac yn taranu... doedd dim dianc. Doedd hi ddim yn bosib osgoi'r fflycsau mân, y diemwntau a chwythai i ffroenau'r anifeiliaid ynghyd â'u llygaid a'u clustiau, gan setlo'n lletchwith yno cyn rhewi'n gorn. Aeth ambell anifail yn fyddar. Doedd ambell un ddim yn gallu anadlu'n llawn, a doedd symud ddim yn hawdd.

Dim ond hanner yr anifeiliaid oedd mewn cyflwr digon da i weithio ar ôl i'r storm eira ostegu, ond eto llwyddwyd i adeiladu pum storfa ar hyd y ffordd, yn Corner Camp, Bluff, One Ton, Mid Depot a Southern Depot. Yn y gyntaf, gorweddodd y ceffylau blinedig yn un domen, yr ager yn codi o'u ffwr fel tarth y bore yn codi dros yr afon Llwchwr. Temtiwyd ambell un o'r dynion i ymuno â nhw, i gladdu eu hunain yn y pentwr croen – oherwydd ei bod yn gynhesach yno nag yn unlle arall. Dywedodd Scott bod modd iddyn nhw oedi yn Corner Camp am ddiwrnod, ac er bod esgyrn a chyhyrau yn croesawu'r cyfle i ymlacio, roedd yr oerfel yn cadw dyn ar ddi-hun, a'r diffyg cwsg yn chwarae triciau ar y meddwl. Breuddwydiodd un dyn – a'i lygaid yn agored led y pen – ei fod yn chwarae criced yn erbyn tîm y diafol, a'r diafoliaid yn ei erbyn yn bowlio peli oedd ar dân, neu nadredd neu – mewn ymgais benderfynol i ennill y gêm – yn gwadd octopws mawr i fowlio, a'r creadur hwnnw'n taflu pêl ar ôl pêl, ei dentaclau'n chwifio'n ddiflino, a'r dyn yn dechrau toddi dan straen y batio a'r amddiffyn.

Cafodd dyn arall hunllef go iawn, ble roedd dyn gorffwyll gyda bwyell yn rasio ar ei ôl mewn coedwig dywyll, ac yn enwi'r bobl roedd e wedi llwyddo i'w lladd yn barod, a phob un o'r rheini yn aelod o deulu'r anffodusyn; ac er ei fod am lefain, gwyddai hefyd bod y dyn-â'r-fwyell yn gallu dilyn llwybr dagrau fel tasai'n dilyn llwybr o waed. A doedd yr hunllef fyth yn dod i ben, oherwydd unwaith y byddai'n llwyddo i ddianc byddai'r dyn-â'r-fwyell yn ail-ymddangos, gan weiddi enwau ei blant unwaith yn rhagor.

Erbyn hyn, mae nifer o'r dynion yn casáu Scott. Maen nhw'n ei ddamnio fe'n gyson, a does gan Edgar ddim yr egni – nac, yn wir, yr awydd – i amddiffyn Scott, oherwydd mae yntau, fel pawb arall, wedi danto a blino'n llwyr. Felly mae'n gwrando ar y condemniadau a'r cecru, y cwyno a'r damnio. Scott y twpsyn. Scott y gwallgofddyn. Scott y bastad. Scott y llofrudd. Maen nhw wedi dechrau ei feio am bob marwolaeth ar hyd y daith, ar hyd y teithiau; ac er bod Edgar yn gwybod bod hyn yn annheg, nid yw'n codi llais yn erbyn y condemniad, oherwydd mae ei ddanneddd yn clecian fel castanetau rhynllyd, a'i wythiennau fel 'taen nhw'n cario oerfel megis ar weiars i ganol ei fodolaeth.

Bellach roedd pob nos yn ddiddiwedd, ac unrhyw gysur mor brin fel bron nad oedd yn bod.

Safai sgerbydau rhai o'r stordai ble roedd Scott a'i ddynion wedi'u cyrraedd o'r blaen, ac roedd yn fendith bod llwyth y ponis yn ysgafnhau o adael bwndeli o gig morlo ar gyfer y daith yn ôl. Ond roedd y cerdded yn dal yn straen, a'r tywydd yn ymosodol – am falurio'r anifeiliaid, fel 'tae Duw Mawr y Pegwn yn gorchymyn iddyn nhw foesymgrymu o'i flaen. Doedd y bwyd ar gyfer y dynion oedd yn tynnu'r slediau ddim yn ddigon o'i gymharu â'r bwyd ar gyfer y dynion oedd yn arwain y ponis, ond doedd dim digon i gysoni'r broblem.

Byddai Edgar yn breuddwydio am fwyd o fore gwyn tan nos; ac, yn y nos, byddai'r danteithion lu yn megis hofran yn yr awyr uwch ei ben, fel 'tae'r diafol ei hun wedi cael hyd iddo yn yr Antarctig ac wedi trefnu cyfres o demtasiynau i'w blagio. Gwelai ddelweddau hudolus o gig rhost a jygiau o refi, peis o bob math, treiffl a chaws, cyw iâr wedi ei goginio'n berffaith a llond stên o gawl – a hwnnw'n gawl cartref, un heb ei ail. Un ar ôl y llall, y delweddau yma, fel catalog o'r bwydydd mwyaf sawrus a blasus. Poenydiai'r rhain ddynion fel Edgar yn ddidrugaredd; ffantasïau o flasau ac arogleuon a phrydau bwyd i'r ysbrydion a'r bwci bos yn unig.

Treuliodd Edgar fore cyfan yn tyllu twll dwfn i guddio cig a phemican ar gyfer y siwrne 'nôl, ynghyd â thanwydd a nwyddau angenrheidiol. Stordy bychan, fel stordy gwiwer, yn bell o olwg unrhyw goeden neu lwyncoed cyll fel y rhai a dyfai'n rhemp ar fferm y Withings. Y bwriad oedd creu un o'r rhain, stordy bach saff, bob saith deg milltir – i ysgafnhau'r baich o lusgo a hefyd i roi'r teimlad-i-godi-calon-dyn y bydden nhw'n dychwelyd y ffordd yma. Os oedd 'na ddigon o fwyd. Roedd Edgar yn amau. Roedd pob un o'r dynion yn amau hynny, yn enwedig ar ôl i Scott gwtogi ar y rasiwns. Doedd hi ddim yn bosib siglo'r syniad mai taith unffordd yn unig oedd hon, ac y byddai'r baneri yn chwifio uwchben eu cyrff. Effaith yr ymdrech a'r blinder a'r digalonni dyddiol oedd hyn. Yr enaid yn tywyllu. Y cryfder yn ffoi o'r cyhyrau wrth i'r corff wegian.

Ni lwyddai'r criwiau i deithio mwy na 13 milltir y diwrnod, oedd yn rhy araf o beth cythrel. Os taw ras oedd hon, roedd angen mynd yn llawer iawn cynt, ond doedd sgidiau'r ceffylau ddim yn addas a charnau'r anifeiliaid yn gwthio'n rhy ddwfn i bob bencyn o eira meddal newydd. Slofi a slofi, a slofi.

Penderfynodd Scott y byddai angen lladd y ceffylau i gyd wrth waelod mynydd iâ y Beardmore, a phan esboniodd hyn i Edgar, roedd cyfyng-gyngor ym myw ei lygaid; diffyg chwant am ragor o fwtsiera, rhagor o waed, er y gwyddai, ar yr un pryd, bod angen bwyd ar bawb, ac y byddai stecen dda o gorff y poni yn blasu fel y peth gorau yn y byd. Fel y cinio hwnnw yng Nghaerdydd cyn gadael, dan y siandelïers, gyda'r haen borffor o fwg sigâr yn hongian dan y nenfwd. Byddai'r cŵn yn gloddesta hefyd, ac yn cael cyfle i godi stêm a chael egni ffres ar gyfer y daith a ledaenai o'u blaenau. Bellach roedd y gwynt fel fflangell wyllt ac yn ymddangos fel 'tae'n chwythu o bob cyfeiriad o'u cwmpas; chwyrligwgan gogleddol o wynt yn drysu'n llwyr gyda'r chwip-wynt o'r de, a'r min o'r dwyrain oedd yn dallu ac yn ceisio llorio dyn. Gwyntoedd o bob cyfeiriad, bron. Sut hynny? Ai dyna agwedd fwyaf heriol y pegwn? Rheolau natur yn newid, yn mynd ar chwâl. Ac yn plygu dyn yn ei hanner o'r herwydd.

Deallodd Edgar yn hwyr iawn pam eu bod nhw wedi dod â drylliau'r holl ffordd i fan hyn. Nid i amddiffyn, ond i ladd; ac er y byddai'n digwydd yn y ffordd fwyaf effeithiol, doedd hynny ddim yn lleddfu'r boen o golli cymdeithion oedd wedi teithio mor bell, gyda dygnwch yn eu carnau a styfnigwrydd yn eu hasgwrn cefn.

Oates yw'r asasin dewisol, sy'n lladd y poni cyntaf ac yn llwyddo, felly, i fwydo ugain ci am bedwar diwrnod. Dros y dyddiau nesaf, mae mwy o greaduriaid yn cael eu lladd; Edgar yn warchodol iawn o Snatcher, yn mynnu bod angen y ceffyl arnyn nhw i gyrraedd pen y daith yn ddiogel.

Bam. Bam. Bam.

Mae sŵn ergydion y bwledi yn hollti'r tawelwch arallfydol sydd wedi setlo dros yr erwau diddiwedd o rewdir. Daw lliw coch y gwaed fel sioc yn erbyn y gwynder dwfn, difesur.

Daw'r awr pan fo'r dynion, hefyd, yn dechrau blasu a mwynhau'r cig ceffyl, ac yn mynnu mwy ohono fe, yn ei ferwi a'i gymysgu gyda phemican ynghyd â llwyeidiau mawr o bupur du – sy'n twymo'r geg ac yn help i anghofio eu bod yn bwyta anifail ffyddlon.

All Edgar ddim stumogi'r fath beth; blas yr anifail triw fel wermwd ar ei dafod, ond llusga Scott ei hunan draw i esbonio bod angen y calorïe arno fe, ac na fydd yn dda i ddim heb fwyta rhywbeth, ac mai cig y ceffyl yw'r unig ddewis ar y foment. Mae llais Scott yn hisian fel nwy drwy ei ddannedd. Moment i Edgar o gasáu Scott, oedd yn sioc o beth. Os buodd 'na eiliad erioed pan y gallai Edgar fod wedi mynd am y dyn – ei guro'n ddiymadferth gyda morthwylion ei ddwylo mawr – yna hwn oedd yr eiliad; y dyn yma o ddosbarth ac o wlad arall yn ei orfodi, bron, i fwyta ffrind da – ceffyl dewr a fyddai'n gorfod aberthu ei fywyd dros ffolineb y daith hurt bost yma. Suddodd ei galon, cododd ei dymer, a gweithiodd yn galed i ffrwyno'i hunan rhag gwneud rhywbeth byrbwyll – yn enwedig wrth i Scott basio'r tun enamel gyda chig ynddo i Evans. Cymerodd lond ceg, dan brotest dawel. Gallai deimlo effaith lesol y maeth yn syth bin, megis ergydion yn ei wythiennau, wir Dduw; ond roedd cael ei orfodi, bron, i'w fwyta yn gadael blas sur i gymysgu gyda chnawd yr anifail anffodus. Ond, mewn angen, roedd angen anghofio'r byd gwâr. Ac, wedi'r cwbl, onid oedd y Ffrancod yn bwyta ceffylau? Ac roedden nhw'n bobl wâr, yn paentio lluniau olew ac ati.

Dyma ddiwedd y daith i rai. Try Hooper a Day i gychwyn cerdded y ffordd 'nôl – yn unol â bwriad Scott – ac mae'r ddau yn ffarwelio yn sydyn ac yn ddi-emosiwn gyda gweddill y criw. Sy'n gadael pedwar ar ddeg. Pedwar ar ddeg o ddynion i ddilyn llwybr tua'r de, a chanolbwynt y syniad o beth yw'r De – y pegwn pendant, echel oer y byd.

Pan fo'r gwynt yn llym a'r eira'n drwch, mae'n anodd gweld ymhellach na rhai modfeddi o flaen eich llygaid; a hyd yn oed pan fo'r niwl-eira yn clirio, mae'r olygfa yn heriol, wyneb y tir yn uffernol o wael, a'r ponis sy'n weddill yn sgidio a sglefrio a chwympo – a'r gwaith o'u cael nhw 'nôl ar eu traed yn defnyddio ynni, a hwnnw ddim yn ynni sbâr.

Daw'r heulwen i ddallu unwaith yn rhagor, gorfoledd arall o olau sy'n llifo'n annisgwyl fel Amason lachar, fel 'tae'r haul ei hun wedi toddi yma, a throi'n llif llydan o oleuni arian; a'r dynion heb gogls yn ei chael hi'n anodd gweld eto. Mae sawl un wedi cael pwl o ddallineb eira yn barod, gan wybod y gall hyn droi'n rhywbeth parhaol, a bod peryg iddyn nhw ddychwelyd yn ddynion dall, ddim yn gallu gweld eu ceraint. Maen nhw'n methu â gweld o'u blaenau oherwydd eir-niwl trwchus a phŵer digamsyniol yr haul. Popeth yn dreial, rhwystr i bob cam. Cam ar ôl cam llafurus, fel awtomata. Sombïaid mewn cotiau ffwr yn llusgo traed dros yr unigeddau.

Ond mae gan Scott newyddion da. Newyddion da! Fe allen nhw glochdar y geiriau mor uchel, nes byddai aderyn ar ben Mownt Markham yn eu clywed. Nid bod adar yn byw ar frig y mynydd. Does 'run peth byw yn trigo yno... A'r newyddion? Maen nhw wedi cyrraedd y man mwyaf deheuol y bu i Shackleton ei gyrraedd ar ei daith yntau gyda Scott a Wilson, 'nôl yn 1903. Cymerodd 58 diwrnod i'r tri dyn dewr gyrraedd y fan hon, ond roedden nhw, gwŷr da

Scott – er gwaetha straffaglu'r ceffylau a methiannau'r ponis – wedi llwyddo i groesi'r iâ mewn dau ddeg naw diwrnod. Nid malwod mohonyn nhw, yn hollol, felly.

Drwy siawns neu ffawd neu lwc, roedd Shackleton wedi darganfod llwybr ymlaen drwy'r Barrier, gan fedyddio hwn, yn syml, yn The Gateway – ac roedd Scott am ddilyn ei esiampl, a'i fap. Ond wrth iddyn nhw nesáu at yr adwy yma ar y tirlun, daeth gaeafwynt hyrddiol o rywle, gêl go iawn, oedd fel 'tae'n dymuno dim byd llai na'u sgubo i gyd oddi ar dir y byw. Allen nhw wneud dim ond symud ymlaen gan ymddiried yn y cwmpawd. Ond roedd yr amgylchiadau mor wael nes nad oedd Scott a'r gwyddonwyr yn gallu gweld, nac yn gallu dal pwysau cwmpawd yn eu dwylo; ac roedd yr enw Amundsen ar wefusau yn fwy aml, nawr – enw melltithiol, bygythiol – gyda'r dynion yn tybio ei fod e, y diawl o Norwy, ymhell o'u blaenau a rhai yn poenydio eu hunain ei fod e wedi cario gwledd o fwyd ar ei gertiau llusg hynod effeithiol a chyflym. Twrcwn. Roedd si bod Amundsen yn cario twrcwn byw. A jam. A selsigau mawr gyda galwyni o refi. Gallai dyn golli ei synnwyr yn meddwl am fwyd, yn enwedig y bwyd a gludai Amundsen, a'i garafán, gydag e. Tunelli o bemican. Eog ffres gyda pherlysiau. Cawl gyda llwyeidiau o fwstard. Ac oes oedd y gwallgofrwydd yn dal gafael, yna breuddwydion am coq au vin ac Eton Mess. Mynydd o gig eidion yn llifo 'da braster wrth ddod mas o'r ffwrn. Bouilla-blydi-baisse. Pam lai?

Tyfodd y gêl mewn nerth a grym, gan wneud i'r dynion gladdu eu hunain mewn cilfach ar waelod rhewlif Beardmore am ddyddiau; yn rhynnu yn y tywyllwch, wedi eu claddu yn fyw ac yn gweddïo am ryddhad, hyd yn oed am farwolaeth sydyn, yn hytrach na hyn. Ac i wneud pethau'n waeth – yn waeth! – roedd y gwynt yn gynnes bellach, a sawl nentig o ddŵr yn rhedeg yn rhydd i lawr fflapiau'r drws ac ar hyd muriau'r babell.

Gorweddai'r dynion mewn sachau cysgu oedd yn sops diferu. Tu fas, toddai'r eira gan wneud sŵn sisial tawel. Plip, plip, plip. Poenydiau o flipiau dŵr. Sŵn nodwyddau bychain yn taro llawr caled. Dywedodd Edgar wrth ei gyfeillion, os byddai hyn yn parhau, yna byddai'n rhaid iddyn nhw droi'r babell wyneb i waered a'i defnyddio fel cwch. Bu'n rhaid i rai ohonyn nhw chwerthin, oherwydd roedd hiwmor du yn gweddu i sefyllfa mor ddu â hon. Ble roedd gobaith yn boddi, neu'n crogi ei hunan. Bu'n rhaid i ambell un chwerthin, er gwaethaf popeth.

Doedd dim ond un peth y gallai Scott fod wedi'i wneud i godi calonnau'r dynion, ond doedd dim dewis ganddo ynglŷn â defnyddio'r bwyd roedd e wedi ei glustnodi ar gyfer cyrraedd y Pegwn. Roedd hyn yn risg fawr, yn risg enfawr. Gwyddai Scott eu bod nhw yn mynd i fod yn hwyr – yn hwyr yn cyrraedd pen y rhewlif, yn hwyr yn cyrraedd y Pegwn ac yn hwyr yn y tymor yn cychwyn am sha 'nôl.

Pitïai Edgar ei geffyl, yn enwedig oherwydd ei fod yn gorfod cloddio Snatcher yn rhydd o'r haenen newydd o eira oedd yn syrthio ar ei ben bob dwyawr, teirawr – nes bod yr anifail ddim hyd yn oed yn gallu agor ei lygaid, bellach. Roedd angen y ponis ar gyfer cymal ola'r daith, felly roedd angen cloddio, ceisio cysgu, yna cloddio unwaith yn rhagor – rwtîn i racsio ystyfnigrwydd a chadernid y dyn gorau.

Ddechrau Rhagfyr, gwellodd y tywydd ddigon iddyn nhw allu ailgychwyn. Ymlwybrodd y ceffylau dan y straen ryfeddaf ar hyd llethrau'r rhewlif, ond erbyn cyrraedd y top roedd eu nerth wedi mynd, a bu'n rhaid eu saethu, ac Edgar yn dewis gwneud y gwaith ei hunan. Calon galed oedd ganddo bellach. Calon llofrudd ac asasin a bwtsiwr yn un. Ni allai Edgar edrych ar ei geffyl hoff, Snatcher, wrth iddo dynnu'r triger, na dioddef sŵn ei gorff yn cwympo'n glewt ar y llawr. Ond roedd oerfel ei galon yn help. Yn gynyddol felly.

Deuddeg dyn yn weddill; dros gan milltir ar ôl i fynd. Tynnai pob unigolyn ddim llai na 200 pwys ar ei ôl, a phob pwys yn teimlo fel deg ohonyn nhw, wrth i stumog pob dyn ymbil am fwyd drwy wichian a chynhyrchu poenau dirifedi.

Doedd ysbryd Evans ddim mor gryf nac mor benderfynol nawr, y straen yn ormod, ac roedd cael y sled i symud o gwbl yn anodd, gyda Scott, Wilson ac Oates yn tynnu ar y cychwyn, ond roedd angen wyth, naw, deg a mwy o symudiadau sydyn cyn creu y momentwm lleiaf, pob cyhyr yn gwegian dan y pwysau, pob sled yn 800 pwys – fel 'taen nhw'n brwydro ffiseg. Suddai eu coesau yn y dwfe eira, a diflannai'r slediau bob hyn a hyn. Trôi eu hanadl yn niwl, ac roedd eu gogls fel bod mewn acwariwm, y gwydr megis yn rhy drwchus i weld drwyddo'n iawn. Yr unig faeth oedd cig y ponis druan, ac roedd y gwaith o symud ymlaen yn defnyddio mwy o egni nag oedd y cig yn ei roi 'nôl iddyn nhw. Nid bod y dynion yn deall hyn, gan eu bod, bellach, y tu hwnt i unrhyw ddeall – eu meddyliau wedi rhewi. Ac yn byw ar reddf, a'r reddf honno yn eu cynnal yn y ffordd fwyaf cyntefig ac ystyfnig. Dod o hyd i'r gallu i symud coesau ymlaen er gwaetha'r blinder oedd yn pwyso fel mynydd ar eu hysgwyddau.

Heb wybod am y siom a oedd o'u blaenau, ymlaen â nhw; Edgar yn plygu'n ddarnau dan y pwysau, ond yn gwrthod rhoi'r gorau iddi. Maen nhw wedi codi 6,000 o droedfeddi uwchben y Barrier, ble mae natur yn wylltach, os rhywbeth, ac yn ymosod, yn drysu, yn dallu. Ond mae 'na un peth da. Mae'r sgidiau eira mae Edgar wedi eu creu yn gweithio'n dda, ac mae Scott ar ben ei ddigon. Am nawr. Mae'n llongyfarch Edgar ar ei waith ac yn siglo llaw 'da'r dyn, gan addo y byddan nhw'n cael cyfle i ddathlu mewn ystafell gynnes yn y dyfodol, clwb i wŷr bonheddig ar y Mall, a'r ddau yn smocio sigarau wrth gofio 'nôl a chwerthin am hyn oll. Er gwaethaf ei deyrngarwch i Scott, mae'n rhaid i Edgar amau hyn. Ond, does dim troi 'nôl. Dim hyd yn oed meddwl am droi 'nol. Gwthio ymlaen. At y terfyn. At derfyn pob peth. Hyd ddiwedd y daith.

Mae'r llen iâ yn las ac yn ddanheddog ac mae'r mynyddoedd yn syfrdanu Edgar, sydd bron â llefain wrth iddo rythu ar eu prydferthwch. Ond mae'r sychder yn ei geg, a'r gwichian yn ei gyhyrau, heb sôn am y newyn beunyddiol – sy'n gwneud iddo deimlo, ar brydiau, ei fod yn mynd o'i go – yn ymosod arno, yn ei guro fe i lawr ac yn ei ddyrnu fe.

Hyd yn oed er gwaetha'r holl ddioddefaint – y dynion yn colli bysedd, y ceffylau meirw – mae ambell ddydd yn ddiwrnod iawn. Diolch byth am y Dolig! Maen nhw'n dathlu go iawn, a'r holl beth yn syrpréis a thri-chwarter. Pedwar cwrs; ie, pedwar cwrs. Pemican, cig ceffyl gyda winwns a phowdwr cyri – gyda bisgedi, hefyd – yna cocoa wedi ei wneud o gynhwysion cyfrin a phwdin plwm i ddilyn, yna siocled poeth gyda chwrens ac, i orffen, losin caramel gyda sinsir... Hyn oll, y wledd gwbl annisgwyl, yn ddigon i droi'r babell lom yn ystafell yn y Ritz. Mae ambell un yn mentro canu carol, ond mae'n waith caled anadlu, heb sôn am ganu am y Brenin Wenceslas. Ond mae 'na hwyl, a gwenu, anghofio problemau a chofio anwyliaid, felly mae ysbryd y Nadolig wedi lledaenu neu ymdreiddio yma i Deyrnas yr Iâ. Ac mae'r siocled yn wledd, a'r caramel fel blasu ambrosia. Y Nadolig gorau i rai. O, y caramel!

Ar ddiwedd y dydd, mae'r criw bach yn llwyddo i ganu carolau – efallai dan effaith sydyn y tri totyn o rỳm yr un – ac yn ceisio gwneud hynny gydag arddeliad, er bod eu dannedd yn rhincian a bod tynnu anadl yn straen y diawl. Ond clywir 'O, Deuwch Ffyddloniaid' am y tro cyntaf erioed yn y darn hwn o'r byd, ac mae'n swnio'n dda, yn gywir, rywsut. 'O Come All Ye Faithful' i'w glywed ar wefusau crin.

Y diwrnod nesaf... a'r dydd yn troi o fod yn ddathliad i fod yn llafur caled, wrth i'r dynion geisio adfer un o'r slediau, gan orfod ailadeiladu un, bron, gan weithio am ddeg awr yn yr oerfel rhyfeddaf. Roedden nhw'n ceisio ysgafnhau'r sled, ond roedd y gwaith o wneud hyn bron â bostio calonnau'r rhai oedd yn gweithio ar y dasg. Anafodd Edgar ei law yn y broses, ond ni ddywedodd air wrth neb, oherwydd doedd e ddim yn ddyn i gwyno byth, yn enwedig o ystyried y ffaith bod gan bob dyn ei dreialon, bod pawb yn byw ar yr ymyl, o ryw fath.

Er y clwyf ar ei law, llwyddodd Edgar i sgrifennu 'chydig syniadau yn ei ddyddiadur, yn gofyn beth fyddai effaith cyrraedd y Pegwn? Ffantasi pur o ateb... Trodd Edgar Evans yn ddyn enwog yn dilyn taith y *Discovery*, felly tybiai y byddai'n dychwelyd, y tro hwn, fel tywysog i'w deyrnas ar y creigiau, neu efallai fel brenin. Ond nid dyna'r pwynt. Gwyddai hynny. Roedd e'n gwneud hyn oherwydd Scott; roedd e yma i wasanaethu a helpu a thynnu cert pan nad oedd ganddo nerth na bwriad na syniad sut i godi'i droed, ac yna eto – y cyhyrau'n wan fel cyw. Roedd Edgar am fod yn rhan o'r tîm fyddai'n mynd i'r Pegwn, roedd hynny'n sicr.

Diwrnod ola'r flwyddyn. Yr 31ain o Ragfyr yn y diffeithdir ar waelod y map. Dewisodd Scott ei dîm i fynd i'r Pegwn, gan ddewis Edgar, Bowers, Wilson ac Oates. Roedd y tymheredd wedi gostwng i finws 23 gradd; yn ddigon oer i fflangellu'r croen wrth i'r criw bach lusgo gwerth mis o fwyd a nwyddau angenrheidiol gyda nhw. Un peth oedd fel injan yn eu gyrru ymlaen, sef y syniad eu bod ar y blaen i'r criw o Norwy; roedd yn rhaid iddyn nhw gredu hynny. Os nad oedd hyn yn wir, beth oedd pwynt yr holl boenydio? Fflangellu dyn fel rhai o'r diafoliaid yn y murlun yn yr eglwys yn Nhre-Gŵyr? Doedd dim arwydd o gi na dim, ond yr undonedd arferol – y gwynder maith yn dallu. Dyna oedd eu byd, ac roedd y gloywder yn ymosodol – yn llosgi'r llygaid fel tân. Dywedodd Scott wrth Edgar fod popeth o'u blaenau yn newydd, a deallodd Edgar werth y geiriau. Nad oedd yr un bod byw wedi bod y ffordd hon o'r blaen. Torri tir newydd, cyn i'r tir eu torri hwythau.

Un bore, daeth yr haul allan a doedd dim cwmwl yn y nen – a dim ond dau ddeg saith milltir i fynd! Awgrymodd Edgar eu bod nhw ar eu gwyliau, a'r jôc wirion yn gwneud i bobl chwerthin. Doedd y lle hwn ddim fel Ilfracombe neu Ddinbych y Pysgod neu Scarborough. Ond da oedd chwerthin. Hefyd, roedd digon o arwyddion da i wneud i'r criw dethol deimlo'n benderfynol. Y bydden nhw'n ennill y ras. Y bydden nhw'n meddiannu'r Pegwn. Bod Duw yn edrych ar eu holau. O bell.

Ond ar ddiwrnod braf, ganol Ionawr, dyma un peth bach yn dod i 'strywio popeth. Gwelodd Bowers smotyn bach o'u blaenau; roedd ei lygaid e wastad yn well na phawb arall. Tybiodd ei fod yn gweld pentwr bach o gerrig, carn bach, ac yntau'n ofni'n syth taw dyn oedd wedi ei godi. Ond wrth iddyn nhw nesáu, roedd y smotyn du yn tyfu; ac o fewn awr fe allen nhw weld taw baner oedd hon, yn cyhwfan yn y gwynt fel arwydd clir – na, cliriach na chlir – eu bod nhw wedi eu trechu. Wrth glosio at y faner dyma weld traciau slediau ac olion pawennau cŵn, a'r olaf o'r rhain yn egluro i Scott, o leiaf, sut roedd Amundsen wedi llwyddo i gyrraedd pen ei daith mor gloi. Safodd y dynion yno'n syn, yn ceisio prosesu arwyddocâd yr olygfa, y faner yn chwifio'n falch wrth ei pholyn, y lliwiau'n tasgu fel gwenwyn.

Heb yn wybod i'r criw o ddynion, a fu'n brwydro dan y pwysau rhyfeddaf, llwyddodd Amundsen i gyrraedd y Pegwn a chodi baner Norwy fry. Dathlodd drwy agor cyflenwad o fwyd i'r cŵn a oedd wedi ystyfnigo eu ffordd dros y gwastadeddau oer. Cyflwynodd gyfres o anrhegion bach i'r dynion, pob un yn briodol ac yn feddylgar ac yn sensitif iawn, ei ffordd e o ddiolch am ymdrech y tu hwnt i ymdrech, y cerdded a'r straffaglu di-droi'n-ôl. Diolch byth taw bwyd oedd y rhan fwyaf o'r anrhegion hyn, oherwydd mai dyna'r unig anrheg o werth i ddynion sy'n prysur droi'n sgerbydau, eu penglogau'n dod i'r amlwg fel arwyddion bod marwolaeth yn cyd-gerdded gyda nhw.

Allai neb ar y ddaear gron deimlo mor isel, mor ddiwerth, y Prydeinwyr megis wedi eu brathu a'u cleisio gan siom. Scott yn ei gwrcwd 'da siom. Gwenwyn pur oedd y wybodaeth, a'r faner megis yn chwerthin ar eu holl ymdrechion. Baner yn chwerthin? Oedd, siŵr. Y faner, a gweddill y byd. Ail. Pwy oedd am ddod yn ail?

Y siom. Siom cyn ddyfned â mantell y ddaear. Siom a allai lyncu dyn yn gyfan.

Diwedd y daith. Diwedd y ras. Un pentwr bach o gerrig a baneri; anodd oedd credu y gallai'r rhain gael effaith mor andwyol, chwalu gobeithion yn ddwst, troi dynion yn fodau diwerth oedd am wneud dim byd mwy na gorwedd i lawr a chwympo'n araf i gysgu, cyn marw yn yr unfan. Diegnïwyd nhw gan y newyddion am golli'r ras.

Pum dyn, yn bell o'r unlle, yn wynebu cerdded yr holl ffordd 'nôl. I beth? Gobaith oedd eu prif ffynhonnell o nerth ac ymroddiad, ac roedd honno nawr yn sych. Yn sychach na sych. A dyma'r tymheredd yn disgyn eto, lawr "i'r feri gwaelodion", fel y dywedodd Edgar, wrth iddo geisio codi hwyliau'r criw. Ond doedd jôc ddim yn ddigon. Nawr, roedd angen ateb i'w gweddi.

"O Dduw, bydd warchodol ohonom, y pum meidrolyn ar goll yn y byd, ar goll yn ein digalondid."

Cododd gaeafwynt *Force Five* a -54 gradd o grimprew. Rhewodd y tir fel gwydr. Er gwaetha'r menig ffwr trwch dwbl, roedd dwylo Edgar mor oer nes y bu'n rhaid iddyn nhw stopio a chael cinio o gig amrwd a siocled, oedd yn blasu'n nefolaidd. Wir yr. Cafodd Edgar sigarét gan Wilson, ac roedd y blas yn estron ar ei dafod ac effaith y tybaco'n gryf ac yntau heb gael smôc ers wythnosau lu; ei ben yn troi fel top dan effaith y neidr o fwg glas, a'r nicotin yn mynd i'w waed fel saeth.

Y lle. Y greal. Y fangre sanctaidd. Canolbwynt eu breuddwydion i gyd. Dim byd sbesial i'w weld, o ystyried. Dyna gyrraedd y Pegwn, a chodi baner y Fam Frenhines. Ond distawodd y gwynt wrth iddyn nhw wneud, a'r lliwiau'n hongian yn llipa, a hyn megis trosiad ar gyfer eu trasiedi.

Erbyn hyn roedd trwyn Edgar yn wyn fel y galchen, a'r boen yn ei law yn affwysol.

Suddodd ysbryd pawb wrth ddod o hyd i wersyll deheuol Amundsen, ble roedd llythyr wedi ei adael i Scott ei basio ymlaen i'r Brenin Haakon yn Norwy. Yr eironi. Un anturiaethwr yn defnyddio un arall fel dyn post, jest rhag ofn i rywbeth gwael ddigwydd iddo ar y ffordd yn ôl.

Ond o leiaf roedd Amundsen ar ei ffordd 'nôl, ac ar ei ffordd i dderbyniad o lawenydd a siampên a dathlu cyhoeddus yn Oslo a Stavanger a Malmo, gyda thuswau o flodau a menywod yn gwenu'n rheng a derbyniad gan y brenin – un o'r seremonïau mwyaf yn hanes ei balas – gyda cherddorfa enfawr wedi teithio draw o St Petersbwrg a bwydydd wedi eu cynhaeafu o bob cwr o Ewrop; y wledd fwyaf yn hanes Norwy, gyda bryniau o gafiar, sawl nentig o win drudfawr o Bordeaux yn llifo'n wyllt, petris a chig carw o goedwigoedd dyfnion Bafaria, a physgod prin megis stwrsiwn o ddyfroedd du'r Baltig a phentyrrau o garp o lynnoedd mawrion Gwlad Pwyl, heb sôn am lysiau a ffrwythau lliwiau'r enfys o Sisili.

Tra bod criw Scott yn wynebu milltiroedd diflas iawn, roedd bois Amundsen yn dathlu'n rhacs. Byddai'r dynion – Helmer Hansen, Bjaaland, Hassel a Wisting – oedd wedi llusgo'u heneidiau ar draws yr erwau unig yn llwyddo i anghofio'r newyn a'r dioddefaint a'r rhew – a oedd wedi ymdreiddio i fêr eu hesgyrn – wrth wledda a chael eu dyrchafu'n arwyr, arwyr pennaf Norwy, os nad y byd; a phob un yn cael medal a phensiwn a llythyr personol wedi ei ysgrifennu gan y brenin ei hunan – yn ei lawysgrifen agored, hardd – y byddai pob un o'r arwyr yn ei fframio ac yn edrych arno'n ddyddiol, oherwydd bod y geiriau'n hael, a'r ffaith bod y brenin ei hun wedi creu patrymau'r brawddegau yn meddwl y byd a mwy i fois oedd wedi mynd i ben draw'r byd, a dychwelyd oddi yno'n saff.

Mor, mor wahanol i ffawd Scott a'i fois yntau, dynion wedi eu chwerwi a'u gwenwyno gan siom; yr enw Amundsen yn swnio fel ffurf newydd o gancr iddyn nhw.

Wyth can milltir i fynd, eu calonnau'n drymlwythog gyda siom, a gaeaf yr Antarctig ar fin troi'n ymosodol... natur am ddofi'r ddynolryw gyda'i ffyrnigrwydd.

Daeth yr hyrddwynt o'r de, gan chwibanu fel banshi o gwmpas y pebyll gefn nos. Roedd rhaid symud yn gyflym i gyrraedd y stordai bwyd, ond doedd hyn ddim yn bosib, ac roedd rhaid dringo eto, codi'r slediau dros gyfres o glogwyni tri chan medr, pum can medr – wynebu cadwyn, felly, o un blydi rhwystr ar ôl y llall.

Mae mwy nag un dyn yn ystyried lladd ei hunan; mae pethau cynddrwg â hynny. Siom yn casglu fel bustl ym mherfeddion dyn ac yn bygwth disodli'r chwant bwyd oedd yn cwyno yno'n gyson. Beth, mewn gwirionedd oedd gwerth yr holl ddioddef yma? I ddod yn ail? I gyrraedd adref i wawd a dirmyg, a'r cywilydd o orfod byw 'da'r ffaith hallt fel geiriau wedi eu naddu ar wyneb clogwyn, a'r clogwyn hwnnw i'w weld o ffenestr y tŷ bob bore. Ail. Colli'r ras yn gyfan gwbl.

Gwaethygu'n gloi mae iechyd y Cymro, ac nid yw'n gawr ddim mwy; ei gorff yn edwino, ei gryfder yn troi'n ddwst. Ac mae'r doctor yn sâl, felly does 'na neb i drin y claf, ac mae'r ysbyty agosaf yn bellach na'r bedd. Mae ewinedd bysedd Edgar yn gwywo cyn troi'n ddu, a rhai ohonyn nhw'n cwympo bant – y cnawd yn llawn madredd. Ac mae bysedd unrhyw ddyn a allai helpu yn grimp gan oerfel eu hunain.

Gyda'r nosau, mae Wilson yn golchi'r bysedd gydag antiseptig, gan doddi eira gyda spirit lamp er mwyn gwneud, ond mae'r bysedd yn drewi fel drychiolaeth a thrwyn Edgar yn drewi'n waeth. Mae wedi pydru'n gawl o gnawd. Nid dyn mawr mohono, bellach; mae wedi colli'r pwysau rhyfeddaf, hanner ei bwysau i gyd, efallai. Gwinga Edgar gyda'r boen o gael y drwg ar ei groen, sy'n siarp ac yn boen dwfn; byddai'n fodlon torri bysedd ei draed ei hunan i ffwrdd gyda chyllell rydlyd petai'n dod i hynny. A gwneud hynny'n araf, gyda diléit. Dyna pa mor wael yw'r boen; bysedd ei draed ar dân, yn llosgi'n wyllt, gyda Wilson yn ceisio gwneud ei orau i osgoi loes ond yn methu gyda phob diferyn o ddŵr sydd wedi toddi ar y sbwng.

Dim rhyfedd yn y byd bod y dyn yn colapsio, ar ei bengliniau mewn banc uchel o eira. Daw'r dynion eraill i sefyll o'i gwmpas mewn cylch, gan roi cymorth iddo sefyll ar ei draed.

Mae'n edrych i fyny, draw tuag at lethrau'r mynydd a'r iâ sy'n ymestyn fel môr neu anialwch o'i flaen. Ar y llethrau, mae'n gweld person yn dringo, yn ffoi, gyda rhywun ar ei ôl... angau, efallai, â'i gryman ar ei gefn. Nid yw'n eu hadnabod; yn sicr, ni ŵyr eu henwau. Rhyfedd, y triciau mae'r meddwl yn eu chwarae pan fo dyn yn cymryd ei gamau olaf. Triciau sâl a gwael, ond triciau wedi'r cwbl.

Yn araf iawn, iawn mae ffilm bywyd Edgar yn fflicrio yn ei feddwl, fel cannwyll fach mewn awel fwyn. Ei blant yn chwarae wrth ei draed. Ei fam-gu, ei hwyneb yn llawn 'da hapusrwydd, yn dal wy'r gwilym yn ei llaw. Basged o fecryll yn tasgu a throi fel arian byw yng nghwch Tad-cu. Llond bowlen dda o gini-bêns, gyda menyn cartref yn toddi'n sydyn ar eu pennau. Blodau'r haf yn doreithiog ar y Vile. Ei wraig yn gwenu arno fe yn y gwely. Ei hwyneb. O, am brydferthwch di-ben-draw.

Mae'r gwaed yn twchu, yr arennau'n slofi i lawr.

Bellach, mae'r prif organau dan y straen ryfeddaf; gwaith caled y misoedd diwethaf wedi bod yn drech na nhw yn y diwedd.

Ac mae calon ychen Edgar yn dod i stop.

Does dim amser i neb alaru, oherwydd mae angen mynd ymlaen. Ymlaen? Ymlaen! Ffolineb gwyllt... mynd ymlaen ac ymlaen.

"Mae'n rhaid inni oedi, er parch, syr. Allwn ni ddim ei adael fan hyn."

Ond mae'r corff yn faich, yn un peth arall i'w lusgo.

Mae Scott yn edrych ar y corff llipa yn fud, ac ar y dynion eraill sy'n grwban rhag y gwynt, hwnnw'n fflangell wyllt, yn dathlu marwolaeth ei hun gyda'i sŵn diflino. Dyma sut mae colli ffrind, ond nid dyma'r lle i'w golli. Mae'n amhosib parchu'r meirw pan mae angen edrych ar ôl y byw, yr elfennau'n ymosod arnyn nhw fel brwydr feunyddiol.

O, Edgar, mae Scott yn meddwl iddo'i hun, y meddyliau eu hunain yn dipyn o ryfeddod oherwydd bod neb wedi llwyddo i feddwl llawer yn sgil y blinder a'r diffyg bwyd. Y sioc sy'n gyfrifol, siŵr o fod, a'r galar sydyn yn cwympo fel llen.

"Beth wna i hebot ti? Cyfaill da. Dy gryfder diarhebol, yn gryf fel Herciwl. Do, fe wnaethost ti arwain, gyda phob nerth, gyda phwrpas ymhob cam. A nawr hyn... gwely oer ar lawr y byd. Ond mi wnawn ni dy anrhydeddu, dweud wrth y byd am dy gyfraniad anhepgor, dy ddygnwch... Ac, i mi, roeddet ti'n gysur mawr, mwy nag y galli di fyth wybod, yn rhywun i ddibynnu arno fe. Gwnawn, mi wnawn ni dy anrhydeddu, a gwneud yn siŵr bod dy deulu yn deall dy gyfraniad, dy aberth. Edgar, Edgar. Edgar... pam na wnes i erioed ddefnyddio dy enw cyntaf di?"

Mae Scott yn penlinio wrth ben Edgar ac yn cau ei lygaid, gan osod dwy geiniog fechan dros ei amrannau; a chyda'r ddefod syml, yn dweud ei ffarwél, ac yn cau ei lygaid yntau yn eu tro, er mwyn cynnig gweddi sydyn, neu i geisio gadael y lle hwn am ennyd, i le gwell, i le gwahanol, ble gallai esgyrn Edgar Evans dwymo lan.

Ac mae'r dynion eraill, wrth edrych ar hyn, yn cofio sut roedd y ddau yn gyfeillion clòs, dynion oedd yn deall ei gilydd yn dda, a'r gwahaniaeth mewn dosbarth, addysg, cefndir a diwylliant yn golygu dim yw dim yn y pen draw, dim pan roedd un dyn yn gallu edmygu dyn arall yn hollol, yn ei garu, hyd yn oed. Ie, ei garu. Dyna oedd yn mynd drwy feddwl Scott, cyn iddo godi, ei bengliniau'n criccracian wrth iddo wneud.

Yn ei ddyddiadur, mae Scott yn cofnodi'r digwyddiad trist. 'Nid yw bywyd yn ofer,' mae'n ei ysgrifennu'n llafurus – mewn lle ble mae'r inc yn rhewi'n gorn – 'os yw dyn yn ceisio ei orau. Dyna a wnaeth Edgar Evans, arwr yr Antarctig, a Chymro da.'

Diwedd Oer

Rai dyddiau'n ddiweddarach, taerai Samuel Saith Peint iddo weld hen fenyw yn cerdded ar draeth Rhosili yng nghwmni dyn oedd yn edrych fel y dyn yn y ffotograffau yn y papurau dyddiol o Edgar Evans ar ei ffordd i'r Pegwn. Doedd neb yn gwybod am y siom fawr eto, ond tybiai rhai bod Samuel wedi gweld Edgar yn cerdded gyda'i fam-gu, gan dderbyn y peth fel ffaith, oherwydd roedd gan Lizzie bwerau rhyfedd ond… fe… oedd Edgar wedi marw? Dechreuodd cwest anffurfiol yn y bar dros res o beintiau llawn o gwrw chwerw…

"Beth oedd e'n gwisgo, Samuel?" mae'r bois yn y dafarn yn ei ofyn, yn hanner chwareus ac yn hanner o ddifrif. Fe wydden nhw fod Samuel yn llygad-dyst annibynadwy, yn enwedig ar ôl llond croen o seidr. Ond roedd ei lygaid yn pefrio gyda gwirionedd, y teimlad ei fod wedi gweld rhywbeth sbesial, annisgwyl allan ar y tywod.

"Menig enfawr, falle o ffwr… a'i groen yn dywyll fel iâr newydd ddod mas o'r ffwrn."

"Falle mai fe oedd e, felly," mwmiodd un aelod o'r cwmni, sef y dyn hynaf yn y pentref, oedd yn cofio digwyddiadau mawr yn Oes Fictoria, ac yn eu cofio nhw'n glir, hefyd.

Y noson honno, cerddodd criw o ddynion ar hyd y

clogwyni, yn dymuno gweld Edgar a'r hen fenyw yn cerdded ar hyd y mordraeth. Ond, fel yr esboniodd yr hen ŵr, byddai ystyr hyn oll yn dod yn glir pan ddeuai'r newyddion 'nôl am Scott. Naill ai eu bod nhw wedi cyrraedd cyn y boi o Norwy, neu ei fod e, Amundsen, wedi eu curo nhw. Eu curo nhw'n rhacs. Eu fflatno nhw.

Ta beth oedd yn wir, roedd Edgar wedi gwneud rhywbeth nad oedd unrhyw un yng Nghymru wedi'i wneud o'r blaen. Torri tir. Ymestyn yr ymerodraeth. Gwneud i bawb ar Benrhyn Gŵyr, yn Nhre-Gŵyr ac Abertawe deimlo'n falch iawn o'r dyn. Yn falch iawn, iawn, iawn.

Ni welwyd Edgar na'r hen fenyw ar y strand fyth eto. Dechreuodd y papurau floeddio am hynt a helynt yr anturiaeth, gyda Scott yn dechrau cael ei feio am yr hyn ddigwyddodd, gan gynnwys ei fethiant i fynd â digon o gŵn, ac ensyniadau am ddiffyg paratoi yn drylwyr.

Cynhaliwyd cyfarfod cyhoeddus i drafod sut i anrhydeddu Edgar, ar wahân i'r oedfa goffi a fyddai'n digwydd o fewn wythnosau. Bu nifer yn cymeradwyo'r syniad i godi arian er mwyn codi cerflun. A safodd dyn o bant ar ei draed gan awgrymu codi cerflun i'w harwr, ac yn cynnig gwneud hynny ei hunan, gan ddyfynnu pris oedd yn swnio'n deg i bawb yn yr ystafell, yn enwedig o gofio bod y dyn yma gyda beret ar ei ben yn sôn am gerfio'r peth allan o ithfaen – a phawb yn gwybod pa mor anodd fyddai hynny.

Codwyd yr arian mewn cwta bythefnos, a dechreuwyd ar y gwaith yn syth bin, gyda'r cerflunydd celfydd yn profi gyda phob toriad o'r morthwyl ei fod yn 'canfod y cerflun oedd yn cuddio'n barod yn y bloc', chwedl Michelangelo. Fis yn ddiweddarach, roedd yr Edgar wedi ei lunio o garreg yn barod i'w osod ar bedestal isel, yr ên gref yn wynebu'r môr, ynghyd â'r llygaid, yn llawn pwrpas.

O fewn wythnos i'r seremoni ddadorchuddio, roedd wàg lleol wedi gosod cannwyll ar ben y cerflun o Edgar, a hithau'n noson fwyn. Newidiodd y tywydd ryw ychydig erbyn y noson ganlynol, ond fe wnaeth rhywun – yr un person, efallai – osod y gannwyll mewn jar, gan wneud i Edgar edrych tamaid bach fel goleudy.

Cyn hir, byddai pobl yn dod yno i weld y golau egwan, a'r ffordd roedd yn goleuo wyneb yr anturiaethwr; yr olygfa, yn sicr, yn gysur i'w deulu, o gredu ei fod yn dal yn fyw yn y cof torfol. A phan fyddai storm yn codi, gan chwythu'r gannwyll mas, byddai rhywun yn dod draw wedi iddi ddistewi ac yn ailgynnau'r golau. A phob tro y byddai angen golau eto, a chynnau'r gannwyll fach dew, byddai rhywun yn gwneud hynny'n brydlon; a'r golau bach i'w weld yn wincio o hanner milltir i ffwrdd, yn enwedig ar un o'r nosweithiau clir hynny ble byddai'r gwyfynod yn nyddu'r nos gyda'u hadenydd sidan.

Pan fyddai Lois yn sefyll ar erchwyn y tir, byddai'n clywed cri'r gwylanod fel rhyw fath o wylofain, neu leisiau'r meirwon, yn codi dros y tonnau. Teimlai wacter y tu mewn iddi; ffynnon o alar oddi fewn iddi i gasglu'r dagrau oll. A'r morloi yn marwnadu yn eu hogofeydd.

Safai cerflun Edgar yn edrych mas i'r de, wastad i'r de, fel 'tae ei lygad gweigion yn dyheu am rywbeth, am un cyfle arall i fynd i chwilio am y peth 'na, y peth oedd fel cyffur a chwant ac angen – oedd fel pwrpas byw. Fel yr aur ar ddiwedd yr enfys. Fel ateb pos nad oes iddo unrhyw ateb mewn gwirionedd, yn y byd hwn. Y peth 'na. Sy'n eich gyrru ymlaen yn nannedd y gwynt. Yn erbyn y ffactorau. Ie, hwnnw. Yr ysfa.